一妻當關

1

不繫舟 著

風文創 1111

目錄

序文

不繫舟

以前讀書的時候偏科比較嚴重，語文是所有學科裡面成績最好的一門，而作文又是語文裡面得分最穩定的，所以從小就感覺自己似乎在寫作上面有那麼一丁點兒天分。

十幾歲的時候感到最幸福的事情，就是省吃儉用後從學校附近的書店裡把喜歡的書租到手的時候，漸漸地就萌生出一種「有朝一日自己也要把心中的故事寫出來」的想法，可惜一直忙於學業和各種生活瑣事，無暇分身。

真正動筆是在二〇一二年，一個好姊妹酷愛看小說，經常對我說的一句話就是「我覺得妳心裡的故事寫出來肯定也很精彩」，於是，就開始了寫故事的漫漫長路。

疫情來臨，餐飲行業面臨前所未有的寒冬，我辭職回了老家，在家躺了兩個月，朋友再次跟我說，妳寫故事吧，這次寫一個長篇的。

我問她寫什麼好呢？她說，妳想寫什麼就寫什麼。

認真想了幾天，正巧我在追的一本小說停止了更新，於是就有了這個故事。

我覺得自己是個熱情的人，一旦有了某種想法，很快就會訴諸於行動。這個故事出現在腦海中的第二天，匆匆打了一遍腹稿，就懷著滿腔熱情開始了創作，一天內寫完了前三章。

將文檔發給了朋友看過之後，在朋友們的肯定之下，才想起來還有人物設定和全文大綱擬定這種事情。

這是個很有趣的過程。有趣的地方在於每個角色從性格、相貌、家世甚至連名字都是由自己親手創造，甚至在設定這個人物時，即便閉著眼睛，眼前似乎都能出現這個角色的形象。一個個的角色設定串聯起來，就變成了一個故事，筆下的角色會替我完成一場冒險。

女主角沈驚春這個角色由末世穿越而來，她熱情、開朗但也嫉惡如仇，幾年的末世生涯也讓她變得有幾分圓滑。當然，大部分時間因為武力值過高，她都習慣於靠拳頭解決問題。

寫完這個角色的設定後，我想了整整兩天，要給這樣的女主角搭配什麼樣的男主角？美女配帥哥，這是個固有思維，我是個俗人，當然也逃脫不了，所以男主角陳淮有了清俊的相貌和頎長的身形。

溫和又內斂的清俊書生配上熱情開朗的貌美農女，似乎剛剛好。於是，故事從此開始。

人物設定和大綱設定的過程十分有趣，但寫作的過程漸漸趨於無趣，日復一日的打字會讓人失去激情，但好在我很喜歡寫故事，並且有兩個非常喜歡餵人喝雞湯的朋友，每當失去了激情，她們就會第一時間給我灌上兩碗雞湯，人生第一本長篇小說能夠寫完，我的兩個雞湯朋友功不可沒。

謝謝兩位朋友的一路陪伴。也祝看到這本書的各位閱讀愉快。

第一章

「別跑了，妳跑也跑不掉的！豆芽那丫頭腿上中了一刀，能跑多快？遲早還是要被我抓到的！小姐，再跟我玩這貓捉老鼠的遊戲，等我找到妳，可就要先姦後殺了！哈哈哈……」

大笑聲飄蕩在光線昏暗的樹林中，顯得陰森又恐怖。

沈驚春懷裡抱著小丫頭，身上掛著個小包袱，渾身濕漉漉地靠在一棵大樹後，冷得瑟瑟發抖。

後面越來越近的腳步聲，就像催命的惡魔一般在接近她們。

這片樹林並不大，再這樣下去，被找到是遲早的事。

要想活命，還是要主動出擊。

「我可以不跑，但你要放豆芽離開，她是無辜的。」

徐勇哈哈大笑，忙不迭地點頭。「可以！老子答應了，快出來！」

沈驚春放下懷裡已經暈過去的小丫頭，主動站了出去。

現下天氣不冷，衣服穿得單薄，淋濕之後緊緊黏在身上，更顯少女身段玲瓏有致。

哪怕林中光線昏暗看不太清楚，但徐勇眼中還是冒出一絲邪火。

名滿京城的宣平侯府大小姐，即將要雌伏在他身下，光是想想都已經讓他激動得發抖。

沈驚春扔了小包袱，細長的手指解開繫帶，開始脫衣服，很快地身上就只剩下一件紅色繡花的肚兜，白皙的肌膚在如此昏暗的光線下依舊白得晃眼。

徐勇嚥了口口水，再也按捺不住，大步跑了過去，一把將她撲倒。

細膩的肌膚手感極佳，徐勇毫無章法地伏在她頸間親了幾下，手忙腳亂地開始解腰帶、脫褲子。

就是現在！

沈驚春手一翻，一把水果刀憑空出現在手上，往前一送，輕輕鬆鬆就刺破衣物，捅進了徐勇的腹部。

「啊！」徐勇一聲慘叫。

沈驚春已經拔出了水果刀，又捅了過去。

鮮血噴湧而出，徐勇很快就癱軟在地不動了。

大樹後面，小丫鬟豆芽不知道什麼時候轉醒了。「他死了？」

沈驚春鬆了手，躺在地上鬆了口氣。「沒有，應該是失血過多暈過去了，沒這麼快死。」

豆芽本來還鬆了口氣，聽到後面一句，又掙扎著爬了過去，滿是驚恐地問道：「徐勇就是一個普通的護院，怎麼有膽子對小姐做這種事？背後肯定有人指使他，要是他死了，背後的人追查過來怎麼辦？」

追查個屁！沈驚春忍不住翻了個白眼。她雖然才剛穿過來，但因為接手了原主留下來的記憶，對目前的處境還是很瞭解的。

這具身體原本是宣平侯府的大小姐，但半年前，有個農女上門認親，因農女長了一張與侯夫人有八分像的臉，立刻就得到了侯府的重視。

一番追查下來才發現，多年前大小姐竟與這農女抱錯了。

農女雖然在鄉下長大，但卻氣質天成，一點也不小家子氣，再加上跟侯夫人有八分像的一張臉，很快就成了侯府的團寵。

原主這個假千金心裡的嫉妒一發不可收拾，屢次陷害真千金徐長寧不成，又將心思動到了侯府世子徐長清身上，卻不料被養母崔氏發現，最後忍無可忍要將她趕出侯府——這是崔氏母女的說法。

養父徐晏也因此對她失望透頂，但到底是自己寵大的女兒，仍是安排了人將她送回家。

徐勇是宣平侯府的世僕，若沒人在背後指使，絕不敢做出這樣的事來，但他奉的不可能是徐晏的令，而才做回侯府大小姐的徐長寧更無可能，她估計巴不得要原主好好嚐一嚐當農女的滋味呢！

想了一圈，最有可能的，還是侯夫人崔氏。

既然是背著徐晏，崔氏必然不會想讓這件事曝光，徐勇死也就死了，誰會管一個小小護院的死活呢？

沈驚春在地上躺了一會兒，蒙汗藥的藥效漸漸減弱，身上總算有了些力氣。

豆芽拖著一條傷腿站了起來。「小姐，現在怎麼辦？」

沈驚春看著這個其貌不揚的黑丫頭，忍不住嘆了口氣。「還能怎麼辦？當然是收拾收拾回沈家。妳找找看徐勇身上有沒有什麼值錢的東西，農村的日子不好過，沒有錢財傍身，是肯定不行的。」從京城出來，她身上只有徐晏給的一張一百兩銀票。

豆芽聽了吩咐，很快就將徐勇的衣服扒得只剩下中衣。

這個一臉鬍子、看著猥瑣的護衛，身上零零散散的銀子、銅板加起來，竟也有小二十兩，腰間的腰帶裡還藏著一支瞧著挺精緻的銀簪，顯然是買了要送給哪個姘頭的。

沈驚春一點也不客氣，照單全收。「走吧，趁著天還沒黑，趕快找個地方落腳。」

豆芽指了指毫無聲息躺在地上不知死活的徐勇，問道：「那他怎麼辦？」

「不用管。死了是他命裡該有此一劫，若是碰巧被人救了，也說明他命不該絕。」

主僕倆相互攙扶，一路跌跌撞撞地出了樹林。

天還沒徹底黑下來，兩人就找到了一處小村莊，付了些錢，借住了一晚。豆芽不僅受了驚嚇，還受了傷，簡單的包紮之後，漱洗完躺下就睡著了。

沈驚春卻睡不著。

她是個現代人，家裡兄妹兩個，老爸經營著一間家具廠，但她哥沈驚秋從小就是個學霸，勵志成為一個科學家，所以沈驚春從小就被告知長大了是要繼承家具廠的，還不會握筆，就已經拿著工具跟著沈爸做木工，培養這方面的興趣愛好了，就連大學選的專業也是這方面的。

可不等大學畢業，世界末日就到了，全世界都淪為了喪屍的樂園。秩序崩壞，強者為尊，想要活下去都很不容易。沈驚春在末日一年後，僥倖覺醒了木系和空間雙系異能，之後又摸爬滾打五年，卻還是成了喪屍的盤中餐。再一醒來，她就成了被宣平侯府趕出門的假千金。

這具身體的戶籍已經從侯府轉到了沈家，以沈驚春對這個朝代的瞭解，律法對於平民而言還是很森嚴的，戶籍管理得很嚴。憑她現在的社會地位，想要在這上面做手腳，那是想都不要想的。

然而，沈家顯然不是個好去處。

徐長寧認祖歸宗之後，心疼女兒的崔氏曾派人去沈家看過。

沈驚春已經去世的生父沈延平在家排行老三，上面的大伯父沈延富是個秀才，娶的是老太太錢氏娘家的姪女小錢氏，生了一子一女；二伯父沈延貴讀過幾年書但沒什麼才學，如今在家種田，娶妻李氏，育有二子一女。

而沈延平還給沈驚春生了個哥，但是根據崔氏得到的可靠線報，這個哥早幾年在沈延平還沒死的時候，就摔壞了腦子，沈延平會死，一方面是來自於親娘的壓榨，一方面是想多多掙錢給兒子看病。

餘下便是已經嫁人的大姑和小姑；還有一個比沈驚春大不了幾歲，但是遊手好閒、整天不幹正事，都已經二十出頭卻仍然打著光棍的小叔。

越想，沈驚春就越覺得難以入睡……

昨夜迷迷糊糊地想了半宿，等再睜眼時，外面天色已經發亮。

「小姐，您醒啦！」

豆芽一見沈驚春出門，立刻放下手頭的活，一瘸一拐地往她那邊去了。「我問了陳嫂子，咱們要去的平山村就在祁縣過去幾里地，正巧今日縣城趕大集，咱們可以跟著陳大哥的牛車過去，到時候再看看有沒有牛車去平山村就好了。」

陳嫂子家所在的下渡村，離祁縣並不算遠，坐著牛車很快便到了。

主僕二人在城門口下了車。

陳嫂子看了看牽著沈驚春不放手的兒子，笑道：「現在時間還早，來趕集的肯定沒有這麼早回去的，若是無聊，不妨跟我們一起進城去逛逛？」

沈驚春點點頭。「第一次來祁縣，肯定是要逛的，只是在這之前，車資還是要先結的。」她不知道車費到底該給多少，想了想便數了十個銅板出來。「我不知道這車資到底該給多少，嫂子妳看夠不夠？」

陳嫂子見她主動付車費，也沒推辭。「我家與平山村到祁縣的距離差不多，都是五錢一人。」

既然是要進城，沈驚春便招呼豆芽幫著一起將牛車上的東西往下卸。陳嫂子夫妻二人帶著孩子，東西不算多，一人揹了兩個背簍就往裡走。

幾人說話間，就到了市集所在。

陳家離祁縣不算遠，出門也早，但到的時候，這裡已經擺了很多攤位，賣什麼的都有，叫喊聲此起彼伏。饒是沈驚春的靈魂來自現代，也差點看花了眼，更別說一直待在侯府大院裡的豆芽了。

陳家這回帶來賣的都是山貨，陳大郎一個人看著攤子也沒什麼問題，陳嫂子想著沈驚春主動給了車資，便提出帶她們主僕到處逛逛。

三大一小先是逛了逛市集。

到了市集，幾人沿著大街一路逛。沈驚春主要的目的就是看看這個古代社會，再加上阮囊羞澀，因此一路逛下來也沒買什麼。

等到日頭越升越高，陳嫂子也歇了繼續逛下去的念頭。「時間不早了，來趕集的人東西賣得差不多，這時候也應該要往回趕了。平山村都是從東城門那邊進城，我領妳們過去問問有沒有牛車。」祁縣雖不是什麼大縣，但畢竟也是個縣城，十天一次的大集市分了東西兩塊，平山村跟陳家是完全相反的兩個方位，這事她早先已經跟她們說過。

只是，不等幾人走到東城門，便被堵在了大街上。

看熱鬧的人裡三層、外三層地圍了幾圈，三人之中唯有沈驚春個子最高，跳起來勉強能看到裡面。「我瞧著好像是醫鬧？」

旁邊看熱鬧的聽了，不由得嗤笑一聲道：「醫鬧？整個祁縣敢在杏林春鬧的，那還真是沒有！」

沈驚春看了他一眼，見他做書生打扮，想必是縣學的學子。「哦？請問仁兄，這是為何？」

那書生看她一眼，見說話的是個貌美少女，態度到底好了些。「這杏林春的東家乃是當朝平陽長公主，別說是這祁縣地界了，怕是整個大周朝也沒幾個人敢在長公主的地盤撒野吧？」

這平陽長公主，沈驚春還是知道的。

當今天子的胞姊，年輕的時候脾氣很烈，文能與言官對罵，武能跟將軍幹架，最為人所知的事蹟，便是披甲親自上戰場，以少勝多打了場漂亮的勝仗。之後連皇帝都忍不住感慨道「若非阿姊志不在此，這帝位哪裡又能輪到朕來坐」。

畢竟大周朝建國以來，也是出過女帝的。

這樣一位英姿颯爽、令人敬仰的長公主，這輩子唯一的不足，便是眼光不怎麼好，千選萬選，卻選了個渣男駙馬。

在公主懷孕期間，這位駙馬養外室的事情被人捅了出來。

這外室卻還不是什麼無關緊要的人，而是駙馬的表妹。更讓人無語的是，這表妹已經給駙馬生了兩個孩子。

長公主知道這件事後，當即便同駙馬和離，去了別莊休養。但她不追究，卻不代表別人不追究。皇帝知曉此事後震怒，不僅拔了駙馬的官職，還下令他三代之內不許參加科舉。

事情本來到這裡就結束了，可誰也沒想到，公主竟早產誕下麟兒，而這孩子生下來就不太健康，後面養了一年多，終究還是沒了。

痛失愛子，長公主痛不欲生，但卻沒有遷怒那些大夫，反倒請到了從太醫院退休的太醫，開了一家醫館。她的兒子沒了，卻希望別人的孩子能夠好好的。

裡面還在吵鬧，尖銳的聲音直衝腦門，刺得沈驚春腦袋生疼。

聽了這麼一會兒，她大概多多少少聽明白了點，這事跟人家杏林春還真沒關係。

事情的起因，是當事人之一的方氏，因為兒子生病常來杏林春抓藥，但她家境貧寒並沒有那麼多錢，醫館的大夫醫者仁心，便教了她識別藥材，又教了幾種常見藥材的炮製。

這些藥材在附近的山裡都能找到，不是什麼稀罕物，所以價格也不貴。

方氏的嫂子李氏偶然發現了她賣藥材的事，按理說家裡沒有分家，這些錢都應該上交才是，但李氏有自己的打算。

他們家人口多，家裡老太太偏疼老大和老四，有什麼好的都想著這兩個兒子，李氏心裡不服氣，卻不敢表現出來，發現方氏採藥材掙錢之後，便逼迫她教會自己。

今日便是妯娌兩個趁著趕集來縣裡賣藥材。

但杏林春收了方氏的，卻沒收李氏的，原因是李氏炮製藥材的時候偷工減料，根本沒有炮製到位。

人家本來說得還算客氣，但李氏哪管這個？反正在她看來，她的藥材跟方氏的一樣，杏林春收了方氏的卻不收她的就是不行，於是坐在地上就開始撒潑。

但杏林春背靠長公主，怎麼可能怕她一個鄉間蠢婦？當即便叫醫館裡的幾個學徒，將她架起丟出了門。

李氏摔了個大馬趴，臉上也擦破了一塊，卻不敢再到杏林春鬧，於是便將怒火全部撒在了方氏身上。

這場熱鬧並沒有持續多久，最終以李氏從方氏手裡搶了些錢離開而結束。

方氏頭髮散亂，臉上也多了幾道血痕，顯然是被李氏抓出來的，懷裡抱著個小女孩一聲不吭，看上去特別可憐。

周圍來往的行人看得不住嘆氣，但卻沒有一個人上去幫她。

沈驚春看著，也不由得嘆了口氣，視線落在方氏懷裡那個小孩的臉上時，不由得怔住。

這孩子一看就知道從小吃得不怎麼樣，缺乏營養，頭髮枯燥、臉色蠟黃不說，頭還特別大，沒幾兩肉的小身體顯得又瘦又小。

這長相實在有幾分眼熟，總覺得在哪裡見過，但她努力想了想，也沒想起來到底在哪兒見過。實在想不起來，沈驚春也懶得再想。

「沒事吧？還能站得起來嗎？」她一伸手拉住了方氏。

身邊的豆芽也連忙拉住了方氏的另一隻胳膊。

方氏借力站了起來，低頭看著沈驚春腳上精緻的繡花鞋，再看看自己洗得發白的布鞋，有些自慚形穢，都沒敢抬頭看她，只喃喃道：「多謝這位小姐，我沒事。」她將胳膊抽了出來，拍了拍小姑娘身上的灰，將地上的背簍撿起，抱著孩子低頭走了，很快就消失在人海之中。

陳嫂子嘆道：「唉，真是可憐，看樣子這位嬸子回到家後，恐怕也不好過。」雖然是妯娌兩個，但兩人的形象也差太多了，那李氏不說渾身是膘，但起碼看上去健健康康，是個正常的中年婦人；方氏就不一樣了，身上瘦得只剩下了骨頭，可想而知兩人在家中的地位。

聽著陳嫂子的感慨，沈驚春收回了視線。這個小插曲倒叫她想起來，她那便宜親哥好像是有兩個孩子的。所幸現在手裡還有點錢，沈驚春乾脆又去買了三包點心，打算帶回去給兩個孩子。

等到了東門外，陳嫂子問了問，這邊果然有去平山村的牛車，車資也是五錢一人，只是要等滿十人，才能發車。

「煩勞嫂子陪我逛了這麼久，給錢妳肯定是不要的，但這包點心卻是我的一點心意，帶回去給壯壯吃吧。」買三包點心原本就是想給壯壯一包，人家來縣裡賣山貨也不是沒事幹，陪著逛了一上午，用一包點心回禮，也算是正常的人情往來。

陳嫂子爽利地笑了笑，沒有推辭，直接接過來道：「那我就不客氣了。我家在哪兒，妳也是知道的，有空來玩。壯壯，跟姑姑道別吧。」

辭別陳嫂子一陣子後，牛車總算上了路。

路程走到一半，才有個看上去十分和善的大娘朝她倆搭話。「姑娘是來平山村尋親嗎？」

大娘長了一張笑臉，衣服雖然漿洗得發白，但很乾淨，尤其是放在膝蓋上的一雙手，看著很粗糙，但連指甲縫都是乾乾淨淨的。

沈驚春沒啥潔癖，但也喜歡跟這種愛乾淨的人打交道。「是啊，平山村沈家，大娘知道嗎？」

「沈家？」徐大娘愣了一下。「咱們平山村是三姓混居，倒有小半人家都是姓沈的呢，姑娘找的是哪一家呢？」

「就是抱錯孩子的那一家。我叫沈驚春，從京城來的。」既然是認祖歸宗，村裡人遲早知道她是從京城宣平侯府過來的，還不如大大方方自己先承認。

車上其他人本就在關注著這邊，一聽沈驚春這麼說，立刻一片譁然。

徐大娘打量了她兩眼，嘆道：「妳同妳爹倒是長得有幾分像呢，只可惜……」

只可惜，沈延平這個便宜爹已經死了。

提起沈延平，徐大娘攀談的心思淡了幾分，兩人隨便聊了幾句，便歇了話頭。

牛車就這麼點大，其他人倒是想閒話一下，但當著沈驚春這個正主的面，也不好說些什麼，便一路沈默地到了平山村。

下了牛車，幾個婦人一哄而散。沈家的親閨女從京城回來了，這可是個大消息！

唯有徐大娘還站在原地沒走。「妳從京城來，想必也不知道沈家在哪兒，我正好同妳順路，妳跟我一道兒過去吧。」

沈驚春乖巧地道了聲謝。

這副樣子倒比原來那個沈家丫頭看著順眼許多，徐大娘有心想提點她幾句，可張了張嘴，又不知道該從何說起。這沈家的糟心事實在太多了，只好道：「也是順路。」

沈家的房子靠近村尾，是個典型的四合院，當年起這個房子的時候，家裡有錢，是一律的青磚大瓦房，如今雖然時間長了，但在平山村也是少有的好房子。

三人還沒走到門口，就聽到院子裡傳來了吵鬧聲。

小孩子的哭聲震天，傳出來老遠。

徐大娘的面色變了變，嘴上沒說什麼，腳步卻又快了幾分。到了沈家門外，兩步上前，一把推開了虛掩著的大門。

沈驚春就站在她身邊，將裡面的情形看得一清二楚。

裡面一群人扭打在一處，當中兩個婦人，正是在縣城見到過的李氏和方氏。

原本被方氏抱在懷中的那個小姑娘，此時滿臉血地坐在一個男童身邊大哭，看上去好不淒慘。

看到這裡，還有什麼不明白？這方氏顯然就是她的便宜老娘，而那個有幾分眼熟的小姑娘就是她大哥的閨女。

她說呢，怎麼看著那麼眼熟，那小姑娘的長相，可不就跟她現代時的大哥沈驚秋小時候長得一樣嗎？

大門的打開，只讓裡面幹架的人愣了一下。

李氏的兩個兒子正壓著一個青年打，扭打中，那被打的青年露出鼻青臉腫的一張臉來。

沈驚春一見，火氣就倏地上來了，喊了一聲「哥」，人已經像個小炮彈一樣衝了出去，一腳踹在李氏的大兒子沈志傑身上。

她在末世砍慣了喪屍，沒覺醒異能之前又過了一年底層生活，為了點吃的喝的，打架根本是常事，這具身體又是從小習武的，因此這一腳力氣之大，直接就將沈志傑踹了出去。

沈志傑只覺得被踹到的那條胳膊像是斷了一樣，痛得他眼淚、鼻涕一下子全下來了。

還不等沈志傑哀號出聲，沈驚春又狠狠一腳踩在了他胸口。

落後一步的豆芽緊隨其後，看也沒看正在挨打的方氏，一拳打在了沈志軍的鼻梁上，將他打得往後仰去，鼻血順勢流了出來。

這一切不過發生在電光石火之間，等到李氏反應過來，兩兄弟已經被打倒了。她「啊」的一聲，放開虛弱的方氏就要往那邊衝，才走兩步，沈志傑就一邊哀號、一邊大喊——「娘，妳別動，再動我就死了！」踩在他胸口的那隻腳硬得像鐵，他沒被踹的那隻手用力抓著也沒能撼動分毫，反倒是他娘往前一步，那隻腳上的力氣就重了一分。

李氏聽到兒子的叫號，果然停了下來，毫無形象的大喊大叫。「妳誰啊？小賤人！快放開我兒子，我們沈家的事情要妳多事？趕快給我滾，要不然老娘要叫人了！」

沈驚春無語地翻了個白眼。「妳叫啊，我倒要看看，妳叫破了喉嚨有沒有人來幫妳？」當然不會有人來幫她！今日沈老太太娘家姪孫娶親，他們一家人都上錢家吃酒去了。李氏氣得差點吐血。

沈驚春瞧著她那張憋屈的臉，慢悠悠地道：「哦，忘記自我介紹了。剛才妳打的那個是我娘，妳兒子打的是我親哥。」

李氏震驚得睜大了眼。

沈長年夫妻倆聽到消息從錢家趕回來的時候，太陽已經西斜。

幹架的雙方一邊坐在東廂門口，一邊坐在西廂門口，可謂是涇渭分明，但顯然方氏幾人要慘很多。

沈蔓和沈明榆兩個孩子被李氏推倒磕破了腦袋，滿臉的血擦乾淨之後，找了村裡的赤腳大夫簡單地上藥、包紮了一下，但看上去還是慘兮兮的；方氏一臉血痕，頭髮都被薅掉了一把。

當然，最慘的還是沈驚秋。一下午過去，挨了揍的一張臉已經腫得看不出原來的樣子了，露在外面的胳膊也是青一塊、紫一塊的，看不出有一塊好皮肉。

沈老太太一進院子就吩咐後面的沈延富關了門，掃視一圈後，視線落在沈驚春身上。這丫頭正一臉關切地坐在沈驚秋身邊，哪怕後者正一臉傻笑地說自己沒事，臭丫頭還是淚眼汪汪的。

沈老太太臉上掛著冷笑，邊往裡走邊道：「倒是有本事，才回來就攪得家宅不寧。」

她沒點名，但在場所有人都知道她說的是誰。

方氏臉色難看得很，剛想要說話，就被沈驚春按了按手。

「老太太想必是年紀大了，所以耳不聰，目也不明。我年紀還小，攪家精這樣的高帽子我戴不起，怕折壽。」沈驚春話一出口，沈老太太就停了下來。沈老太太長了一雙丹鳳三角眼，年輕時想必是很好看的，但年紀大了，卻顯得凶狠而刻薄。

「跟長輩頂嘴，這就是侯府的家教？」

沈驚春冷笑一聲。「是不是侯府的家教我不知道，但我是由侯夫人教養長大的，老太太想知道，不如去京城當面問問侯夫人？」

氣氛劍拔弩張，連小孩子都意識到了不對，視線在兩人之間來回。

沈老太太怒極反笑。「倒是個嘴尖舌巧的，但這是沈家，可不是京城宣平侯府，我們家不興寵孩子，犯了錯就該認罰。方氏妳教的好女兒，還不跪下！」

方氏被欺壓慣了，幾乎是沈老太太話音一落，她就下意識的跪了下來。

撲通一聲跪在地上，聽了都疼。

沈驚秋不明白發生了什麼事，但方氏一跪，他就跟著跪了下來，兩個小的也緊隨其後，一時間，一家人跪成了一排。

沈驚春閉了閉眼，心裡的難過像是洪水氾濫一般席捲心頭，幾乎要將她淹沒。

方氏和她現代的媽長得並不一樣，但沈驚秋這個哥哥卻跟她現代的哥哥長得一模一樣，連手背上那顆痣的位置都分毫不差。

末世來臨之時，她爹媽是第一批感染喪屍病毒的，沒得救。

而沈驚秋則是第一批覺醒異能的，可後面為了救她，死在了屍潮當中。

如今，這個跟她哥長得一模一樣的人，毫無尊嚴地跪在這個根本不將他當人看的老太太面前，而這一大家子卻幸災樂禍地在一邊看熱鬧……怎麼可以！

沈驚春吐出一口氣，嚥下喉間的酸澀，冷冰冰地開了口。「豆芽，妳去守著門。」

豆芽沒有絲毫遲疑，轉身就守在了大門前。

沈家眾人看得不明所以。

沈驚春四下張望一番後，從牆角的柴堆裡抽了根手臂粗的木棍，在手上掂了掂。「雖然我今天才來到這裡，但也算是看明白了，這個家是不講道理的，誰狠誰說話。老太太既然不會教育後輩，那我這個做小輩的就斗膽替妳教一教。」

木棍很長，被沈驚春拖在地上走了幾步，劃出一道痕跡來。

沈老太太在沈家作威作福一輩子，沒想到臨老了還碰到沈驚春這麼個刺頭，當即怒道：「妳想幹什麼?!」

沈驚春挑挑眉。「剛不是說了嗎？替妳教育一下小輩啊！」

小弟沈延安喝醉了酒，二弟沈延貴被老太太安排留在錢家照顧他，此時沈延富看了眼自家老爹，深吸了一口氣後，壯著膽子上前勸道：「姪女，妳先把棍子放下，有什麼事情好好講，咱沒必要動武。」

沈驚春看了他一眼。

沈家這麼多人中，這個大伯是穿得最好的，臉上也有肉，顯然是站在沈家金字塔頂的人物。這樣一個人能看著親弟弟一家活得連豬狗都不如，顯然也不是什麼好人。

但今天，她只想教李氏母子三人做人。

「今天我只找他們三個，不想挨打就滾遠點。」手中長棍一揮，帶出一道勁風。

沈延富心中驚駭，下意識往後退去，將路讓了開來。

沈驚春兩步躥了過去，掄起長棍就朝沈志傑打。

長棍劃破低空，發出呼的一聲輕響。

李氏尖叫著上前撲在沈志傑身上，母子二人摔倒在地，沈驚春的棍子打空，落在了後面的磚牆上，砰的一聲，斷成了兩截。

「我錯了，都是我的錯！我不該欺負方氏，以後再也不敢了！」

隨著李氏的認錯，空氣中漸漸瀰漫出一股淡淡的尿騷味。

沈驚春笑了笑，隨手將手上剩下的半截棍子一扔。「有人認錯了。犯了錯就該認罰，老太太妳看，這應該怎麼罰呢？」

這一晚對於沈家來說，注定是個不眠夜。

沈老太太十六歲嫁到沈家，縱橫沈家多年未有敵手，但沒承想，今日卻遇上了沈驚春這個刺頭。

這是她第一次在口角上吃敗仗，心裡既憤怒又不甘，總覺得有什麼東西隱隱脫離了掌控。

翻來覆去大半夜也沒睡著，黑暗中她倏然坐起身。「沈驚春這個臭丫頭不能留！今日才回來就攪得家宅不寧，時間長了還不知道會鬧出什麼事來。明日我便去找媒婆，盡快將她嫁出去，也省得麻煩。當家的，你怎麼說？」

黑暗中，沈長年一聲未響。

沈老太太滿心不悅地踢了他一腳，回答她的是沈長年的鼾聲。

老太太睡不著，方氏同樣睡不著。

徐長寧以前還在沈家的時候，與他們並不親近，反倒是整日跟在老太太身邊忙前忙後。方氏雖然傷心，覺得女兒跟自己不親近，但也知道能得了老太太的喜歡，在這個家裡的日子就會好過很多。後來她成了宣平侯府的千金，方氏心裡鬆了一口氣的同時，也放棄了要回自己的親生女兒。

在侯府哪怕當養女，過得也比在沈家好千百倍吧？

方氏從來不敢奢望，有朝一日親生女兒還能回來。

可現在女兒不僅回來了，還為了她和老太太槓上，女兒是那麼的勇敢。

沈驚春在方氏不知道翻了多少次身之後，終於忍不住摸索著握住了她的手。「娘，往後家裡有我，妳不要怕。」

這聲「娘」喊出來並沒有多難，即使方氏沒養過自己一天，但就衝著方氏對沈驚秋的一番慈母之心，她也會認這個娘。

沈驚春的手很暖、很嬌嫩，讓方氏感到很安心。「妳能回來真好。」

「嗯，我以後都不走了。」沈驚春拍了拍方氏的手道：「娘能跟我說說哥是怎麼變成這樣的嗎？」

兩個哥哥實在是太像了！沈驚春都忍不住懷疑，這個沈驚秋是不是死在屍潮中的沈驚秋穿越的？就如同她被喪屍撕碎後，再一睜眼就成了侯府的假千金一般。

方氏抹了把眼淚。「是妳奶奶……」一向顯得柔弱的聲音中透著幾分自己都察覺不到的恨意。「前幾年她生病了，可巧去縣裡抓藥的時候，其中一味藥缺貨了，跑遍了各大藥行都沒買到藥，杏林春的大夫本來說可以用貴一點的藥代替，但她不願意花這個錢，妳大哥知道後，為了討老太太的歡心，就冒著大雪上山採藥了，他說在東翠山上曾經見過這種藥。」方氏越說聲音越低，可話裡的恨意也越發清晰。「妳大哥去了很久都沒回家，妳爹求了老太太叫大家出去找人，老太太卻說雪下得太大，上山太危險，不讓去。等妳爹自己找過去的時候，妳哥就倒在山腳下，鮮血染紅了一地的雪，身子都凍僵了……」方氏終於忍不住低聲哭了起來。

沈驚秋是自願上山替老太太採藥的，方氏知道自己怪不著任何人，沒人知道他會出這樣的意外，可方氏心中對老太太的恨卻是怎麼也止不住！

若是老太太對他們三房能稍微好一點，沈驚秋又怎麼會冒著大雪去採藥？若是沈驚秋好好的，丈夫沈延平又怎麼會為了兒子的病而日以繼夜的幹活攢錢，累垮了身體？

沈延平掙的每一分錢，都是為了給沈驚秋治病，饒是這樣，老太太卻還要他們交出大半到公中，美其名曰還沒分家，掙的錢都要上繳大半，這是規矩！

黑暗中，沈驚春有些不自在地摟了摟方氏，一隻手在她背後輕輕拍著，以示安撫。

等方氏的情緒漸漸冷靜了下來，沈驚春才提出了自己的疑惑。「娘，老太太對咱們這一房是一直都不好嗎？還是忽然有一天就不好了？」

方氏雖然不明白女兒為什麼會這麼問，但還是老老實實的回答。「我跟妳爹沒成親之前的事我不太清楚，我問過妳爹，他也不肯說，但成親之後，卻是一直都這樣的。說出來不怕妳笑話，就是我們成親的五兩彩禮錢，都是妳爹自己攢出來的。」

沈默半晌後，沈驚春說出了心裡的想法。「娘，我懷疑爹根本不是老太太親生的。」

方氏被沈驚春的話震驚到好一會兒才回過神來，喃喃道：「怎麼可能？這話可不能亂說。」

沈驚春撇了撇嘴，隨口道：「那我跟徐長寧還能抱錯呢，爹——」

話沒說完，母女兩個都愣住了。

原本沈驚春說沈延平不是老太太親生的，不過是隨口一說，因為老太太對這個兒子的態度簡直比對陌生人還冷漠，天底下哪有這樣的親媽呢？

可現在，她心裡的懷疑止不住的上漲！她有些不確定地問道：「娘，不會爹真的不是親生的吧？」

沈延富的長相隨了沈長年這個爹，父子兩個都長了一副天真淳樸、老實巴交的臉。他兒子沈志華長得也像他，女兒長得則像小錢氏多些。

沈延貴目前還沒看到，但他兩個兒子長得也同沈長年有些相像，想必他本人也好看不到哪裡去。

再看看他們兄妹倆，沒一個像方氏的，而早先徐大娘又說她長得和沈延平有幾分像。沈驚春自己是濃顏系的長相，長了一雙和沈驚秋如出一轍的桃花眼，而沈家嘛……看到目前為止，也就她哥的兩個娃是桃花眼。

雖然單憑長相很難說明什麼，但沈驚春心裡的懷疑還是越來越濃。

「而且，還有另外一個疑點。」她吸了一口氣，心裡的懷疑像雨後春筍般冒出。「既然老太太對咱家一直都不好，我哥心裡肯定也很清楚，怎麼會想到上山去採藥討好老太太？老太太既然不願意用高價藥代替，想必也不是大病。平山村後面就是東翠山，從小生活在這裡的人，不可能不知道大雪天上山有多危險，孰輕孰重我哥難道還分不清？」

方氏被女兒說得驚疑不定，遲疑道：「妳的意思是……有人在他面前說了什麼？」

「必然是這樣。」沈驚春說得很肯定。「他身上擔的可不只父母，還有媳婦和孩子。蔓蔓和明榆那時候才多大？估計還不會走路吧？如果他出了什麼事，兩個孩子怎麼辦？爹還有老爺子在身邊呢，日子都過得那麼苦了，如果他出事，兩個孩子沒了爹……他就算不為自己想，也會為兩個孩子想的。」

方氏已經被沈驚春說服，兒子傻了好幾年，她都有點想不起當初他還沒傻之前的樣子了，現在女兒提出這個疑點，兒子幾年前的樣子忽然清晰地呈現在腦海裡。

沈驚秋的確不是一個衝動莽撞的人。

「可誰能說服他在大雪天上山呢？」

方氏想了一宿，也沒想出這個人究竟是誰。

但沈驚春心裡卻有了一個懷疑的對象——徐長寧。

這個懷疑沒有任何證據，但沈驚春就是覺得是她。

母女倆聊了半宿，沈驚春都不知道自己是什麼時候睡著的，只覺得才合眼，就被外面的動靜吵醒了。

沈驚春打著哈欠起了床，胡亂套上衣服出了門。

沈老太太雖然在各種事情上苛待三房，但在住這件事上，實在沒動手腳的必要。正房一邊住了他們老倆口，一邊住著她的心頭肉沈延安。東廂房住的是沈延富一家，西廂房住的是沈延貴一家，沈延平一家住的按四合院的結構來說，雖然是門房，但也有兩間。

沈驚春一出門，就瞧見坐在牆邊喝著粥的沈驚秋倏地一下站了起來。

一晚上過去，他被打腫的臉抹過藥酒後消了幾分腫，但仍舊青一塊、紫一塊的，看著有些滑稽。沈驚春還沒來得及跟他打招呼，就看到他放下碗，一陣風似的跑了。

沈驚春尷尬地收回了手，正想找方氏問問在哪兒漱洗，沈驚秋又跟一陣風似的跑了回來。

手裡端著的碗遞到了沈驚春面前，沈驚秋小心翼翼地道：「妹妹吃早飯。」

早上他娘起來就跟他說了，以後這就是他妹妹了，做哥哥的一定要好好保護妹妹，不能讓任何人欺負她。

沈驚秋知道大家都在背地裡叫他傻子，可傻子也是能分辨清楚誰是真心對自己好的。

就比如那個走掉的妹妹，他被打了，那個妹妹從來都不會問他痛不痛。

可這個新來的妹妹卻一邊掉眼淚，一邊給他抹藥，問他痛不痛？要不要吃糖？

想到昨天那塊糖，他不由得舔了舔嘴唇，五顏六色的臉上露出一個憨憨的笑來。

沈驚春看得鼻子一酸，眼淚大顆大顆地往下掉。

沈驚秋一下子慌了，端著碗急得不知道該怎麼辦，想了想乾脆扯著嗓子大喊：「娘……娘妳快來！」

方氏聽到喊聲，顧不得沈蔓才穿了一半的衣服，連忙抱著孩子跑了出來。「怎麼了？」

沈驚秋滿臉的不知所措。「妹妹哭了……」

方氏見著沈驚春的眼淚，愣了一下，隨後一巴掌拍在沈驚秋肩頭上。「不是叫你保護妹妹，你怎麼欺負她？」

沈驚春抹了眼淚，又笑了。「沒有，我是高興呢，我又有哥哥了！」

等到一家子都起來吃了早飯，方氏就要去洗碗，沈驚春本來還想著攔一下的，但方氏卻說這是輪著來的，倒不是老太太刻意搓揉，而是本來就輪到她了，沈驚春這才作罷。

今日是要繼續去田裡收稻穀的，沈家家境還算不錯，二十多畝田，其中十五畝良田上種了水稻。

這幾日本來都在割稻，但因錢家有喜事，才停了一天。

沈驚春拎著把鐮刀，同方氏幾人走在最後，看著沈延富這個堂堂秀才老爺也跟著一起下田，奇道：「家裡的讀書人也要下地呢？」

方氏看了一眼走在前面的一家人，壓低了聲音才回答。「這是祖上傳下來的規矩呢，書要讀，但也不能養得五穀不分。平時自然是不用他下地的，也只在農忙的時候會幫把手罷了。」

說到規矩，沈驚春就懂了，老太太可是最重規矩的人，且俗話也說得好，無規矩不成方圓。

「要不妳今日就別去了，在家帶著蔓蔓和明榆吧？有豆芽幫忙，我跟妳哥也能割完妳那份的。」

豆芽走在一邊，瘋狂點頭。「是呀是呀！小姐您別去了，曬黑了就不好看了！」

沈驚春搖了搖頭。「不行，一定要去。老太太本來就看咱家幾個人不順眼，我不能給她留下把柄在外人面前說道。放心吧，我會幹活的。」

方氏原本還以為沈驚春只是為了不讓她擔心，才說會幹活，可等到了地頭，開始割起稻穀來，才知道女兒是真的會幹活。

才開始的時候有點慢，但漸漸的上了手，她的速度就上去了，雖然沒有沈驚秋這種幹慣了農活的人速度快，卻也能輕易趕超大房的沈梅和二房的沈蘭。

等沈驚秋割完一隴的稻穀轉頭來幫她，沈驚春已經割完了大半隴。

兄妹二人合力將這邊割完，方氏那邊也割到了頭。

眼瞅著方氏又要重新開始，沈驚春連忙拉住了她勸道：「娘，先不忙，咱們歇會兒。」

哪怕已經入了秋，但早晚溫差還是有點大，烈日底下待的時間長了，人都有點受不了。

方氏被沈驚春拉著往樹蔭底下走，看著閨女一張白皙細膩的小臉曬得通紅，上面掛滿了汗水，到底還是將想說的話又給嚥了回去。

樹蔭下，沈驚春喝了水、擦了汗，拿著把蒲扇搧著風，才覺得自己又活了過來。

末日的條件可比這裡惡劣得多，她也好好地活了六年。如今這具身體雖說是從小習武，但到底是嬌生慣養大的，想必等之後習慣了就沒什麼了。

「姑姑妳看，這是豆芽姑姑給我的，好不好看？」

大概是昨天在縣城，沈驚春是唯一對方氏施以援手的人，沈蔓很快就接受了這個新的姑姑，十分喜愛她，連帶著話少的沈明榆也黏在她身邊不放。

沈驚春低頭看了一眼，沈蔓捏在手中的是隻草編的螞蚱，旁邊的沈明榆手裡也捏著一隻。

「好看。」沈驚春說著，又將視線移到了還在地裡割著稻穀的沈老太太等人身上。

她在等著這一家奇葩過來找事呢！

沈老太太果然沒叫沈驚春失望，沒一會兒就陰沈著一張臉，氣勢洶洶地衝過來了。

沈驚春倚著樹幹，一手摟著小姑娘，一手拿著蒲扇搧風，撩了撩眼皮，淡淡地道：「有事？」

除了一雙桃花眼，臭丫頭的長相其實跟沈延平並不相像，真正像的是她給人的感覺，或者說是這周身的氣質。

不論自己如何苛待他，他永遠也不會發怒，彷彿什麼都不放在眼裡，可若是傷及他的妻兒，那層淡漠的表象就會被瞬間撕碎，露出下面的獠牙來。想到沈延平，沈老太太的臉色又難看了幾分。「好吃懶做的東西，活沒幹完就偷懶！都像你們這樣，沈家就是金山銀山也養不起！還坐著不去幹活？」前面幾句說的是沈驚春，最後一句卻是衝著方氏和沈驚秋去的。

沈驚秋一下子站了起來，一百八十幾公分的大高個兒看上去有些局促不安，卻沒立刻行動，而是有些無助地看著妹妹。

方氏心裡還有氣，卻是連站都沒站起。

眼看著老太太已經氣得想打人，沈驚春才拿正眼瞧她。「這不是已經割完一隴了嗎？不能休息？」

沈老太太冷冷地盯著她。「妳只吃一碗飯？」

大家都是聰明人，沈驚春當然能聽懂她是什麼意思，可在場的卻有人聽不懂。

豆芽咋咋呼呼地氣道：「一碗飯怎麼了？餓了再吃不就行了？誰規定一頓不能只吃一碗？」

沈老太太被這個黑丫頭氣得差點吐血。

沈驚春卻忍不住笑了起來。「要是我記得沒錯，沈家還沒分家吧？」她也沒指望老太太回答，自顧自地接著道：「沒分家就沒道理按照房頭來分活了吧？大家都是一家人，所有的活都應該均分到每個人頭上，這樣才叫公平，才是規矩。」

沈老太太再也忍不住心裡的火氣，揚手一巴掌就甩了出去。

然而，手到半空，就被沈驚秋死死的捏住了。

沈老太太覺得自己的手腕似乎已經被他捏斷了！

沈驚春倒沒想到沈驚秋居然敢對老太太動手，挑了挑眉道：「老太太一把年紀了，能動嘴還是少動手吧，這要是磕了、碰了，受罪的還不是妳老人家嗎！」

沈老太太只覺得喉頭一腥，一口血就噴了出來，人直直地向後倒去。

沈驚秋呆了一下，觸電似的鬆了手。

沈驚春心道要壞！這老太太看著戰鬥力這麼強，卻沒想到是個中看不中用的繡花枕頭，才說了這麼幾句，就給氣吐血了。

她立即往前一撲，趴到了地上，沈老太太就這麼直直地壓在了她身上。

沈驚春被這一下壓得氣血翻湧、兩眼翻白。

還不等沈驚春緩過神來，沈驚秋已經一把推開了老太太，將她拉了起來，緊張地問道：「妹妹，妳沒事吧？」

方氏已經急得眼淚都出來了。老太太就是沈家的天，可現在沈驚春把這個天捅破了！他們幾個在場，自然知道全程對話，可外人不知道啊！老太太氣得吐血昏迷，她們母女就是說破嘴皮，只怕也沒人相信跟她們無關！

方氏淚眼矇矓地看了看四周，果然，原本在田裡勞作的沈家人和鄉親們注意到這邊的動靜，已經開始往這裡跑來。

沈驚春虛弱地咳了幾聲後，推開圍著她的沈驚秋和豆芽，一把撲到老太太身邊，扯著嗓子就開始嚎。「奶奶，您別嚇我啊奶奶！就算是堂哥、堂姊偷懶，您也不用氣成這樣啊！您要是氣死了，可叫我們怎麼辦啊奶奶！」聲音清脆而嘹亮，像個小喇叭一樣，傳出去老遠。

還能這樣？方氏眨了眨眼，一臉錯愕地看向沈驚春。腦子還沒想明白呢，身體已經先一步做出了反應，扶起老太太靠在自己身上，抱著她哭了起來。

第二章

沈家的田離這片樹蔭稍遠，附近勞作的村民先一步趕了過來。

徐大娘擠在人群中，一臉擔憂地問道：「這是怎麼了？我瞧著地上有血呢！」

沈驚春哭得梨花帶雨，豆大的眼淚順著曬得有些紅的臉頰往下掉。「堂哥們幹活一直偷懶，奶奶是被他們氣的。大娘，現在怎麼辦啊？」

「還能怎麼辦？先把人抬回去吧！」

「驚秋，你快去看看老陳在不在，趕快叫他來看看你奶奶！」

「驚秋什麼情況你不是不知道，叫他去有什麼用？大郎你去跑一趟！」

「行，我這就去！」

很快地，人群中有個少年衝了出去。

徐大娘叫了兩個壯實的小媳婦，抬著老太太就往沈家走。

沈延富等人總算跑了過來，一看這情況就呆了，喃喃道：「怎麼回事？我娘怎麼了？」

徐大娘瞪了他一眼，恨鐵不成鋼地又看了看沈志傑兩兄弟。「還不是被這兩兄弟給氣的！」

人在家中坐，鍋從天上來。

兩兄弟一臉懵，完全不知道發生了什麼事，只能本能地跟著往家跑。

沈家這片田離村子並不算遠，很快地一行人就進了村。

動靜太大，惹得在家的村民都紛紛探頭出來看。

好不容易到了家門口，正碰上沈延貴、沈延安兩兄弟從錢家回來。

沈驚秋不知怎的，忽然大聲喊道：「二伯、四叔，奶奶被志傑和志軍氣得吐血暈過去啦！」

沈延貴如遭雷擊，一臉不敢相信地看向自家的兩個兒子。

沈延安已經氣沖沖地跑上前，一腳踹在了沈志傑身上。

沈志傑被踹得撞到牆上，好半天也沒回過神來。

李氏尖叫著衝上去就對著沈延安拳打腳踢。

沈延安平日裡雖然混不吝了些，卻從不對女人動手，可此刻看著瘋了一般的李氏，也忍不住捏起了拳頭。

只是他拳頭還沒落下來，回過神來的沈延貴已經一拳打在了他背上。

「你敢打你嫂子?!」

沈家幾個男人，各有各的缺點，卻有個同樣的優點，那就是疼老婆。

李氏再好吃懶做、貪小便宜，也是給沈延貴生了三個孩子的女人，是他的媳婦，是他孩子的娘，怎麼樣也輪不到沈延安這個做小叔的朝她動手。

一時間，沈家門口亂成了一團。連勸架的沈延富也挨了不知道誰的一拳，這一拳正打在他的鼻梁上，兩條鼻血瞬間就流了下來，他伸手一摸，滿手的鮮血就出現在他眼前。

沈延富連呼吸都停了，兩眼一翻，暈了過去。

等沈家族長和陳里正聽到消息趕過來，架已經被勸停了，這一場大混戰讓沈家人身上多少都帶了點傷。

場面有點不大好看。

沈族長太陽穴突突直跳，深吸了一口氣才沒當場發作出來。他冷著臉看向一邊的沈長年，問道：「怎麼回事？」一話問完才發現自己真是被氣昏了頭，都忘記沈長年是個結巴了！

沈驚春從方氏身後探出頭來。「是奶奶被兩位堂哥氣得吐血昏過去了，小叔回來知道後就打了志傑堂哥，二伯娘看到堂哥被打就衝上去一直打小叔，小叔就舉了拳頭，二伯看到就打了小叔，然後小叔就打了回去，二人打作一團，大伯上去勸架，結果被二伯不小心打到了鼻子，然後鼻血流出來，大伯見狀就暈了過去。」她的語速很快，但口齒清晰，一下子就將事情的經過全部敘述清楚。

伶俐又好看的女娃，誰都喜歡，沈族長也不例外。他的臉色緩和了些，問道：「妳是那個從小被抱錯的女娃？」

「大爺爺，是我。」沈驚春點了點頭。「我叫沈驚春。」

平山村有小半人都姓沈，拜的是一個祖宗祠堂。

沈驚春雖然才回來一天，很多人際關係還沒搞清楚，但整個沈氏一族的掌舵人，她卻是找方氏問清楚了的。

這位族長在同輩之中排行最長，與沈長年是隔了房的堂兄弟，因不喜沈老太太為人，哪怕沈延富中了秀才，他也與沈長年這一支來往不多，反倒是沈驚春死去的老爹，與族長家的關係還算不錯。

沈族長笑笑，往口袋裡摸了摸，本想給沈驚春幾個錢算是見面禮，卻不想出來得匆忙，身上沒帶錢，只能道：「好孩子，回頭到大爺爺家來玩。」

沈梅、沈蘭在一邊聽得雙眼冒火，卻又無可奈何，只能眼睜睜地看著沈驚春這個小賤人在那邊跟族長有說有笑的聊天。

好在兩人聊了沒幾句，陳大夫就從房裡出來了。

沈梅第一個衝了上去。「陳叔，我奶奶怎麼樣啊？」

陳大夫嘆了口氣，擺擺手道：「肝火太旺，想必這兩天也沒休息好，脾胃失調，好在人現在已經醒過來了，不是什麼大病，往後要注意日常保養，吃食方面清淡些。藥就不必吃了，去杏林春買些順氣丸吃著就行。你們先進去看看老太太吧。」

人都進去看老太太了，陳大夫在院子裡站了一會兒，也沒人來給診費。

雖說大家都是一個村的，但這也未免有點太那個了。

陳大夫搖了搖頭，揹著藥箱就往外走，走了兩步就聽見身後的小姑娘喊了一聲——

「陳大夫，診費還沒給呢！」

陳大夫一回頭，就對上沈驚春的一張俏臉。

「診費多少？我給您。」她從方氏手裡接過荷包，鬆了繫帶，一把倒在手上。

陳大夫看得分明，總共加起來最多也就二、三十枚銅板。

平山村依山傍水，在祁縣地界也算是數一數二的富裕村子，村裡但凡要點臉面的，都不會太搓揉媳婦，而沈家又是平山村數一數二的富戶。陳大夫知道沈長年老倆口不待見三房，但沒想到方氏的日子居然已經難過到這個地步，便是他九歲的么兒，手裡的錢恐怕也比方氏多。陳大夫沈默地看著沈驚春手裡的錢，默默地取了五錢走了。

沈族長和陳里正在一邊看見，也是心裡一酸。

沈驚春很滿意這個效果。

她在沈家人面前雖然強橫，那只是因為這群人犯賤欠打，可事實上，輿論總是偏向弱者的，在外人面前，還是要適當的賣賣慘，這樣辦起事來才能事半功倍。

屋內沈老太太已經醒來，看了一圈也沒看到方氏娘兒幾個，臉色不由得難看起來。「去將里正和族長請到堂屋，讓方氏幾個也進來，我有話要說。」

沈蘭立刻應了一聲，衝出屋子將老太太的話又複述一遍。她抬著下巴，高傲地看著沈驚春，視線落在那張面若桃李的臉上，眼中不自覺地閃過幾分豔羨和嫉妒，冷哼道：「等會兒有妳好受的！」

沈族長從沈蘭身邊經過，聽到這話忍不住皺了皺眉。

現下秋收，大家地裡都挺忙的，留下來的除了陳里正，也就沈家本家的幾個親戚，幾人進到堂屋後各自坐下，沈延富的媳婦小錢氏就扶著老太太走了出來，沈長年則一臉愁容地跟在後面，頗有些垂頭喪氣的樣子。

「里正、大哥。」沈老太太一臉疲態地打了聲招呼，由小錢氏扶著坐了下來。「家裡小輩不懂事，讓大家見笑了。」

陳里正有些尷尬地笑了兩聲。

沈族長乾脆只淡淡的一頷首，也不說話。

沈老太太知道這個族長向來不待見自己，可每次看到他這副不將自己放在眼裡的樣子，還是忍不住心裡一堵。「叫兩位留下來，是因為我家有事要處理，想請兩位做個見證。」

沈族長皺了皺眉，心中升起一絲不妙來。在鄉下這種地方，能同時請到里正和族長的，除了喜事，他只能想到一件事，那便是分家。

沈老太太將眾人的表情看在眼中，看到沈族長皺眉，知道他應該是想到了接下來她要說的事，心中不由得升起一陣快意。她清了清嗓子，道：「我打算讓三房淨身出戶。」

堂屋內瞬間安靜了下來。

別說沈族長和陳里正這樣的外人，就連沈家自己人都感到不可思議。

知道老太太從來都不喜歡三房這幾個人，但誰也想不到她居然能把事情做得這麼絕！

方氏直接呆住，臉色煞白地張了張嘴，卻沒發出任何聲音。

沈驚春也差點沒反應過來。這是天降大喜？

雖然分家是她在來的路上就開始想的事情，但居然來得這麼快、這麼容易嗎？此時此刻，淨不淨身出戶都無所謂了，主要是能離開這群沈家人！

她兩步上前，砰的一聲就跪了下來，一句話都不說，上來就是三個響頭，等直起身子時已經淚流滿面，額頭磕得紅了一片。她語帶哭音道：「奶奶，我知道您不喜歡我，我可以走，再也不出現在您眼前礙您的眼，只求您給我娘、哥哥還有兩個小的一條活路！淨身出戶，他們可怎麼活下去啊？都是我回來不好……只要我死了就好了吧？我去死——」她爬起來就一頭朝著桌角撞了過去。

沈族長心頭一驚，這是要出人命的！他連忙大喝一聲。「攔住她！」

方氏站在門口，看到這裡心膽俱裂，眼中一片猩紅，喉頭一甜，一口血差點噴了出來。

沈驚秋長腿一跨，往那邊邁了兩步想要攔住妹妹，但離得遠，已然來不及。

電光石火之間，站得最近的沈延安撲了出去，沈驚春一頭撞在他的小腹上。

這一撞，沈驚春是用了全力的，沈延安後背磕得生疼，腦子嗡的一下，眼前發白。

桌子被慣力撞得往後倒去，叔姪倆倒在了地上。

屋內眾人狠狠地鬆了一口氣。

方氏的身體晃了晃，臉色蒼白如紙，臉上的悲痛無法言喻，原地跪了下來。「娘，我願意帶著驚秋幾個淨身出戶，只求您給我們娘兒幾個一條活路！驚秋為了給您採藥成了傻子，孩子他爹為了這個傻兒子也累垮了身體去了，我不求其他，只求幾個孩子能活著就行，我什麼都不要！」

豆芽已經衝了上去，將沈驚春抱在懷裡，哭了起來。

屋內沒有其他人說話，他們都在等著沈老太太開口。

可沈老太太也沈默著沒說話，她的眉心皺成了一個川字，面無表情地看著地上的方氏母女。

一時間，屋內只剩下了哭聲。

不知過了多久，連沈延安都有點看不下去了，朝著沈老太太叫了聲「娘」。

沈老太太擺了擺手，像是被抽去了精氣神一般，往椅背上靠了靠，嘆了口氣，開口道：「有件事情，我一直沒說，但今天為了家宅和睦，我不得不說了。」她的眼神有幾分迷離，像是在回憶著什麼。「三郎並不是我的兒子。」

沈族長滿臉震驚地看向她。真是瘋了，為了讓三房淨身出戶，她居然連這樣的瞎話也編得出來！

陳里正也有點不信。若沈延平真不是老倆口親生的，以沈老太太無利不起早的性格，怎麼會幫別人白養這麼多年的兒子？

沈老太太見沒人信她的話，既憤怒又無奈，只能道：「這件事我們當家的也是知道的，你們不相信我，總該相信他，他不可能拿自己的子嗣開玩笑的！」

所有人都看向了沈長年，等著他說話，可他偏偏是個結巴，還是那種越緊張就越說不出話的結巴，被這麼多人看著，說的又是這麼重要的事情，他支支吾吾了半天，也沒能說出一個字來。

這模樣落在沈族長等人的眼裡，便是他畏懼媳婦，不想說話。

沈族長的臉色驀地沈了下來，心中也有了決斷，冷冷地看著沈老太太道：「分不分家、怎麼分家，都是你們自家的事，我一個外人自然是管不著，若是一定要三房淨身出戶，那便現在立下文書吧。只是，我有兩點要求。」

沈老太太盯著沈族長看了一會兒，才點頭道：「大哥你說。」

「三郎是個好孩子，你們不要，我們沈氏卻是要的。淨身出戶可以，但不論妳剛才說的是真是假，人已經不在了，我不希望他還要揹上來路不明這種名聲。老五兩口子到死也沒個孩子，正好過繼了三郎，以後也叫明榆承了老五的香火。」

沈老太太略一猶豫，就答應了。她要的不過就是將沈驚春這個禍害趕出沈家。

沈族長點點頭，繼續道：「二則，既然是淨身出戶，以後要給老五頂門戶，那麼三郎媳婦和幾個孩子以後就跟你們家沒有關係了，逢年過節的孝敬自然也是沒有的，兩家就當尋常親戚往來，你們不可抓著這件事說驚秋他們不尊爺奶、不盡孝道。」

沈驚春都要忍不住給沈族長點個讚了！

這是把沈家人以後作妖的可能性都給堵住了，妙啊！

薑果然還是老的辣，但戲也是要演的。

沈驚春虛弱地從豆芽懷裡抬起頭，劇烈地咳嗽了幾聲，才弱弱地道：「爹不在了，我跟哥哥替他盡孝道也是應該的……」

沈族長恨鐵不成鋼地嘆了口氣。「沒有什麼應不應該！想要孝敬是情分，不想孝敬是本分，畢竟都已經被淨身出戶了！」

這話只差明晃晃地告訴沈老太太——妳這麼不待見三房，跟他們可沒什麼情分，真要把三房淨身出戶了，以後可別作妖，我這個族長在這裡看著妳呢！

沈老太太被他不留情面的話說得黑了臉，梗著脖子道：「自然！」

聽她答應，沈族長才看向已經被扶起來的方氏。「我老頭子替三郎作了這個主，妳可怪我？」

方氏心中只有感激，怎麼可能怪他？

大家都以為沈老太太是為了將他們淨身出戶才說的那些話，可方氏昨晚已經從沈驚春嘴裡聽到了一些猜測，此刻又聽沈老太太說出來，雖還不太確定，心中卻隱隱有了定論——

沈延平只怕真的不是沈老太太親生的！

古代消息堵塞，鄉下人的消遣也就是聚在一起說些家長裡短。沈族長和陳里正進了沈家的門半天都沒出來，村民們就開始猜測到底是發生什麼事了，從地裡回來的人三三兩兩地聚在沈家周圍交頭接耳。

等到方氏領著幾個孩子、揹著大包小包地走出沈家大門，消息就在第一時間傳遍了全村。

方氏雖然性情軟弱，但卻還算有骨氣，說是淨身出戶，那便真的是淨身出戶，除了他們房裡的一些東西，其餘什麼都沒拿，連沈延安偷偷摸摸送來的一小袋白麵都沒接。

「怎麼回事啊？三郎媳婦這大包小包的要去哪兒啊？」

「不是說沈老太太吐血昏迷了嗎？有沒有事啊？」

「這就是延平的親生女兒吧？喲，可真是長得跟花一樣啊！」

眾人議論紛紛。

方氏低著頭沒答話，心裡恨毒了沈老太太，明知道現在這種情況會讓沈老太太名聲不好，卻也不肯開口為她說話。

沈族長板著一張臉，若按他的私心來說，自然也是不想幫沈老太太說話的，可畢竟家醜不可外揚，一筆寫不出兩個沈字。「這不是長年媳婦昏迷了嘛，說是老五兩口子託夢，還是想過繼個子姪承了香火。你們也知道的，他們兩口子還在世時，最喜歡的就是三郎了，所以便請了我們過來商議此事。如今事情辦妥，三郎媳婦就帶著孩子們搬去老五那房子裡了。」

這話出口，有的人信，有的人不信，但看熱鬧的人總算是散了。

不過還是有那不信的，一路跟在後面去了沈家五大爺的老房子。

這村子是三姓混居，原來還是一個姓占了一個方位，後來村裡人口多了，就將姓氏打亂了。五大爺兩口子分家出去的時候還很年輕，考慮到以後的子孫，宅基地買得很大，在村子靠後的地方，有一畝二分地，卻沒想到一直到去世，也沒等到一個孩子。

如今老倆口不在了，這房子雖然歸了沈氏一族，可各家平日也都有事，幾乎沒人管這邊，幾年下來，也就成了荒宅一般。

門上套的鎖已經生了鏽，有鑰匙也開不了，沈族長索性讓沈驚秋砸了大門上的鎖。

沈驚春進院子一瞧，簡直滿意得不得了。

地方大不說，還有一口井，一排三間房全是青磚瓦房，左右兩邊是臥房，中間是堂屋，雖沒什麼家具，但卻勝在寬敞。外面另建了一間廚房，隔了個不大的雜物間出來。

院子裡現在雖然長滿了雜草，但大門進去一路到堂屋，都用石板鋪了條路，雨天也不至於弄髒了鞋。

「你們先收拾收拾吧，老五兩口子走之前家裡東西都分給族裡了，這兒也沒剩下啥東西，這兩天就先在我家吃吧。」沈族長匆匆交代了一聲就要走。最近農忙，他家田地多，也是很忙的，這會兒處理好了沈長年一家的事，還得趕緊下地去。

沈驚春追了出去，施了一禮才道：「大爺爺，我想請您幫忙留意一下，村子附近有沒有哪家賣地的？」

「賣地？」沈族長看了她一眼，詫異道：「良田可不便宜。」

何止不便宜，簡直就是貴！現在不是災荒年，平山村這邊風水又好，往祁縣那邊去，田地只要七、八兩一畝，平山村附近沿著大河兩岸十多里的田地卻是要十兩左右。

沈驚春身上有錢，也沒打算瞞著這位幫了自家大忙的大爺爺，便道：「從侯府離開的時候，侯爺給了我一些錢，本來我打算留著不動，以後有機會再還給他的，但現在自家這個情況，恐怕只能先將這錢拿出來應急了。」

沈族長點了點頭。「理應如此，妳能這麼想是對的。侯府將妳養得很好，妳爹要是還在，肯定也會很欣慰的。」提起沈延平，沈族長又忍不住嘆了口氣。「妳是個好孩子，如今妳爹不在，本來這些話也輪不到我來說，但是妳爺奶是靠不住的，驚秋摔壞了腦子，妳娘又性格軟弱，還有兩個小的，這個家還得靠妳看顧著。雖然招婿很難招到好的，但我還是希望妳能考慮一下招婿。」

沈驚春有點懵！這個話題跳得是不是太快了些？剛才不是還在說買田的事嗎？怎麼就說到招婿上來了？

沈族長看著她一臉呆滯的表情，笑了笑。「行了，買田的事情我會幫忙打聽的，妳快回去幫著收拾院子吧，晚上我讓人來喊你們吃飯。」

「別，您能幫我打聽買田的事情，我已經感激不盡了，飯就算了。我瞧著灶屋裡那口鍋雖然有破口，但洗刷一下還是能用的，我找鄰居買些米、麵對付一晚就是。反倒是過兩日等把房子收拾好了暖鍋時，還望您不要推辭才是。」

沈族長想了想，便也沒有勉強，反倒對沈驚春這種不占便宜的舉動很有好感。「行，要是再有什麼需要幫助的，過來招呼一聲就是。」

沈族長一走，沈驚春就回了院子幫忙收拾。

房子裡只剩下幾個缺胳膊少腿的家具，廚房裡也是，除了那口破鍋，餘下的也就是幾個有缺口的碗。

「娘，妳有沒有相熟的嬸子？」沈驚春拔完最後一根草，捶了捶自己痠脹的老腰。「大爺爺家人口多，也不算富裕，我跟他說了晚上不到他家吃飯了，妳看看能不能去借點米糧，咱們對付一頓？」

「行。」方氏應了一聲就出了門。

別看方氏在沈家沒什麼地位，但在平山村的人緣卻是很不錯的，出去轉了一圈回來，手裡就提了不少東西。

「東西雖然不多，但都是鄉親們的一點心意，等咱們手裡有錢，到時候都是要還給他們的。」

一家人在新家的第一天吃得非常簡單，但卻異常滿足，不僅方氏眉開眼笑，連兩個小的也明顯話多了起來，比起在沈家老宅的時候活潑了不少。

第二天一早，方氏就帶著兄妹倆去了縣城。今日是要去採購一番的，兩個小的帶著也不方便，便由豆芽在家帶著。

平山村離縣城說近不算近，說遠倒也不遠，五里多路，走路過去要半個時辰左右，換算成現代的時間，也就是一個小時。

即便不是趕集的日子，路上來往的牛車、馬車也依舊很多，沈驚春看得眼熱得不行，可想想兜裡的銀子加起來總共也才一百多兩，還是按捺住了，老老實實跟著方氏走在路邊。錢不多，每一分都要花在刀口上。

等到了縣城，饒是方氏和沈驚秋這樣常年勞作的，身上也出了一層薄汗。

母子三人進城之後，也沒瞎逛，直奔方氏熟悉的一家糧食店。

「米、麵這些倒不用買很多，反正離得近，沒了再來便是。」

方氏先秤了十斤糙米，看著如花似玉的閨女，又咬咬牙秤了五斤精米。他們幾個都習慣了吃糙米，但沈驚春是從侯府來的，想來肯定是吃不慣。

沈驚春一眼就看穿了方氏的小心思，卻也沒有說什麼。

買好了米、麵，三人又馬不停蹄地直奔雜貨店。

鍋是要去鐵匠鋪買的，但碗瓢盆卻是要在雜貨店買，沈驚秋老老實實地充當一個拎包小弟的角色，跟在兩人身後。

眼瞅著方氏要去拿盆，沈驚春連忙阻止了她。「娘，盆就算了，我打算買些工具回去自己做。」

方氏看她一眼，遲疑道：「自己做？」

沈驚春點點頭。「我以前學雕刻的時候，順便學過木工的，不僅是盆我打算自己做，家裡的家具我也要自己做的。昨天一時間也沒想起來這個，倒是忘了問妳，平山村有木匠嗎？」

世家千金學的都是琴棋書畫，還沒聽說過誰學木工的。方氏雖然生長在鄉下，但是這些事情還是聽說過的。

若是沈驚春在京城真的是備受寵愛的大小姐，又怎麼可能學這些呢？

方氏心頭酸澀，有心想要問問，可看著閨女一張笑臉，到底還是將話嚥了回去，想了想才道：「縣城裡是有三家木匠鋪子，咱們平山村附近幾個村子若是打家具，也都是來縣城的。」

沈驚春感覺到方氏的情緒低落，怔了怔，隨即明白剛才的話大概是讓她想岔了，然後又自行腦補了。

「侯府的世子有段時間在學刻章，我瞧著有趣，也跟著學了一段時間，可巧侯爺書房的窗戶壞了，我便自告奮勇說要替他修，這才學了木工。若是平山村附近沒有木匠，娘覺得我能以這個謀生嗎？」

方氏心裡暖暖的，閨女說的話顯然是專門說來安她的心的。方氏自然是相信閨女的能力，可想到她說要以這個謀生，就有些遲疑。

這年頭若有手藝傍身，自然要比在地裡刨食好，可姑娘家多是繡花、紡織，還沒聽說過哪個小姑娘幹木匠的。況且，祁縣的三家木匠鋪子都是老字號，有誰會放心將活計交給臉這麼嫩的一個小姑娘呢？

等母子三人買好雜七雜八的東西，太陽已經升得老高。

縣城有四家鐵匠鋪，方氏領著一雙兒女直接找到了東城門附近的陳記鋪子。這家鋪子是平山村人開的，平日裡村裡若有需要，也都是來這家。

方氏一進門，那趴在櫃檯上嗑著瓜子的青年就起身迎了上來。

「嬸子今日怎麼有空過來？可是要打些農具？驚秋也來了？」陳嚴清同方氏母子打過招呼後，視線落在沈驚春身上，眼中閃過一絲驚豔。「這位姑娘是？」

「這是我女兒驚春。」方氏只介紹了一句，就直接道明來意。「我家新搬了房子，缺兩口鍋，不知道你家鋪子裡有沒有現成的？」

四家鐵匠鋪子相互搶生意，但是在一些事情上卻又不約而同的統一，比如鍋的尺寸，是以，鐵匠鋪子裡一般都會備上幾口。

陳嚴清道：「有的有的！嬸子妳看，這邊小的是六百錢，大的則是九百錢。」

這也太貴了！方氏一聽價格，就有點打退堂鼓，家裡那口破鍋，其實也可以再使用的。

沈驚春見狀不由得搖了搖頭，問道：「我家裡還有口鍋，破了個口子，不知道能不能補補？」

長得漂亮，聲音也好聽，陳嚴清忍不住又看了她一眼。「這還是要看到東西才知道，不過一般來說，若是這幾年打的鍋，是可以補的；但若是有些年頭了，我覺得還是再買一口新鍋比較好。你們將那口舊的拿來，可以抵些錢的。」

五爺爺兩口子都死了幾年了，那口鍋肯定是補不了的，抵錢估計也抵不了多少。「那兩口鍋各來一個吧。」

方氏忍不住道：「要不先買一口小鍋吧？咱家人不多，也能用得過來的。」

「都是必需品，現在不買它也不會降價，索性一併買了，也少了一件事。」

雖然只在沈家住了一晚，但她卻也將環境瞭解得差不多了。平山村這邊用炭爐的人少，基本上都是小鍋用來燒菜，大鍋用來煮飯和燒水。

若是只買一口鍋，那水顯然也只能用這口鍋燒了，想想一鍋泛著油光的水要用來漱洗，沈驚春就渾身不自在。

她看方氏一臉肉痛，便又安慰道：「錢夠的，娘不用擔心。」

陳嚴清滿臉笑容地將兩口鍋疊在了一起，拿了過來。「嬸子還要買些其他東西不？」

「我想訂製一些工具，鉋子、鋸子、木銼、鑽子這些，木匠工具一整套的話，不知要多少錢？工期多久？」沈驚春的空間裡是有一整套工具的，可有些卻是要通電才能使用，為了掩人耳目再買一套工具，就很有必要了。

「那可巧了，店裡正好有些呢！妳先看看夠不夠？」陳嚴清轉身就從靠牆的櫃架上拿了些工具下來，擺在桌上。

東西還挺多的，加起來有十幾件，做工確實很不錯，但沈驚春沒有錯過陳嚴清眼中一閃而過的喜悅。

「這東西會用到的人可不多，得提前交了訂金才能做吧？陳掌櫃賣了我，若是別人來拿，豈不是沒有了？」

陳嚴清的笑容一僵，實在沒想到沈驚春看著年紀不大，但卻這麼精明，連這些工具需要提前訂製都知道，只好嘆了口氣道：「不瞞妳說，這些東西原本確實是別人訂製的，只是那黃木匠出了點事，這些東西就不要了。人家原先也是付了三成訂金的，驚春妹子若是想要，便只給後面七成尾款即可。」

能省錢當然是好事，沈驚春乾脆俐落地付了錢。

沈驚秋非常自覺地將已經用繩子綁好的兩口鍋提了起來。

三人出了鐵匠鋪，走出一段路，沈驚春才問道：「娘，我看妳好像不太喜歡這位陳掌櫃啊？」方氏是個溫柔隨和的人，若非不喜歡，不可能態度這麼冷淡。

「我知道、我知道！」沈驚秋背上揹著個大背簍，手上也拎滿了東西，笑得像個憨憨。

「他家老二以前差點跟阿寧成親呢！」

沈驚春愣了一下，才反應過來，這個阿寧說的就是真千金徐長寧。以前她還在沈家的時候叫沈清寧，認祖歸宗之後因為世子叫徐長清，崔氏乾脆就將她的名字改為徐長寧了。

沈驚春「哦」了一聲，就岔開了話題。

「剛才陳掌櫃說，這批工具是木匠出了事才不要的，現在時間還早，咱們乾脆去木匠家裡看看吧？說不定那木匠是傷了手不做了，若真如此，或許他家裡的工具也要轉賣出去，買二手的總比買新的便宜些。」

方氏一想還真是這樣，新工具都買了，也不在乎多買點二手工具了。況且，這買工具的錢都是沈驚春個人所有，她這個做娘的也不好開口要過來幫忙保管，當即打聽了下，便帶著兄妹倆又往最近的一家木匠鋪子奔去。

說是鋪子，但其實是個小作坊，沒有門面。

三人到的時候，院子裡有名少女正在收拾木頭。

沈驚春一進門，就被院牆邊堆著的降香黃檀給吸引住了。

這種木頭還有個學名叫做黃花梨，乃是紅木中的極品，即使是現代，要買一套真正的黃花梨家具，花費也絕對不少。更何況，這種木材主要產自海南，古代交通不便，祁縣地處江南，怎麼會有這麼多？而且還如此隨意地堆在牆角？簡直暴殄天物！

沈驚春幾乎控制不住自己，走過去摸了摸不算，還湊上去聞了聞。

這一堆木頭顯然已經砍下來不少時間，香味幾乎淡得聞不到了。

方氏尷尬地咳了一聲。

沈驚春瞬間回神。「抱歉，只是看到好的木料，一時間情難自禁。」

「沒事。」黃月抿唇一笑。「我爹有時候也這樣，碰到好料子比撿到錢還開心。幾位是來做家具的嗎？可惜我爹傷了手，以後都不能做家具了。」

居然真的被沈驚春猜到了！「姑娘誤會了，我們是聽說黃大叔傷了手，以後不做木匠了，所以想來問問你們家的木料賣不賣？」

「買木料？」黃月有些詫異。

方氏也詫異地看了一眼沈驚春。不是說來買工具的嗎？怎麼又變成買木料了？

「月月，誰啊？」屋內的黃木匠聽到聲音，高聲問道。

「爹，是有人來問咱家木料賣不賣。」

「請客人進來吧！」

沈驚秋身上揹著大包小包的，就沒進去，只有方氏和沈驚春跟在黃月後面進了堂屋。

黃木匠不僅傷了手，連腿也傷了一條，此刻正坐在椅子上翻著一本書，見客人進來，抬頭看了一眼，不確定地問道：「客人要買木料？」這婦人的樣子很明顯就是常年勞作的，而小姑娘哪怕此刻穿得普普通通，也像個嬌生慣養的小姐，這兩人可沒一個像是木匠。

沈驚春點點頭。「不瞞大叔，我本來是聽說你傷了手，以後不做木匠了，因此想來問問工具賣不賣的，但剛才進門看見院子裡的木料，就……」工具哪兒都能買，但這些黃花梨，錯過這次，這輩子可能再也遇不著了！

黃木匠雙眼一亮。「姑娘打算買多少？我院子裡剩下的木頭可不少。」

沈驚春古怪地看了他一眼，心裡有點複雜。聽黃木匠這意思，好像並不認識降香黃檀一樣。「我以前是做小件木雕的，還沒買過這麼多木頭，不如大叔先開個價。」

院子裡的木料確實不少，若是賣給縣裡另外兩家木匠鋪子，肯定會被壓價，黃木匠一時間有點拿不定主意，遲疑地道：「四十兩？」

「什麼?!」方氏驚呼一聲。「四十兩?!」這價格簡直……簡直駭人聽聞！

黃木匠抿了抿唇，咬牙道：「三十五兩，不能再少了。姑娘若是能全要了，之前說的工具也全送給妳，無須另外給錢。」

沈驚春心裡已經樂開了花。什麼狗屎運氣，來縣城一趟就看到這麼多黃花梨！

三十五兩，就跟白撿的一樣啊！

她忙不迭地點頭道：「行，那就三十五兩！只是……」

「三十五兩已經很少了，只能一次結清。」

沈驚春尷尬地笑了兩聲。「大叔誤會了，三十五兩不算多，肯定是一次結清的。我只是想問問，這些木料你是從哪裡買的？」

巧婦難為無米之炊，材料的來源是很重要的。

黃木匠鬆了口氣。「有的是附近村民們拉過來賣的，有的則是不忙的時候，自己下鄉收的。」

黃木匠不識貨，不代表這個縣城沒有識貨的，只有把東西攬到自己兜裡，那才是自己的。沈驚春當即謝過黃木匠，就叫方氏去找牛車。

木料裝了三牛車才裝完，還沒進村，就引起了一陣轟動。

「這誰家啊？怎麼買這麼多木頭？」

「這是打算造木頭房子嗎？」

「哎？我瞧著前面那輛牛車上坐的，好像是方氏那個才回來的閨女啊！叫什麼來著？」

「好像是叫驚春吧？」

「對對，這名字一聽就跟驚秋是親兄妹呢！」

等牛車進村，幾個聚在樹下摘菜的婦人七嘴八舌的就開始問了。

沈驚春正愁怎麼叫別人知道自家打算做木匠呢，可巧就遇上這些婦人。「是買來做家具的。」她滿臉笑容地道：「嬸子、嫂子們想必也知道了，我爹如今過繼給五爺爺，家裡雖然繼承了房子，田地卻是沒有的。正巧我會些木工活，便想著以此謀生，大家以後若是要打家具，可千萬要照顧我家生意啊！咱鄉里鄉親的，給妳們都算便宜些！」

「咦？沈家丫頭不是京城回來的嗎？聽說養她的那家還是大官呢！這從小當大小姐養的，怎麼會木工？」

「那誰知道呢？」

「我瞧著不像是假的，人家要是不會，買這麼幾車木頭回來幹啥？當柴燒嗎？」

「走，跟上去看看！」

沈驚春沒說停，牛車就繼續往前走，三輛車載著方氏三人一路往新家過去，後面則跟了一串尾巴。

院子裡正帶著兩個娃兒在玩的豆芽聽到動靜，趕忙開門迎了出去，一看到這麼多木料，也直接呆住。「這麼多木頭……」

木料有粗有細，一家人和三名趕車大叔開始往裡卸貨，後面跟著的圍觀群眾也捋了袖子上前幫忙。

三車木料很快就卸完了，沈驚春將車資結清才朝幫忙的村民道謝。「多謝大家幫忙，只是我家才搬過來，也沒個茶水招待的，實在是失禮。」

徐大娘在人群中間，擺手道：「鄉里鄉親的，幫把手而已，值當什麼？驚春丫頭，妳真要做木匠啊？」

沈驚春在心中給徐大娘點了個讚，笑道：「是啊大娘！我家沒有田地，以後怕是生活艱難，做木工好歹能貼補些家用。正好家裡也沒啥家具，就準備自己做些，總比在別人那裡買要划算。」

她長得豔而不妖，笑起來像個小太陽一般，即便在場的全是女人，也被這笑容晃花了眼，下意識覺得長得這麼漂亮的姑娘，肯定是不會撒謊的！

於是，方氏的閨女要做木匠的消息，當天就傳遍了整個平山村。

晚上吃過晚飯，因床還沒做好，一家人還是打著地鋪睡。

黑暗中，方氏終於還是忍不住，低聲問道：「驚春啊，這木料是不是有點貴了？」

沈驚春忙了一天，沖了個熱水澡，躺在鋪蓋上就有點迷糊了，聽到方氏說起這個，腦子立刻清明了。

明知道只有自家幾人在，沈驚春還是壓低了聲音回道：「娘，妳知道這些木頭叫啥嗎？」

方氏當然不懂這些，在她看來，木頭最大的作用就是燒火，花三十五兩買了三車木頭就是不值當。可閨女是從侯府出來的，懂的肯定比她一個鄉下婦人多。

沈驚春本來也沒指望方氏回答，說完又自顧自地道：「這些木頭叫降香黃檀，又叫黃花梨木，是紅木中的極品。咱們祁縣我不知道，但若是在京城，用這做的一套桌椅，便要這個價格。」沈驚春伸出五根手指。

「五十兩?!」方氏驚得聲音都變了。

沈驚春卻輕聲道：「不，是五百兩。」

方氏被這個價格驚到了，翻來覆去半宿，迷迷糊糊的，都不知道啥時候睡著的。

沈驚春睡了個好覺，第二天早早醒來，就做好了早飯，揹著背簍上了山。

她被一堆黃花梨沖昏了頭，興沖沖地上了山，想看看自己是不是真的有那個狗屎運，能再找到點其他的珍貴木材。

在山裡走走停停一上午，見到的樹木很多，但大多都枝幹纖細，除此外就是一些低矮灌木和竹子，能用來做家具的樹並不多。

別說降香黃檀了，便是稍微名貴些的樹也沒看見。轉了一上午，最大的收穫就是一棵雙臂合抱粗細的香樟。

但有總比沒有好，沈驚春從空間拿出電鋸，手腳麻利地將樹鋸倒，又將樹幹修剪一番，剃下來的樹枝用藤蔓捆好，收進空間，打算從另一條路下山。

下山的路與上山的路唯一的區別，便是這邊在快到山腳的地方有一片墳地。

古代沒有公墓，若是家中死了人，靠山的一般都是埋在山上，沒山的便埋在離水很遠的地裡。似平山村這樣三姓混居的情況，一般都是一姓占一塊地方。

但沈驚春眼前看到的這座墳，卻是孤零零的。

這墳顯然是才除過草，土墳上光禿禿的，墳前擺著供品，最重要的是，墳前還倒著個人！

這人個子很高，穿了身洗得發白的舊衣，寬肩窄腰，身形和臉型看上去都很清瘦，眼尾微微上挑，緊抿的薄唇透著股拒人於千里之外的清正嚴肅。

這是個禁慾系的帥哥啊！

沈驚春站在路邊看了一會兒，也沒見人動一下，要不是胸口還在微微起伏，簡直就像個死人一般。

她抬腳走了過去。

帥不帥的其實無所謂，主要是她怎麼說也是個受過高等教育的好青年，見死不救這種事，她還真是幹不出來。

這人已經燒得臉頰緋紅一片，手貼上去的熱度驚人，沈驚春見他還睜著眼，便伸手在他面前揮了揮，可惜半點回應也沒得到。

別是腦子已經燒壞了吧？

沈驚春單手將人揪了起來，比劃了幾下，最終還是彎腰將他揹起。

年輕人的胸膛緊緊貼著自己後背，體溫隔著薄薄的幾層衣服傳遞過來，像個火爐一般。

沈驚春吐了口氣，將人往上托了托，才慢慢地往山下走。

好在新家就在山腳下，中午天熱，地裡幹活的人都回家睡午覺了，一路上也沒遇見個人。

到了門前，沈驚春朝裡喊了一聲「豆芽」，屋內小丫頭就飛奔出來開了院門。

方氏領著兩個小的緊隨其後，等門一開，瞧見沈驚春背上揹著個男人，不禁大吃一驚，話都來不及問就扯著閨女進了院子，「砰」的一聲關上了院門。

她怎麼也想不到，閨女上山一趟撿了個男人回來不說，居然還一路揹著他回來了！

這若是被人知道，只怕清譽不保，以後還有誰敢上門說親啊？

第三章

方氏白著一張臉，在後面推著兩人進了屋，到了堂屋倒還知道將人送到沈驚秋住的西廂。

她深吸一口氣，正欲說話，沈驚春就先開了口。

「娘，是不是找個人來給他看看？我瞧著再不退燒，這人都要燒傻了，燙得像個火爐一樣呢！」

方氏眨了眨眼，到了嘴邊的話又嚥了回去，探頭一看，臉上露出了驚訝的神色來。「這是阿淮啊！」她說著，一邊叫沈驚秋去請陳大夫，一邊去井裡打了涼水來，替陳淮降溫。

豆芽瞧著方氏忙進忙出，小聲地問沈驚春。「小姐，您怎麼撿了個人回來呀？」

「我下山看見他倒在一座墳前，那是咱平山村的地界，想來應該是村裡人，就給揹回來了。如今農忙，少有人上山，總不能見死不救。」

方氏聽了便一聲長嘆，娓娓道來。「說來這阿淮也真是可憐……」

他是隨母姓的，父親周桐本是附近平田村的讀書人，與陳淮母親陳瑩成親後，接連考中秀才、舉人，等孩子兩歲多，又前往京城考進士。

周桐在讀書方面還是很有些天分的，年紀輕輕便考中二甲，朝考上又考中庶起士，留在了京城。消息輾轉一年多傳回祁縣，陳瑩喜不自勝地帶著孩子上京，可誰知才短短一年多，周桐在京城便已另娶了一門妻室，還要將陳瑩貶妻為妾。

這事任誰也受不了，陳瑩又驚又怒之下提出和離，還要求孩子歸她。

周桐大約是怕事情鬧大了會影響官運，只能同意。

豆芽緊緊握著拳頭問道：「和離之後呢？」

方氏大嘆。「我也是聽人說的，和離之後好幾年不知道陳瑩在京城是怎麼謀生的，大約過了六年，陳瑩才帶著九歲的陳淮回了平山村。她已與周桐和離，只能回娘家，可她父親已死，家中是繼母當家，兩個弟弟也都是繼母所出，她已不是舉人娘子，陳家自然容不下她，將她趕出了門。」

豆芽聽到這裡已經怒不可遏，罵道：「世上果然沒有一個好繼母！這嘴臉可真是噁心！」

沈驚春也在一邊點頭表示同意。

方氏的眸光暗了下來，想到方家也是繼母當家，她從小到大沒少吃苦，本就不高的情緒更是低落了不少。

「嫁出去的女兒，潑出去的水，陳瑩被趕出家門，陳氏族人也不好說些什麼，只給他們母子倆找了住處，剛開始還常有接濟，但時間一長，就少有人管了。陳瑩為了供兒子讀書，日以繼夜的繡花，沒幾年就將身子熬壞了。為了給陳瑩治病，陳淮書也不讀了，就這樣養了兩年，三年前陳瑩終於熬不住，撒手去了。」

這也太慘了！沈驚春忍不住偏頭看向躺在地鋪上的陳淮，卻不想正對上一雙水光朦朧的眼睛。

高燒的陳淮不知道什麼時候醒了，迷濛的雙眼中隱隱透著一絲委屈，整個人看上去脆弱得不行。

沈驚春靜靜地聽著方氏說話，雙眼卻一眨也不眨地盯著他，好半晌，陳淮才又重新閉上眼。

大約是聽到這次的患者是陳淮，陳大夫來得格外的快，一進門就衝進了西廂。

陳淮家是沒有地的，初回平山村時，他還小，陳瑩又是個女人，只想著多繡花供兒子讀書。

等她熬壞了身子，陳淮就從書院回來，他一邊替人抄書，一邊上山打獵，掙的錢在一般兩口之家生活是盡夠了，可耐不住家裡還有個病人要養，他又正在長身體，長年累月下來，個子倒是看著不小，但身板卻不如一般小子壯實。

這次也不是什麼大病，大約是昨夜淋了雨，這才發起了燒來。

陳大夫嘆了口氣，語氣中全是憐惜。「病來如山倒，只怕這回不好好休養，身體就要垮了。」

陳瑩的父親只有幾個姊姊、妹妹，都嫁了出去，如今村裡同姓的也沒有與她很親的，更別說陳淮了，他雖跟母姓，實際上卻是周家的種。

他這病看著沒什麼，卻是要養著的，若一日、兩日的，叫族裡人照看倒沒什麼，只怕時間長了就沒人願意了。

陳大夫倒是想將人接到自家去，但自家人多房少，本就住不開，陳淮去了是肯定住不下的。如今方氏搬來這邊，地方倒夠住，可他又實在開不了這個口，求人家收留陳淮。

他正躊躇間，卻不想方氏主動開了口——

「他那個房子漏風漏雨，不修繕一番是肯定不能住的，在此之前，便先在我家住著吧。」

陳大夫一臉詫異。

方氏解釋道：「事情過了許多年，可能所有人都忘了，陳家妹妹以前救過我家驚秋的，若不是她捨命，只怕驚秋當時就沒了。」

方氏這麼一提，陳大夫立時便想起來了，是有這麼一回事。

那時陳瑩還沒嫁到周家，沈驚秋也還是個小蘿蔔頭，卻不知怎麼地掉到了河裡，若不是在河邊洗衣的陳瑩將他撈上來，憑他小胳膊小腿的，是萬萬不可能活的。可那時已經是深秋，河水冰冷刺骨，陳瑩轉頭便病了一個來月。

「可是……」陳大夫看了一眼站在門邊的沈驚春。「是不是不太好？」未婚男女又沒什麼血緣關係，住在同一個屋簷下，多少也會被人說道。

方氏卻堅持道：「身正不怕影子斜，家中又並非只有他們兩個。滴水之恩還當湧泉相報，何況是救命之恩？這樣都有人說，那真的是喪了良心了。」

沒想到方氏這麼弱的婦人，卻有這麼正的三觀，沈驚春想了想，便開口支持老娘。「若真有人因為這事對我指指點點，只怕這人也不是什麼家風清正的好人吧？」要真的因為這事，影響了她的名聲，以至於沒人願意上門說親，那倒還真是件好事呢！沈驚春越想越覺得這事可行。「先這樣決定吧，具體的事情等他本人醒了再說。」

事情就這麼定了下來。

陳大夫與陳瑩是沒出五服的從姊弟，人家已經收留了陳淮，藥錢自然不好再叫人家出，他回了趟家，拎了幾副風寒退燒的藥來。

於是，高燒的陳淮便算是在沈家待了下來。

哪知才第二天，就真的有風言風語傳了出來。

「方氏不是這種拎不清的人吧？」

「誰知道呢！原本有沈婆子看著，就算有那個心也沒那個膽啊！再說了，妳看她那個閨女，長得就妖裡妖氣的！」

「就是就是，瞧著就不像是好閨女！妳們跟沈家走得不近，有些事情可能不知道吧？」說話的人顯然還知道背後說人不好，將聲音壓得很低，但話裡的幸災樂禍卻是遮不住。「方氏那閨女從小抱錯，在京城長大，這個大家都知道吧？」

「那是自然，這事在咱平山村又不是秘密。」

「妳就別賣關子了，快說吧！」

「侯府啊，對咱尋常老百姓來說，可不是潑天的富貴？手指縫裡漏點出來就夠咱一輩子花銷了。養條看家狗還有幾分感情呢，何況這還是個養了十幾年的人？我聽說侯府是很捨不得這個養女的，所以給了沈家錢，要將養女留在京城，可這才多久啊，人就回來了，妳們想想，還能是為啥？」

沈驚春的拳頭硬了，捏了鬆，鬆了捏，忍得十分辛苦，才沒跳出去一拳打死這群閒著沒事幹、到處亂嚼人舌根的蠢婦。

說話的人對此無知無覺，還在洋洋得意地說著不知道從哪兒聽來的八卦。

「指不定就是鳳凰變山雞想不開了，做了什麼傷風敗俗的事情，才被趕出來了！」她嘻嘻笑了兩聲，又接著道：「妳們別不信，咱這附近十里八鄉的，哪個好閨女這麼膽大，還敢揹著陌生男人回家？多半是看上陳淮那張臉了吧！跟方氏一樣，騷狐狸！」

沈驚春的脾氣本就不大好，之前忍著打人的衝動聽了這麼久，也差不多到了極限，此刻聽到這裡，是再也忍不住了。

東翠山草木繁茂，人要是有心想藏，旁人實在很難發現，沈驚春與這群婦人一上一下，在兩道山道上，高度差了兩層樓那麼高。

當沈驚春攀著路邊的藤條一躍而下，落在幾人中間時，還未說話便已經將這幾個喜歡嚼人舌根的婦人嚇得夠嗆了。

「是驚春丫頭啊！」

「可嚇死嬸子們了！妳從這麼高的地方跳下來，要是摔到哪兒了，可怎麼辦？」

「啊，嚇到嬸子們是我的不是，只是我聽到趙嬸子的話，急著想來請教請教。」沈驚春笑咪咪地看向剛剛道人是非那人。「我娘跟我說趙嬸子以前救過我爹，我還當趙嬸子是心善，卻不想是看上我爹那張臉了啊！」

雖然大家都在一起說嘴，可見小丫頭只揪著趙氏不放，其餘幾個婦人相互看了看，都看到彼此眼裡的幸災樂禍。

趙氏老臉一紅。她是救過沈延平不假，也的確看中他那張臉，但此事都已經過去多少年了，卻不想還有被人翻出來的一天。

這事無可辯駁，當年是她親口跟兩個玩得好的小姊妹說的。

趙氏訕訕的不說話，沈驚春卻沒打算就此揭過。

「至於說，我從京城回來這件事，若是我侯爺養父知道村裡的嬸子們都這麼關心我，肯定也是很高興的。不如我現在就回家修書一封，跟我養父好好說道說道這件事，讓他高興高興？」修書是不可能的，這輩子都不可能。作為一個假千金，跟真千金一家糾纏不清可不是什麼好事。

但幾個婦人不知道這些，她們只知道侯爺是個大官，只須動動手指，就能讓他們家破人亡！

「驚春丫頭，這可跟我們幾個沒關係啊，都是趙氏這個婆娘在一邊編排妳呢！」

「是啊是啊，趙氏可是一向喜歡說妳娘的閒話的！」

趙氏見這些人將所有的責任全推到自己頭上，立刻怒了。「放妳娘的屁！說驚春把陳淮揹回家的難道不是妳嗎？黑了心肝的爛貨，還想害我！」

那被趙氏指出來的婦人一見沈驚春目光沈沈，立刻慌了，怕她真的寫信去告訴京城的侯爺，到時候自己不是吃不了、兜著走？「我只是實話實話，其他的我可沒說！別以為我不知道，就是妳這個舌頭長瘡的亂嚼舌頭！」她說著就撲了上去，往趙氏臉上撓了一下。

趙氏可不是吃素的，她不敢對沈驚春動手，還能讓其他人討了好不成？

兩人立刻扭打在一起。

沈驚春往後退了退，也不說話、不勸架，只冷眼瞧著。

她只有一張嘴，家裡方氏對於吵架這事是很不擅長的，若要叫這些人閉嘴，也只能借宣平侯的名頭一用，只有讓這群人長了記性，下次再嚼舌根之前，才會先想想後果。

這山道一面靠著山壁，另外一面是個長滿了雜草、灌木的山坡，若是一個不小心，摔落下去可不是鬧著玩的，因此另外兩名置身事外的婦人咬咬牙，上去拉架。

結果，這架勸著勸著，就變成四個人打在了一起。然後不知是誰腳一滑，摔了一跤，順著山坡就全滾了下去。

沈驚春探頭一看，這山坡並不算高，四個人這會兒已經滾落到底，躺在地上哀號。

「嬸子們還好吧？有沒有摔到哪裡？」不等她們回答，沈驚春就斂了笑，也沒管之前砍的柴，抄著小道下了山，一路大喊著進了村。「不好啦！快來人啊！趙嬸子她們幾個打架，從山上滾下來啦——」

陳里正的臉黑得像鍋底。

婦人們鬧點口角、爭吵幾句，這很正常，但這次帶頭鬧事的趙氏是陳家婦，造謠的對象是陳淮。一筆寫不出兩個陳字，姓陳的不說幫著姓陳的，居然還落井下石、造謠生事？

趙氏自知理虧，本不該再嚷嚷，可這一摔，直摔了自己半條命，身上到處都痛，手臂上劃了個大口子不說，連腿也摔折了。陳大夫來看過之後，建議還是得盡快送去縣城及時醫治才是。趙氏想想，一進縣城的醫館，就要花掉不少錢，心疼得五官都扭曲了。看著罪魁禍首沈驚春一臉冷漠地站在看熱鬧的人群中，她腦子一熱，話就不經大腦地說了出來。「都怪沈家這個小娼婦！要不是這個——」

「住口！」陳里正怒喝一聲。「都到這個時候了，妳不知悔改，居然還敢攀扯他人！背後到處造謠的是不是妳？」

趙氏非但沒住口，還變本加厲地大喊了起來。「我怎麼造謠了？我說的都是實話！是不是這個浪蹄子揹著陳淮回家的？她不知羞恥，還不許人說嗎？」

幾個受傷的婦人被抬了下來，為了方便救治就放在村裡的大樹下，中午太陽太大，這邊的動靜吸引了一群圍觀群眾過來，聽趙氏這麼一說，便都看向了沈驚春，想看看她怎麼解釋。

只是，不等冷著臉的沈驚春開口，人群外便有個沙啞低沈的聲音響了起來——

「按照本朝律例，惡意誹謗造謠他人，是要處以刑拘的。」

圍了一圈的人群讓了一條路出來，就見陳淮緩緩走了進來。

陳大夫雖拿了藥過來，可他喝了幾頓，並未退燒，此刻耳燒、臉熱，額頭上掛著虛汗，嘴唇蒼白得毫無血色，一看就是病得不輕。

說了兩句話後，陳淮又捂著嘴，劇烈地咳了起來。

「胡鬧！」陳大夫又氣又怒。「你還想不想好了？燒成這樣不好好休息，還跑出來做什麼？」

陳淮咳完後，臉上泛著一股不正常的潮紅，先是看了一眼沈驚春，見她雖然板著一張臉，卻毫髮無損，不由得鬆了口氣，這才朝著陳大夫道：「六叔，我的情況你也知道，若非沈家妹子救了我，此刻我就算不死只怕也燒傻了。如此救命之恩，我怎麼能看著恩人被人潑髒水污了名聲？」他說著又朝里正道：「趙氏以前如何編排我都不要緊，她是陳家婦，若是真鬧大了，還是陳氏一族臉上無光。但這次她肆意散播謠言、毀我恩人清名，卻是不行。我與沈家妹子非親非故，第一次見面，她便能不顧名聲地伸出援手，這是大善。我自知人微言輕，沒法為恩人討個公道，便只能等明日身體好些，再去找縣令主持公道了。」

不就是尋常的口角嗎？怎麼就上升到要找縣令主持公道的地步了？

不說圍觀群眾，便連陳里正一時間也有點懵。

趙氏的丈夫陳二瞬間慌了，抬手就給了趙氏一巴掌，然後滿臉堆笑地湊到陳淮身邊哀求道：「阿淮，你看你表嬸就是嘴賤，她這個人其實不壞的，我叫她給你們道歉行不行？這點小事，就不用鬧到縣太爺面前去了吧？」

陳淮抿著嘴沒說話，持續的高燒讓他渾身無力，強撐了這麼久已經是強弩之末。

陳里正看著，不由得嘆了口氣。

趙氏這個蠢婦慣會造謠生事，若這次能讓她吃個大教訓，對村裡也是好事，可陳二畢竟姓陳，真要為了這點事鬧到縣衙去，不說陳二家了，便是他這個里正只怕也臉上無光。

陳里正想了想，便湊到沈驚春身邊悄聲道：「丫頭，我看趙氏這回是吃夠了教訓，我且讓她與妳道歉，這次便算了吧？你們才出來單過，若是因為這樣的事情對簿公堂，以後自然沒人敢再惹妳家，但恐怕在村裡也沒人敢與你們走得近了。」

這事可大可小，只看怎麼處理。陳里正這個人雖有些小心思，可人到底不壞，沈驚春雖不怕他，這點面子卻還是要給的。

但若就此算了，她又不爽，便也壓低了聲音道：「之前我聽她說侯府給了沈家錢，要將我留在京城，我想知道這事是誰傳出來的？只要趙嬸子肯說出這人是誰，這次的事情我可以既往不咎。」

這無異於賣女，沈老太太是個聰明人，這麼隱秘的事情當然不會到處亂說，可沈家也不全是聰明人。

沈驚春心裡已經有懷疑的對象了，肯定是沈延貴的媳婦李氏了。

陳里正聽了這個要求，有點為難。他看著沈驚春面無表情的臉，咬了咬牙道：「好，我去跟趙氏說。」

二人說話的聲音壓得很低，只有與沈驚春站得很近的陳淮聽到了。圍觀的村民不知道二人說了什麼，都在一邊竊竊私語。

趙氏早被陳二的一巴掌打醒了，聽到陳里正轉達的要求，只呆愣了一下便狂喜道：「是李氏！就是妳二伯娘李氏！」

人群中原本正幸災樂禍看熱鬧的李氏一下子懵了，但她反應很快，幾乎是立刻就尖叫了起來。「趙氏妳這個毒婦！胡亂攀扯什麼？我家這幾日忙著秋收，我從天亮忙到天黑，可沒時間去造謠！」

趙氏積了一肚子的火氣無處發洩，眼下終於找到個可以罵的，哪肯放過這個機會？立刻就破口大罵起來。

二人妳來我往、相互揭短，聲音越罵越高，原本住得稍遠些、沒注意到這邊的人也被吸引了過來。

這都是些什麼東西？沈驚春陰著一張臉，心中的不耐幾乎達到頂點。打人她很在行，這兩個婦人一拳一個都不夠她打的！可扯這些雞毛蒜皮的事，她是真的不太擅長。

「我不跟妳扯這些有的沒的！」趙氏疼得直哆嗦，忽地一手指天發誓。「這件事就是李氏告訴我的，若有半個字的假話，叫我頭生惡瘡、不得好死！我發誓了，妳敢不敢？」
亂烘烘的聲音瞬間消失，毒誓可不是能亂發的，李氏頓時啞口無言。
沈驚春鬆了口氣。早發誓不就完了嗎？用得著東扯西扯這麼半天？
趙氏忍著痛，強自扯出一個笑來。「驚春啊，孀子鬼迷心竅了才聽了李氏這個毒婦的挑撥，說了妳的閒話。妳看，我現在也遭到報應了，等我傷好了，一定去給妳賠禮道歉。妳看現在……」
「這次的事情我可以不追究，只希望孀子能記住自己說的話，若是下次還這樣，那便是天王老子來了，我也要追究到底的。」
陳二立即千恩萬謝地跟兒子抬著趙氏走了。
圍觀群眾卻沒散去，還等著看李氏的熱鬧。
哪知沈驚春卻看都沒看她，只朝陳淮道：「淮哥你還好嗎？能不能走？」
陳淮腦袋昏昏沈沈，眼前全是虛影，點了點頭強撐著往沈家走。
圍觀的村民見沒有熱鬧可看了，便都各自散了。
二人拐了個彎，到了村尾，已經看不到其他人了，陳淮終於支撐不住，腳下一個踉蹌，往前撲去。
沈驚春走在一邊，一直注意著他，眼見人倒了下去，立即伸手一撈便將人撈起，深吸一口氣將人打橫抱了起來。好在沈家已經不遠，沈驚春憋著一口氣，抱著人快步回了家。

方氏是個閒不住的，如今良田一時買不到，她便買了幾畝荒地，今日一早便帶足了口糧，領著家裡幾人去新買的荒地上開荒去了。家裡沒人，她也沒啥顧忌，從空間拿了體溫計替陳淮量了體溫。

量出來的結果嚇了她一跳，居然已經燒到了四十度！昨日到今日已吃了幾副藥，竟是全然無效？

再這樣燒下去，就算人沒燒傻，體內的重要臟器也要燒壞了。

沈驚春咬咬牙，餵他吃了兩顆特效退燒藥，又從空間拿了個木質浴桶出來，燒了大鍋熱水，將陳淮扒得光溜溜地丟了進去。

等泡完熱水澡，她又任勞任怨地取了酒精替他擦拭身體。

不知過了多久，陳淮的體溫終於降了下來，漸漸趨於正常。

沈驚春累得渾身是汗，癱坐在地上，一抬頭，就見陳淮不知什麼時候已經醒了，正看著她。

這到底是什麼社死現場？

之前怕陳淮腦子燒壞了，根本沒心思注意其他的，現在哪怕他本人已經醒了，但沈驚春的眼神還是止不住地往他身上瞄。

他的個子很高，起碼一八五往上，穿著衣服的時候看著很瘦，但其實身材很勻稱，沒有一絲贅肉，腿身比例極為優越，肩很寬、腰很細、腿很長，身上肌肉明顯卻不誇張，線條流暢極具美感。

沈驚春無意識地嚥了口口水，舔舔唇，試圖解釋。「如果我說是因為你發高燒，我為了替你物理降溫，你信嗎？」

陳淮一臉從容地拉過被子蓋在了自己光溜溜的身體上，被頭髮遮住的耳朵已經紅得滴血。「不如妳先出去，等我穿好衣服再說？」

沈驚春紅著臉，落荒而逃。

等沈驚春做好晚飯，領著幾人開荒回來的方氏卻不知從哪裡知道了今天發生的事，氣得直掉眼淚。

「往常在一個屋簷下生活，我為了兩個小的不得不忍下這口氣，如今我們都搬出來了，她還不肯放過我們？我忍不下這口氣！」方氏一拍桌子，就要去沈家老宅找李氏。

沈驚春的太陽穴突突直跳，連忙拉住自家老娘勸道：「娘，算了，李氏說的也是實話。」

方氏聽女兒這麼說，眼淚流得更凶了。

豆芽也被氣得發抖。「小姐，難道就這麼算了嗎？」

沈驚春摟著方氏的肩頭，冷笑道：「當然不可能就這麼算了，只是如果我們此時找上門，以老太太的性格，肯定是要護著李氏的；可若我們不找上門，她反倒不會讓李氏好過。」

豆芽一時想不明白箇中原由。

旁邊的陳淮淡然一笑。「沈老太太是個好面子的人，李氏將自家的事情說給別人聽，還鬧出這麼大的動靜，以她的性格，只怕關起門來，反倒沒有李氏的好果子吃。」

雖說是這個道理，可方氏心中依舊憤恨不平。

「這事說到底還是因我而起。」陳淮嘆了口氣道：「若非驚春妹妹救我回來，哪裡又有這麼多事呢？明日我便收拾東西回去吧。」

聽他這麼說，方氏反倒開始安慰他。「這跟你又有什麼關係呢？李氏這個人已經爛了根了，就算沒有你，她也能找到機會使勁抹黑我們的。阿淮，你可別將責任往自己身上攬，你安心住下養好病再說。」

果然不出沈驚春所料，第二天李氏被打的消息就傳出來了，且還傳得有鼻子有眼的。

沈家的新房子在村尾，周圍鄰居不多，方氏是早上去河裡洗衣服的時候聽相熟的婦人說起，才知道李氏被打的事。

「說起來也是風水輪流轉啊，以前妳還在那家裡的時候，受李氏的欺負也是常事，如今妳一走，這挨打的就成了她自己，也不知道李氏心裡做何想法？妳是不知道，那半張臉都腫成豬頭了！早上她從我家門口走過，我瞧得真真的！」

方氏原以為聽到這樣的消息，心裡多少會有點痛快，可事實上，她心中卻比往日還要平靜。

從河裡洗完衣服回去後，方氏甚至提都沒跟家裡人提起這事。

吃過早飯，方氏照舊帶了幾個小的去新買的荒地開荒。

家裡就只剩下沈驚春和陳淮。

昨日那一通物理降溫之後，陳淮的體溫就平穩地降了下來，晚間陳大夫又來看了一次，說是沒什麼大問題，剩下的好好休養就是了。

今日一早，陳淮拿了錢出來要交伙食費。

方氏原本不想收，可沈驚春卻悄悄跟她說，陳淮畢竟是個男人，這樣白吃白喝的恐怕心裡過意不去，若是執意不收，只怕他也沒法安心養病。方氏一想，確實如此，便只收了兩百文意思意思。

「家裡那五畝地這幾天就能開出來了，我去縣裡看看種子，你有啥要帶的不？鍋裡我給你留了飯，熱一熱就能吃。」

雖說前一天才將人扒光了，在一個屋簷下住著，多少有點尷尬，但進城買種子這件事卻不是隨口說說的。

她身上錢不多，滿打滿算不過一百二十多兩。

可現在搬到新家來，家裡七七八八的東西和木材，加起來也花了一半了。雖說之後做家具能有進帳，可手頭錢不多，心裡總是慌的。

如今大家田裡的水稻收完，都是要種油菜的，沈驚春卻覺得種油菜不如種玉米。這個架空朝代雖然很繁盛，但很多農作物和蔬菜卻還未傳過來，玉米便是其中一種。

物以稀為貴，若是能成功種出，必定能賣出好價格。

雖然如今種玉米已經有些遲了，可她有木系異能在手，便能輕易彌補這點不足。

但種子又不能憑空變出來，所以不管如何她都得去縣城一趟。

沈驚春一邊說著，一邊已經往外走。

哪知陳淮忽然道：「我與妳一道去。」

「什麼？」沈驚春也不走了，站在原地回頭看他。「你這身體還沒好，還是在家待著吧？有什麼要買的，列個清單給我，我給你買不也一樣？」

陳淮微微一笑，揚了揚手中抄好的書。「是我手頭這本書抄完了，要再去重新拿一本回來。」

行吧，讀書人用的東西都矜貴，這本書聽說也抄了有不少時間了，要是有個磕著碰著，賠錢了反倒不美。

沈驚春將家裡所有的門都落了鎖，二人才一起朝村外走去。

一路無話地穿過村子到了村口，經過昨日那事，今天村裡人再看到兩人，反而沒人說三道四了。

「等等看有沒有牛車吧？太陽升上來了，若是走到縣裡去，一身都是汗，膩得慌。」沈驚春站在樹蔭下，探頭往官道那頭看了看。自家老娘是打定主意想讓陳淮在家裡養好身體了，他現在執意要一起去縣城，要是走著走著給他累暈了，只怕她回家又要聽一頓嘮叨。

陳淮心中跟明鏡一樣，知道她多半是為了自己。

沒多久，果然有牛車來了，車上只稀稀疏疏地坐了兩人，等沈驚春招手叫停牛車，陳淮卻先一步付了車資。

沈驚春看他一眼，又將兜裡掏出一半的錢收了回去，徑直爬上牛車坐好了，結果一轉頭，陳淮就神情自然地挨著她坐了下來。

這車上這麼空，有必要挨得這麼近嗎？

沈驚春有心想問，可看著陳淮神色如常的臉，又默默地將話嚥了回去。

一路無言地到了縣城，不等沈驚春想法子支走陳淮，他就自己先開了口。「我得先去縣學將抄好的書交了，只怕要耽擱一段時間。」

這可真是太好了！沈驚春強忍著喜意道：「沒事，你辦正事要緊。這樣吧，我們分開行動，你去交書，我去買種子，不論誰先辦完事，都去城門口等著，到時候咱們再一起回去。」

陳淮看著她臉上藏都藏不住的開心，忍不住輕笑一聲，朝沈驚春打了個招呼就揹著裝了書的小背簍走了。

陳淮一走，沈驚春整個人都放鬆了下來。空間是她最大的秘密，一旦暴露，後果她想都不敢想。

但只要沒人看著，空間裡拿出的東西還不是她想怎麼編就怎麼編？

邁著輕鬆的步伐，沈驚春在縣城裡逛了起來。進城一趟，總不能就帶點種子回去。

今日並非是大集，可縣城裡的人潮卻很多，沈驚春稍一打聽，便知曉了是怎麼回事。

祁縣人酷愛菊花，每年九月，由縣令牽頭，祁縣富紳出資，會舉辦一場盛大的菊展。

這是全縣人的盛會，光是擺出來供人賞玩的菊花便有萬盆之多，期間又有鬥菊、賞菊各類活動。

只要在鬥菊海選上殺出重圍進入前一百名，便能獲得一兩銀子的賞銀；前五十名則是五兩銀子賞銀；前十則有十兩。依次遞增，獲得菊王的不僅能有一百兩賞銀，富紳們多半還會競價買下這盆菊花。

而今日，正是花農們將自家養的菊花拉到縣城來賣的日子。

這些菊花大多都是些普通品種，但花農為了刺激消費，往往會在裡面放上幾盆珍貴的品種。菊花到九月才會爭相開放，如今不過七月底，只看花蕾，一般人只能分清顏色，很難分清品種，但賭徒的心裡都覺得自己能中獎，便是不能中獎，買盆菊花回家賞玩也不是什麼大事。

沈驚春心頭一動。

別人的菊花能不能殺出海選她不知道，但她若是有菊花參賽，進入前一百名那是板上釘釘的，若有稍微珍貴些的品種在手，那菊王也未必沒有一爭之力。

最重要的是，菊展上鬥的並非全是活的菊花，詩詞書畫這些文化人玩的才是大頭。

沈驚春以前讀書的時候，文化造詣很是一般，放到古代只能說不是文盲，雖現在是架空朝代，但她也不打算用歷史上那些名人的頌菊詩詞來作假，所以這個錢她是掙不到了。

可她會木雕啊！

縣城內一共才三個木匠，會木雕的顯然更少，若她真將菊花木雕做出來，恐怕是整個菊展上頭一份的。且空間裡那些以前捨不得丟的邊角料，也是時候派上用場了！精緻好看的菊花簪子，試問誰不喜歡呢？

這可都是錢啊！

不能想！這真不能想，再想口水都要下來了。

賣菊花的地方在一處專賣花鳥魚蟲的市場裡。

沈驚春混在人群中，這盆聞聞、那盆看看，木系異能便在此刻派上了用場。

雖這些盆栽菊花的個頭都差不多，外形看上去也沒什麼區別，但若用木系異能探一探，便能知道哪盆菊花健康。

很快地，她便挑了四盆出來。

東西裝好，沈驚春付了錢，便提著四盆菊花往外走。這裡人太多，若是不小心摔了，那不得心疼死她？

只是，她再如何小心，菊花還是摔了兩盆，而撞了人的老人卻還無知無覺地抱著一盆花往外走，連句道歉都沒有。

沈驚春一時火大，也沒去管那兩盆摔落在地的菊花，一個箭步躥上去，單手就將人揪住了。「撞了我的菊花，一句道歉都沒有就想跑？」

她的力氣實在太大，捏得陸昀肩膀生疼，整個人也清醒過來，轉頭一看，果見地上摔爛了兩盆菊花。

「實在對不住，剛才沒注意，撞壞了妳的菊花，我這就賠妳。」陸昀小心翼翼地將懷裡的菊花放在地上，從錢袋裡拿了個小銀錠子出來。「妳再去買兩盆吧。」

他眼眶微紅，顯然是才哭過。

沈驚春的視線掃過地上那盆病懨懨的菊花，有些驚訝。

這老頭不會是為了這盆菊花哭的吧？

她伸手接過銀子，對陸昀道：「煩請老伯在此稍等一會兒，我再去買兩盆菊花就來。」將地上摔爛的菊花一把拎起，沈驚春轉身又進了市場，挑了兩盆菊花後，小跑著回來了。「這是剩下的錢，給你吧。」沈驚春緊接著又道：「老伯這盆菊花似乎是生了病？」

陸昀收了錢，無精打采地點了點頭，抱起菊花不想多說。

沈驚春見他要走，連忙叫住他。「老伯若是不忙，不如借一步說話？」

這盆菊花已經被花農判了死刑，若是一家花店的人這麼說，陸昀還覺得有些希望，可整個花鳥市場的花店都說這盆花救不活，那便是真的救不活了。

想著回去也沒什麼事，他便隨意地點了點頭。

沈驚春拎著幾盆花，領著陸昀往外走，等走出人潮最多的地段，便在路邊隨意找了個茶攤，要了壺茶。「老伯這花應該是名貴品種吧？」

「不錯。」陸昀點點頭，愛憐地摸了摸葉子。「此菊名為綠牡丹。」

饒是沈驚春再沒見識，但綠牡丹的大名她還是知道的。

菊花分單色和多色，若單以顏色來論，綠菊比較名貴，而綠菊裡面最名貴的當屬綠牡丹。它的花型與芍藥相似，尤其是開花的時候，花色碧綠如玉，晶瑩欲滴，十分燦爛奪目。

沈驚春以前聽人說過，這種菊花培植十分不易，若真病死了，也是可惜。

「老伯這菊花原本也是要去參加鬥菊的吧？可詢問了花農，花還有救嗎？」

陸昀神色一動。「鬥不鬥菊倒是其次，只是這花是我最愛的一盆，小姑娘莫非有救花的法子？」

沈驚春微微笑道：「可以一試。」

陸昀有些遲疑，多少經年的老花農都沒辦法，眼前這小姑娘這麼年輕，又能有什麼辦法？

沈驚春見他不信，也不生氣。「我觀老伯神情，應當是已經在幾家花店問遍了也沒找到救治辦法吧？既然如此，何不讓我試試？我若將花治好，自然皆大歡喜；若是治不好，你也沒有損失，是不是？」

確實是這麼個理，但陸昀心中總覺得怪怪的。見小丫頭笑意盈盈，便問道：「不知這診費多少？」

「這花治好了，肯定是要參加鬥菊的吧？」

陸昀點了點頭。

沈驚春心中滿意萬分，彷彿已經看到了銀子在朝她招手。「我不要多，不論這盆花最後名次如何，我只要賞金的一半。」

一兩百的一半，那就是五十兩，可以買五畝良田了，對目前的沈驚春來說，可不是個小數目了。

陸昀聽她這麼說，心裡反倒升起了幾分希望來。能養這麼名貴的菊花，他自然是不缺這點錢的，當即便說：「若能救活，賞金全給妳，我只要花！」

陳淮一直在縣學待到中午才出來，待他趕到東城門，沈驚春已經等候多時。

「買這麼多菊花，莫非是要去菊展參加鬥菊？怎麼還有一盆病懨懨的？」

那兩盆摔爛的菊花，換成其他人是肯定種不活了，可沈驚春有異能在手，卻是不難，便又買了兩個空花盆，將菊花移栽了過去。

此刻七盆菊花擺在牛車上，委實占地不小。

沈驚春見他的視線落在那盆綠牡丹上，便將在花市發生的事情簡單地敘述了一遍，又道：「簡直天降橫財！搬新家可花了不少錢了，我還想著怎麼才能多掙點錢呢，這手上沒錢，心裡總慌慌的，結果跑了一趟縣城，錢就來了！」她越說越高興，哈哈笑了幾聲，看著那盆綠菊的眼神要多溫柔就多溫柔。

陳淮聽了卻皺了皺眉。「可有契約憑證？雖然事先說好了治不好也不怪妳，但畢竟人心難測，綠牡丹價格昂貴，難保對方不會遷怒妳。」

有木系異能在手，沈驚春壓根兒就沒想過還有治不好這回事。

此刻聽陳淮這麼說，她無所謂地擺了擺手。「治不好是不可能的，最多一個月，我就能讓這花重新活過來。」

陳淮瞧著沈驚春滿不在乎的表情，心知多說無益，可心裡還是不放心，便又問了些其他的細節。

兩人隨便聊了幾句，車上的人便來得差不多了，倒有一半人手上都捧著菊花。

下午，方氏從地裡回來，看到家裡多了這麼多菊花也很驚訝。

沈驚春便又將說給陳淮聽的那番話再說了一遍。「娘，不說這個了，咱家那五畝荒地也收拾得差不多了吧？今日我去縣裡買種子，碰見了一些稀罕種子，我瞧著也不算貴，便買了回來，咱這地要不就先種這個吧？」

她的背簍挺大的，裡面裝了各色菜種，油菜的種子也有一些，但大部分都是玉米種子。

這些種子據說是研究出來的中晚熟品種，不僅高產，種植起來還耐密緊湊，抗倒、抗病、根系發達，出芽率接近百分百。

玉米種子顆顆飽滿、色澤鮮亮，看得方氏驚嘆不已。「這是糧食嗎？還是果子啊？」

沈驚春解釋道：「是糧食，也可以做果子。聽賣種子的人說，這叫玉米，產量很高，白色的比較糯，黃色的則甜一些。現在播種，十月就能收穫。」

事實上，現在播種已經晚了，但架不住沈驚春有木系異能這個大絕招在手。

十月之後已經立冬，市面上能吃的蔬果不多，玉米又是從未出現過的新品種，一旦上市必然大賣。

方氏還有些遲疑。「畢竟沒人種過，咱們也不知道怎麼伺候，要不還是跟旁人一樣種油菜吧？」

這怎麼行！有錢不掙是要天打雷劈的！沈驚春一把握住方氏的手，努力勸她。「娘，妳這麼想可不對！妳想啊，正是因為別人沒種過，我們才要先種啊，正所謂物以稀為貴嘛！若是大家都種，那自然也跟普通糧食一樣賣不上價了。我聽那賣種子的外地人說，可不只我一人買了，若是叫旁人搶了先機把這錢賺了，那可真是欲哭無淚了。」見方氏依舊搖擺不定，沈驚春便道：「家裡人都在，大家投票好了！哥你怎麼說？這個玉米種不種？」

沈驚秋可不懂這些，但妹妹說的總是沒錯的。他看了看方氏，堅定不移地說道：「聽妹妹的，妹妹說種啥就種啥。」

沈驚春滿意地點頭，又看向豆芽和兩個小的。

豆芽自是不用說，她歷來唯小姐馬首是瞻，沈驚春說啥就是啥。

兩個小的也早被小姑的各種點心收買了，拚命點頭表示小姑說的都對。

陳淮也在一邊勸道：「荒地才開出來，三年之內免稅，種不出來也沒什麼可惜的。但一旦將這玉米種出來了，多的不說，家裡一年的嚼用也盡夠了。」

方氏驚訝道：「有這麼多？」

這個朝代的物價不便宜，據沈驚春最近的觀察來看，與歷史上的宋朝很接近，也無怪乎方氏這麼驚訝。

陳淮道：「嬸子想想寒瓜，當初祁縣剛出現寒瓜的時候，那可真的是有錢也買不到的，第二年跟著種的人多了，價格便降了一半不止，這玉米想來也是一樣。」

沈驚春一時間沒想起來寒瓜是啥，仔細想想才知道，就是西瓜。

方氏徹底被說服了，當即拍板，地裡就種玉米。

五畝地已經開出了大半，為了盡快開完荒、種上玉米，第二天一家人都起得很早，匆匆吃完飯就直奔地頭開荒，只留了陳淮這個身體還沒好全的病人在家看家。

想到即將要因為玉米暴富，全家人都充滿了幹勁，下半午就將活幹完了。方氏又回村借了兩架犁來，因沒牛，只能一人在後面扶犁，一人在前面拉犁，忙到天黑才將一畝地犁完。

等一家人摸著黑到了家，飯也燒好了，昏黃的燈光從門窗照出來，透著一股暖意。不說方氏等人，便連沈驚春看到了，也覺得心裡一鬆，十分舒坦。

陳淮聽到動靜，穿著圍裙、拿著鍋鏟從廚房探出頭來。「回來了？先洗洗手吧，還有個湯出鍋就能吃飯了。」

那圍裙是搬來新家之後，在沈驚春的強烈要求下，方氏才做的。套頭的圍裙穿在家裡女人的身上還算寬鬆，可套在陳淮身上，短了一截不說，還處處不合身，顯得有幾分滑稽。沈驚春從他身邊走過，實在沒忍住，笑出了聲。「這圍裙穿在你身上實在太委屈了，家庭煮夫還是需要件好圍裙的。」

「家庭煮夫？」陳淮走近了兩步，輕聲道，只在那個「夫」字加重了語氣。

這本來就是一句隨口的玩笑話，但從陳淮的嘴裡說出來，立刻就變得不一樣了。沈驚春看他眼裡盛滿了笑意，心中升起一陣窘迫，也不接話，只哼了一聲就跑了。

等幾人放好東西、洗好手，最後一個湯也終於上桌了。

三菜一湯，色相上佳，紅燒的魚往外冒著香氣，勾得人食指大動。

饒是沈驚春這樣吃過無數美味的人，也不得不承認，陳淮的手藝是真的很不錯，要是真的結了婚，肯定是個非常合格的家庭煮夫。

吃完飯，方氏收拾了碗筷去洗。

豆芽則去廚房燒水，準備洗澡。

沈驚春想了想，乾脆多點了兩盞油燈，繼續做家具。

家裡什麼都缺，沈驚春做的第一件家具，便是一張在後世很常見的八仙桌。

上次在木匠家裡，雖然幸運地撿漏了很多黃花梨木，但這樣名貴的木材，她不打算用在自家，是以這張八仙桌選料非常普通，但她卻將牙板做了雕花的鏤空設計，桌腿也打算改成三彎腿。

這樣的成品美觀性很強，再等打完蠟，整張桌子都會變得精緻大氣起來。

桌子現在雖然還沒做出來，但四條腿料和臺面已經處理好，如今只剩下牙板的雕花，這是個十分細緻的活，一旦做起來便很容易沈浸進去。

等沈驚春雕完一塊、捶著老腰直起身時，除了陳淮還在堂屋的條案上安靜地抄著書，其他人已經全部去睡了。

只是不等她出聲，陳淮便先一步放下筆，揉了揉有些發瘆的手腕。

「太晚了，我準備睡了。妳也早點睡吧，明天不是要去下種？」

古人都說燈下看美人，別有一番滋味，以前沈驚春一直不信，但此刻，她覺得古人誠不欺我。

陳淮那略顯清冷的眉眼，也在燈下變得柔和了幾分，與白天看到的感覺全然不同。她眨了眨眼，一絲別樣的情緒漫上心頭。

陳淮已經回了屋，堂屋裡只剩下沈驚春一人，好半天才緩過神來。

第四章

第二日，全家人依舊起了個早。玉米種子是提前浸泡好的。一般玉米種下去，須得五至十天才能發芽，但若用異能滋養過，最多五天便能發芽。

「娘，今日去借頭牛來犁地吧，咱也不白用人家的牛，按五十文一天來借用。」

「行。」方氏點點頭。跟五十文相比，她更心疼兒女。「犁地我也會，乾脆借兩頭牛吧，早點弄完也少了一樁事。」

吃完早飯，依舊只留陳淮一人在家抄書。

方氏領著幾人直奔沈族長家，卻不想晚來一步，他們一家人已經去了田裡，家中只有一個大著肚子的孫媳周氏在家。

「今日收的是村北那片地，爺爺將牛也牽到那邊去了，嬸子知道在哪兒吧？」

受沈族長影響，他們家人對方氏一家的印象都很好，周氏瞧見一臉乖覺的兄妹倆，想到自己即將要出世的孩子，心中母愛氾濫，硬是抓了一把糖塞進兩個小的手中。

沈驚春雖然才來沒多久，但日日都跟姪兒、姪女在一處，便是連睡覺都在一個屋裡，言傳身教的教了不少。

沈明榆看了小姑一眼，見她點頭，才雙手接了糖，奶聲奶氣地謝過了周氏。

從沈族長家離開後，方氏又帶著幾人去了陳里正家中。

陳里正家中田地很多，但只留了五畝自己種了嚼用，餘下的田地全租出去了，每年收租。如今這五畝田裡的糧食早收完了，牛閒在家中無事。

方氏一開口，陳里正便爽快的答應了。「牛就在後院關著呢，我去牽來。」陳里正將牛交到方氏手裡，卻沒急著回去。「前兩天我跟老沈喝酒，他說妳家要買些良田，託我打聽打聽。」

方氏一愣，這事沈驚春從未說過。

「是，家裡沒有田，心裡總是不得勁。我娘也不認識什麼人，便託了大爺爺幫忙打聽。里正爺爺可是有消息？」沈驚春拍了拍方氏的手，朝陳里正道。

田是肯定要買的，只是她現在手裡的錢不多，所以也沒急著去問。

陳里正很同意這個說法，他家裡在縣城是有鋪子的，每個月的收入也不少，但田還是照買不誤。以後若是有個什麼事，老家有田傍身，便萬事不慌。

「昨天我去縣裡辦事，正巧遇到個熟人，老倆口原是做鹹菜生意發家的，後來兒子出息了改做首飾，如今店鋪做大，在府城那邊安了家，只等年後便要將老倆口都接過去養老，這邊的田地便要賣掉，以後都不回來了。」

「不知要賣多少田？」

能在府城那邊安家的，顯然家裡也是有些錢的，這要賣掉的田只怕不少。

「對咱莊戶人家來說，倒是有點多。」陳里正伸出一隻手晃了晃。「是個五十畝的小莊子，裡面帶了個小院子，住的兩間屋子是青磚建的，算是添頭。地就緊挨著聞道書院那片田旁邊，與我們平山村倒是不遠。」這就是不接受單拆，只能一起賣的意思了。

方氏驚呼一聲。「五十畝?!」

對於阮囊羞澀的沈驚春來說，別說五十畝，便是五畝的錢，現在叫她一下子拿出來，她也覺得有點困難。

五十畝按照平山村這邊的田價來說，就是五百兩，一起買下的話，或許能還價試試，但絕對不會低於四百五十兩。

一文錢難倒英雄好漢，沈驚春想想這一大筆錢，忍不住長嘆一聲。

陳里正見她面露難色，便寬慰道：「沒事，實在不行，再看看其他的田就是了。」

沈驚春卻捏緊了拳頭，堅定地道：「不，我想買這個莊子。煩請里正爺爺幫忙聯繫賣家，最多九月底我就能將訂金湊出來。」

祁縣這邊常年風調雨順，少有窮得賣田地的，便是有，也多是幾畝散田，而小農莊之所以叫小農莊，便是因為田地都在一起，這樣管理起來也會方便很多。

如果錯過這次，下次再遇到這樣的莊子還不知道要到什麼時候呢！

賺錢幾乎成了迫在眉睫的事。

謝過陳里正，方氏自己去找沈族長借牛，沈驚春則一臉沈重地往自家的五畝荒地去了。

昨日已經開好了一畝田，今日四畝田，兩頭牛耕出來只用了半天。

下午沈驚春回了趟家，將泡好的玉米種子搬了過來，正式開種。

「挖坑間距儘量保持跟這個距離差不多。」

方氏看了一眼，心中有了數，拿著小鋤頭就開始刨坑。

「蔓蔓和明榆就負責放種子吧，一個坑裡放一顆種子，明白了嗎？」

兩個小的用力點頭。重活、累活他們幹不了，但放種子這種事卻是能幹的。

方氏聽了，刨坑速度不變，卻道：「只放一顆種子是不是太少了？」

「不少。」沈驚春一邊指揮豆芽蓋土，一邊道：「那賣種子的人說了，這玉米最好是單株，若是雙株或者多株會影響產量，種子放多了還要間苗，反倒麻煩，還不如直接放一顆種子，到時候再將沒發芽的補栽就是了。」

方氏沒種過這個，聽閨女說得頭頭是道，便也同意了。

沈驚春看了一會兒，見兩大兩小配合無間，她便跟沈驚秋擔著空桶去挑水。

水源離這邊有點遠，等兄妹倆挑了水回來，玉米已經種完了兩壟。

「哥，你在這裡澆水吧，我再去挑點水來。」

這個安排是最好的，因為她有空間。反正這邊除了他們一家，也沒別人，她先將水收到空間裡，挑著空桶往回走，等快到地頭時，再將水轉移出來，方便又省力。

一家人忙活了兩天，才將五畝地全部種完。

沈驚春看著自己粗糙了不止一點的手，很有種劫後餘生的感覺，不由得感慨種田不易。地只有五畝，全部種完之後，方氏徹底閒了下來，又開始收拾院子裡的幾分地。

沈驚春每每想起那個五十畝的小莊子，就感覺身上壓著座大山，除了吃飯、睡覺、上廁所，其餘時間幾乎大門不出，全部心思都放在做家具上面。

原本她做八仙桌的時候，還覺得雕花什麼的過於繁雜，十分費事，但現在，她恨不得將家裡所有的家具都做得精緻美觀的好，好叫人家知道她的手藝！

方氏性格溫和，在村裡有幾個相處得好的婦人，農忙過後也偶爾會過來串門子，看到堂屋裡擺著的那張精緻八仙桌後，全都讚嘆不已，摸了一遍又一遍，只說到時候家裡要是有需要，都來沈驚春這裡訂做家具。

沒兩天，沈驚春的手藝不僅傳遍了平山村，連附近幾個村子的人也聽到了消息，上門來打探。

「驚春丫頭在畫圖呢？」陳里正一進門，就先跟沈驚春打了個招呼。

他也是聽到消息，來實地打探的。

陳里正原先只道這個從京城回來的小丫頭能說會道、聰明伶俐不說，也不嬌氣，地裡的活都能幹得下來，可對於她會做家具這件事，卻是不太信。

等見到堂中那張八仙桌後，他頓時如同旁人一般讚嘆不已。

他家中的大孫女已經定了人家，年前便要出嫁，若陪嫁的箱籠家具都能如這張八仙桌一樣精緻，豈不是面上有光？

沈驚春一抬頭，見是里正，就放下筆朝他打了個招呼。「里正爺爺現在過來是有啥事嗎？」

陳里正笑道：「我家大丫頭年前出嫁，這不是聽說丫頭妳手藝好，就想著來訂做幾樣陪嫁嘛！」

「這可是大喜事，恭喜里正爺爺了。」沈驚春道了喜，又道：「不知都需要什麼樣的家具？想用什麼樣的料？」

陳家是富戶，陳里正大小也算個村官，嫁孫女自然不肯叫人看輕了。「梳妝檯、紅櫃、春凳、兩口箱子、悶戶櫥。用料妳是行家，可有推薦？」

沈驚春想了想，道：「不如便用榆木或者櫸木吧？榆木紋理通達清晰、風格質樸；櫸木材質堅固、紋理美觀，都是很不錯的木料。」

平山村幾十年來也沒出過木匠，陳里正對這些不太清楚。

「要不然就用櫸木吧。」沈驚春見他遲疑，乾脆給出自己的建議。「北榆南櫸，咱們祁縣地處南方，用櫸木比榆木划算一些。」

陳里正道：「行，聽妳的。」

商定好用料，接下來便是尺寸大小和花紋的選擇。

「這些是我畫好的花紋，里正爺爺您選選。」

陳里正翻了翻，見每一種都十分美觀，便隨便選了幾種。

「具體就是這些，妳看看一共多少銀子，我先將錢付了。」

沈驚春就一個人，若論工期自然是比不過縣裡那些帶著徒弟的木匠的，是以，她走的是中高級訂製路線，跟縣城那些木匠就有了明顯的區分。

也正是因為如此，這兩天來家裡打聽的人一波又一波，卻沒有一個人真正下單。

陳里正說的這樣一套家具做下來，若是旁人，沒有三十兩是肯定買不到的，但她只報價十五兩。日後要在平山村立足，能跟里正搞好關係自然是再好不過了。

「十五兩？」一聽了報價，陳里正卻一臉驚訝，眼見沈驚春臉上的笑容勉強起來，立刻解釋道：「丫頭別誤會，我只是沒想到還挺便宜的。」畢竟在縣城打一套家具，差不多也要十兩多點。

聽到陳里正的解釋，沈驚春總算放了心。「自我家搬出來後，里正爺爺也幫我們良多，都說遠親不如近鄰，十五兩是咱們兩家的親情價，回頭要是旁人覺得家具不錯，您老可千萬不要說是這個價啊！」她調皮地朝他眨了眨眼睛。

這是沈驚春接到的第一單，雖然只收了半價，但她卻依舊認真對待，想用這批家具徹底打開口碑，是以工作起來廢寢忘食、夜以繼日，工期整整持續了二十天。

等到家具全部做完，沈驚春整個人都瘦了一大圈。

陸昀掐著一個月的時間找到平山村時，就被她瘦得差點脫相的臉給嚇了一跳。「小丫頭這是怎麼了？」

中秋過後，氣溫就已經降了下來，沈驚春躺在院中的葡萄架下也不覺得熱。聽到聲音，扭頭一看，見是花了重金救花的老頭，她有氣無力地朝他擺了擺手，就算是打過了招呼。

陸昀更加好奇了。「到底怎麼了？別是把我那盆花治死了，怕我找妳要賠償，所以嚇得吃不好、睡不好吧？」

「唉……」沈驚春躺著沒動，嘆了口氣，隨手指了指簷下。「你的花，自己拿。」

陸昀一臉古怪地徑直去了沈驚春手指的方向，一眼瞧見自己的那盆綠牡丹，簡直不敢認。一個月前，這花還是一副時日無多、病入膏肓的樣子，但僅僅一個月過去，就長得枝條粗壯、生機勃勃了。更讓人驚訝的是，頂端居然還長了兩個並蒂花蕾。

他的視線落在另外幾盆菊花上，看著如出一轍的並蒂花蕾，心情複雜至極。

並蒂蓮他見過不少，並蒂菊還真是聞所未聞。在民間，並蒂花是吉祥之兆，單憑這一點，這幾盆花進入鬥菊的前一百名，已經是板上釘釘。

更何況，若是他沒看錯的話，這六盆花裡，有兩盆是名品，一名墨荷，一名綠衣紅裳，都是不可多得的珍品。

這到底是什麼狗屎運啊！隨便買幾盆菊花，就能買到珍品，怎麼他就遇不到這樣的好事？越想越氣，陸昀拿出早就準備好的一百兩銀票，扔在沈驚春懷裡，就氣沖沖地往外走了。

真是莫名其妙！不過誰會跟錢過不去呢？沈驚春將銀票拿起來看了又看，正準備收起來時，便見那老頭又氣沖沖地回來了，站在躺椅邊一聲不吭。

沈驚春當他是捨不得這一百兩銀票，便滿心不情願地又將錢往回遞。當初是說好了的，診費是這盆綠牡丹鬥菊賞金的一半，她雖愛錢，卻也知取之有道。

陸昀嫌棄地看了一眼銀票，並沒接，吹鬍子瞪眼，氣鼓鼓地問：「妳那幾盆花賣不賣？」

沈驚春艱難地坐了起來，看看屋簷下的花，又看看莫名其妙的老頭，默默地將銀票收了起來才道：「那又不能當飯吃，當然要賣了。您老人家這個樣子，別是我那幾盆花很珍貴吧？」

「妳自己種的花，妳不知道？」

沈驚春被他說得一頭霧水，搖了搖頭，她是真不知道啊！

「並蒂花象徵著吉祥，妳這幾盆只要送審，前五十名是肯定的。左數第二盆和第四盆，進前三應該不難。」陸昀看著那幾盆花，只恨不得立刻帶回家好好欣賞。

錢來得居然這麼簡單嗎？幾盆並蒂花這麼值錢？

「等鬥菊結束，妳這花……算了，老夫走了。」

不等沈驚春再說什麼，陸昀直接抱著綠牡丹出了院子，上了外面等著的馬車走了。

等到中午，陳淮從縣學回來，便看到沈驚春雙眼發光、一臉慈祥的笑容，蹲在屋簷下看著那幾盆菊花。這場景過於詭異，陳淮不禁咳了一聲。

沈驚春見是他，隨口道：「回來啦。」說完，視線又落在了那幾盆花上。

陳淮抱著小包袱在她身邊蹲下，仔細看了看那幾盆菊花。「這幾盆花成精了不成？」

「去你的！」沈驚春沒好氣地白了他一眼。「我剛知道，並蒂花在鬥菊上能加分呢！我算了算，這幾盆花少說也能給我掙回一百五十兩！」

這還只是賞金的數額，花能賣多少錢出去還未可知呢！

原本為了買地，她是想著把綠牡丹送上花王寶座的，然後用賞金去交莊子的訂金，之後等玉米出來，再湊齊尾款。

寒瓜初到祁縣時，有錢人皆爭相購買。

對於從未見過玉米的祁縣人民來說，她這玉米也是個稀罕物，她便打算賣十五文一支。

五畝田的玉米，有一畝田沈驚春是打算養老了當作種子拿去賣的，另外四畝以每畝三千八百株來算，也有一萬五千二百株，每支十五文便是二百多兩銀子，且這些玉米受了木系異能的催發，大多都生了三、四支，這樣一來，若是不出意外，買莊子的錢不僅夠了，還能餘出來不少。

陳淮詫異地看向她。「妳不知道？我還以為妳是有某種辦法能將花養成並蒂好去鬥菊呢！」

沈驚春比他還詫異，神色複雜地看著他。「你知道並蒂花是加分項，居然不跟我說？」

陳淮無語。「……」*我也不知道妳不曉得啊！*

菊展大多是九月初九重陽節那天開始，地點在縣城裡一座叫做菊園的園子裡。

如今已是八月底，十天後便是重陽節。

沈驚春想著錢，心思又活泛了起來，連看到陳里正家訂做的家具後而上門來做家具的人都給拒了，一門心思想著要做個驚豔眾人的菊花木雕。

只是，還沒開始畫圖紙，陳淮便給出了他的建議。

「與其做這種掛牆的木雕，不如乾脆做一架菊花屏風。」

他提筆一邊繼續抄書，一邊道：「掛牆的物件，只怕有錢人更喜歡用字畫。但若是妳能做出一架菊花屏風，輕易便能賣出高價。」

沈驚春頭一回覺得陳淮居然這麼有用，當即便收拾工具，迫不及待的開工了。

這種賣給有錢人的東西，自然要精細精細再精細，遠不是陳里正訂做的家具可比的。

雙面雕肯定是來不及了，沈驚春便打算正面雕一幅寒菊圖，背面簡單地雕個大大的「福」字，四周雕一圈雲紋。

雕刻算是老本行，自然難不倒她，可畫圖卻實在有些為難她。

若是雕根木簪什麼的，簡單幾筆她倒行，但畫一幅寒菊圖太難了。

「我來吧。」陳淮見她提著筆、盯著紙看了半天也沒動作，乾脆從她手裡拿過筆，直接蘸了墨就在紙上畫了起來。

沈驚春巴不得有人替她畫畫，便托著下巴認真看了起來。

以前只知道陳淮的字好，別人才格外愛找他抄書，如今看來，這人不光字好，連畫也是一絕。從落下第一筆開始，後面就再未停筆，一株株菊花漸漸躍然於紙上，栩栩如生。

等到最後一筆落下，沈驚春才長長地出了一口氣，由衷地誇讚他。「沒想到你畫得這麼好！等這屏風賣出去了，我一定給你買塊好墨！」

十天時間轉瞬即逝，這麼短的時間裡要做一架雕花精細的屏風還是夠嗆。

沈驚春緊趕慢趕，到了重陽節這天也不過才將屏風打磨好，刷了一遍底漆。

但即便現在只刷了一遍底漆，出來的效果也足夠讓所有人驚豔。

方氏圍著屏風轉了一圈又一圈，嘴中嘖嘖稱奇。「這麼好看的屏風，得是什麼人才能用得起？瞧瞧這花，簡直像真的一樣！」

沈驚春倒也不居功。「好看主要是淮哥的畫技好，這要是我自己上手，肯定畫不出這麼好看的菊花。」

「筆再好，要是用的人不對，也寫不出好字來。說到底，還是驚春妹妹的手藝好。」陳淮笑盈盈道。

方氏的視線在兩人間來回掃視，只差把「滿意」兩個字寫在臉上了。「行了，你們就別相互誇了。收拾收拾，咱們出發去縣城了。」

方氏表現得比沈驚春本人還要積極，為了自家這六盆寶貝菊花能過海選，早早就下了血本，包下了村裡的一輛牛車。

算上陳淮，一家七口坐上牛車，直奔縣城。

雖已做好了準備，可真等到了菊園門口，幾人還是被眼前的人山人海給嚇了一跳。

「這人也太多了，要是擠壞了菊花可真不是開玩笑的。淮哥，你個子最高，這兩盆最有潛力的就交給你了！」喧鬧聲比菜市場還要吵，沈驚春一邊大聲說話，一邊將手裡抱著的菊花遞給陳淮。

「行。」

這花是花農專門培養出來賣了鬥菊的，只有一枝花，盆並不大，陳淮索性一手一個，將花盆托得高高的，護在胸前。

餘下幾盆花，家裡個子第二高的沈驚秋抱兩盆，方氏與豆芽一人一盆。

沈驚春自己則緊緊牽著沈明榆和沈蔓。人這麼多，一旦走散，只怕轉眼間就找不到人了。一家人準備好後，沈驚春深吸一口氣，牽著兩個小的在前面開路。

不知擠了多久，眼前豁然開朗，終於擠出了人群。

菊花送審的地方與擁擠的人群簡直一個天、一個地，隊伍雖然排得很長，但有縣衙的衙役在一邊維持秩序，前進得也很快，沒多久便輪到了沈驚春一行人。

六盆花枝舒展的並蒂菊一擺上桌，桌後坐著的幾名老人就倒抽了一口氣。

這些菊花的顏色沒有重複的，紅的像火，白的如雪，黃的似金，粉的好似天邊的雲霞。更有紫中透紅在綠葉的襯托下，猶如墨色荷花亭亭玉立的墨荷；以及形如芍藥、一花多色的綠衣紅裳。

最重要的是，這幾盆菊花都是並蒂！

幾名愛花如命的老人久久不能回過神來，直到後面排隊的人開始催促，才顫抖著雙手將號牌給了出去。

給了號牌，就代表菊花過了海選。

接下來的賽程，便是將菊花送往複賽處，待一百盆菊花全部選出，明日再做一天的統一展覽，之後再由不參賽的縣令、富紳和德高望重的愛花之人共同投票，選出今年的花王。

菊園占地面積很大，一進園子，便能瞧見路邊立著的遊覽圖，各條遊覽路線標得很清楚，路邊是怒放的各色菊花。

幾人走走停停，快到中午的時候，才到了鬥菊的場所。

「老頭子我都等半天了，小丫頭怎麼才來？」

沈驚春剛站定，肩膀就被人從後面拍了一下，一回頭，就看見了陸昀一張委屈兮兮的臉。「是您老啊！我們家人都沒來過菊園，進了園子到處逛了逛。娘，這就是我之前與妳說的陸老爺子。」

陸昀來家裡取花那天，方氏領著沈驚秋和豆芽去玉米地澆水了，沒見著人。

方氏見老爺子氣度不凡，喊了聲「陸老爺」。

陸昀客客氣氣地回了禮，口稱「沈夫人」。見兩個小的乖乖挨著沈驚春，又不知從哪兒摸出來兩顆糖，一人給了一顆。只有一邊站著的陳淮，非但沒得到什麼好臉色，還被老爺子冷冷哼了一聲。

這氣氛有點不對勁啊！沈驚春問道：「你們認識？有仇？」

陳淮苦笑一聲，端端正正地朝著陸昀行了禮，口稱「先生」，又朝沈驚春介紹道：「這是聞道書院的院長，陸先生。」

沈驚春「哦」了一聲。

陸昀又是一聲冷哼，理都沒理他，只對沈驚春道：「快將花送上去！」

園子四周已經擺了不少架子，只等鬥菊的人將菊花擺上去做展覽。

陸昀這幾日想這幾盆花，那是想得茶不思、飯不想，今日早早便等在這裡，想要第一時間好好看看這幾株並蒂菊，哪知他來得那樣早，菊花的主人卻姍姍來遲。

沈驚春聽了哭笑不得，只得叫方氏幾人把花呈了上去，在登記處幾名書生一臉驚豔的目光中，將幾盆花的信息也登記了上去。

事情辦完，陸昀立刻捨了沈驚春，湊到架子前賞花去了。

「娘，不如妳跟哥帶著他們幾個繼續逛？」

來之前，沈驚春就從空間整理出了一批小葉紫檀髮簪。

沈驚春考上大學後，就開了個網店，賣些自己做的髮簪、木梳之類的，這批小葉紫檀一到貨，就被她製成了髮簪。

現在拿來菊園賣，倒是正好。

攤子就擺在路邊，背簍裡的東西被拿了出來，背簍倒扣在地上，十幾支髮簪一字排開擺在上面。

菊園裡的人潮很多，沈驚春一張臉又長得好看，不用特意叫賣，便有人注意到了這邊。

「這髮簪倒是別致，聞起來還有股淡淡的香味，怎麼賣的？」

沈驚春抬頭一看。

被書生拿在手裡的是支被打磨成竹節形狀的簪子，這簪她一共做了兩支。「一百文。」

「啥？一百文？這麼貴！」書生詫異之下，聲音都拔高了許多。

這邊擺了不少攤子，遠處幾名書生聽到聲音，也往這邊來了。

沈驚春一邊打磨著手上這支髮簪，一邊道：「做髮簪的木料稱作小葉紫檀，這種木頭生長速度緩慢，五年才能長出一年輪，幾百年方能成材，質地堅硬、紋理細密，盤玩後色澤會從你看到的這種橘紅色漸漸變成紫黑色。」

當即便有名書生道：「妳說得這樣名貴，怎麼才賣一百文？」

沈驚春停了手上的動作，似笑非笑地看他一眼，沒說話。

那書生被她笑得臉上一紅。

沈驚春這才朝斜對面微抬下巴，笑道：「你們瞧，對面那書生頭上的簪子也是在我這兒買的，是不是很好看？」

精緻的竹節簪當然好看，但頭上插著這支簪的人更好看，要不然也吸引不了一群大姑娘、小媳婦。

陳淮感受到沈驚春看過來的視線，抬頭往那邊看了一眼，兩個攤位隔得有點距離，再加上圍在攤位前的這群人還在說話，他並未聽到沈驚春說了什麼。

四目相對，她微微一笑，就收回了視線。

那群書生卻都轉頭往陳淮看去。

與沈驚春攤位前圍著一群書生的狀況截然相反，陳淮的攤位前站著的全是女人，賣的是畫著各色菊花的絹布小團扇。

這是沈驚春的主意。

一般像這種大型的集會，願意出來玩的，大多都願意花錢。

小扇不過成年男人巴掌大小，十分精巧，扇面花色各異，擺出來沒一會兒，便賣了好幾把出去了。

書生們的視線從花樣少女的身上移到攤主身上，再移到攤主頭上那支竹節髮簪上。

「人靠衣裝馬靠鞍，一支精緻的髮簪就能起到畫龍點睛的作用。」沈驚春繼續不疾不徐地說著。「一支小葉檀的木簪才賣一百文，買到就是賺到，數量不多，欲購從速。現在買還送刻字服務，四字以內免費。」

活生生的例子在前，有攀比心的書生們哪還忍得住？

當即便有人道：「行，我要這支！刻『學無止境』四個字。」

沈驚春收了錢，就取了木刻刀出來，可刀剛碰到簪子時，她就傻眼了。

「學無止境」四個簡體字她倒是會，但現在是古代，繁體字她不會啊！

書生見她半天沒動，忍不住問道：「怎麼了？」

沈驚春搖搖頭說了聲「稍等」，而後收了東西、抱著背簍就直奔陳淮的攤子。「淮哥，學無止境怎麼寫？」

簪子已經打磨好，筆在上頭寫不了字了，只能照著別人寫好的刻上去。比起眼前這群書生，沈驚春當然更相信陳淮的字。

出來擺攤，自然不可能帶著紙筆，陳淮朝攤前的顧客們說了聲「稍等」，便折了一支樹枝，在泥地上寫了起來。

哪怕是在泥地上以樹枝為筆，陳淮的功力也沒有一點打折，四個楷體的小字標準得跟列印出來的一樣。

沈驚春認認真真地看了看，在心裡打了兩遍腹稿，手上的刀就動了起來。鋒利的刀尖劃過木簪，留下一道道淺淺的痕跡，沒一會兒就將四個字刻完了。

付了錢的書生拿到手一看，忍不住為她的手藝叫好。「簡直就跟拓印上去的一樣！除了字變小了些，其他都一模一樣。」

其餘幾名書生探頭來看，果然如此。

只是不等他們下定決心買，原先圍著陳淮攤子的幾個少女就轉到了沈驚春這邊。

為了賣簪子，沈驚春今日也用了一根玉蘭花木簪盤著頭髮，一頭黑髮全被高高盤起，沒有頭髮的遮擋，修長白皙的脖頸露了出來，平添幾分溫婉的氣質。

沈驚春乘機開始推銷。「幾位姑娘請看這些，各種花都有呢！這支桃花髮簪，我看就很襯這位美麗的粉衣姑娘。簪子上我還留了小孔，回頭穿上一串粉色小流蘇，簪在頭上別提多好看了。姑娘的臉比花還嬌豔，正適合戴這支嬌俏的桃花簪。」

賣簪子的攤主本人就是個大美人，此刻又一臉誠摯地誇讚自己，很難有人能抵擋得住這樣的糖衣炮彈。

粉衣姑娘立刻敗下陣來。「這支桃花簪多少錢？」

眼見這生意穩了，沈驚春更是打起了十二分的熱情。「方才那支竹節簪只賣一百文，是因為通體簡單易雕刻，這支桃花簪則頗費些工夫，本來要賣一百五十文的，但這簪與姑娘實在相配，都說寶劍贈英雄、鮮花配美人，若姑娘要，一百二十文便拿去吧。」

粉衣姑娘被她哄得通體舒暢、暈頭轉向，根本沒考慮一百二十文買支木簪值不值，便掏了錢。

沈驚春收了錢後，一臉笑容地朝她道：「不如我現在便為姑娘簪上吧？」她的身量是肯定比不上陳淮、沈驚秋這種像是吃激素長大的人的，但比起眼前這些少女，身高上還是很有優勢。

粉衣姑娘一臉嬌羞地點頭。

沈驚春將桃花簪仔細地插入她的髮髻間。

也不知是這支髮簪真的過於好看，還是剛才的糖衣炮彈起了效果，同行的幾名少女一瞧，竟真的生出一種「現在的粉衣姑娘比之前的粉衣姑娘好看了不少」的感覺來。

沈驚春瞧著這群嬌俏少女，彷彿看到了無數的錢從天上掉進了她的口袋裡，哪還管那幾名猶豫不決的書生？受了金錢的蠱惑，她腦袋一熱，手往背簍裡一摸，就從空間裡拿了一支熱縮桃花步搖出來。

熱縮花本來就是仿真樣式，連綠葉上的脈絡都清晰可見，花蕊根根分明，嬌嫩得彷彿是三月裡盛開的新鮮桃花，下面墜著的兩根流蘇上，幾顆被做成花苞樣式的粉色珠子正隨著沈驚春的手在輕輕擺動。

桃花步搖一拿出來，就引得少女們一陣驚呼。

「天啊，這是真的桃花嗎？」

「這也太好看了吧！」

「這得多少銀子才能買得下來啊？」

「我出一兩銀子，步搖賣我！」

「我出一兩二錢！」

沒有哪個女人能抵擋得住精美首飾的攻擊，這支桃花步搖在吵鬧聲中，很快就被炒上了十兩銀子。

驚呼聲、出價聲層出不窮，一些離得稍遠些的人聽到消息也趕了過來，攤子前不多時便被圍了個水洩不通，最開始過來買簪的幾個書生已經被這群瘋狂的女人們擠到不知道哪個角落去了。

陳淮乾脆收了攤，以一種護衛的姿態站在了沈驚春身後。

看著眼前烏壓壓的人頭，沈驚春也有些傻眼。這是不是玩太大了？

好在眼前這種情況很快就被控制住了，五、六個做衙役打扮的人保護著七、八個丫鬟及僕婦，一群人眾星捧月般地簇擁著一名少女，擠開人群到了攤子前。

「一百兩，這支步搖我要了。」

人群安靜了一瞬，然後又「嗡」地響了起來。

「這誰啊？還帶著衙役。」

「高小姐妳都沒見過？這可是咱縣令大人的掌上明珠。」

「啊，原來是縣令的千金啊！那這支步搖咱們肯定沒戲了，走吧！」

「別啊，這攤主有一支簪子，說不定還有第二支。這一支咱不好跟高小姐搶，第二支說不定還有機會呢！」

高靜姝話畢，見攤主站著沒動，不由得皺了皺眉。「一百兩不夠嗎？」

沈驚春終於從天降橫財中驚醒，忙不迭地從高靜姝身邊的小丫鬟手裡接過銀票，將那支桃花步搖遞了過去。

高靜姝對於沈驚春的識相很滿意，但她拿了步搖後卻沒走掉，剛才人群裡的交談聲她可是聽到了的，此刻也有著跟圍觀群眾一樣的想法——說不定這攤主手裡還有第二支呢！

她微抬著下巴，看著見錢眼開的沈驚春，眼中閃過一絲輕蔑。真是個沒見過錢的鄉巴佬！「妳若還有這種髮簪、步搖，我也一併要了。」

沈驚春早在腦子一熱地拿出這支步搖的時候就後悔了。

這個朝代的工藝是做不出這樣的步搖的，若是有心人盯著不放，她是真的不好解釋，說不定還會因此吃上官司呢！

高靜姝這一問，正好解了她的燃眉之急。

「沒有了，只有這一支。」沈驚春說著，乾脆將背簍裡的東西全部倒了出來，裡面只有木簪、木料和木雕用的工具。

高靜姝看了一眼，見果然沒有其他首飾，便領著丫鬟、僕婦們趾高氣揚的走了。

衝著桃花步搖來的祁縣貴婦、小姐們見首飾沒了，立刻就走了大半，但仍有小部分人留了下來。

那支仿真的桃花步搖雖然好看，但這些木簪也雕刻得很精緻，二者完全是兩種風格。最重要的是，有了一百兩的步搖在前面作比較，這一百文的木簪簡直跟白撿的一樣！

十幾支木簪，眨眼間就賣光了，連帶著陳淮重新擺出來的絹布小團扇也售罄。

沈驚春對逛園子沒什麼興趣，陳淮性格使然也不愛湊熱鬧，於是兩人一合計，便決定收攤回家。

「姑娘留步！」

剛走出去沒多遠，最開始來問價的書生便喘著粗氣追了上來。

「有事嗎？」

「還有髮簪嗎？我想買一支。」書生撓了撓頭。

「沒有了，今天帶來的成品全部賣完了。」

書生遺憾地嘆了口氣，一抬頭，瞧見沈驚春頭上還插著一支玉蘭簪，略一猶豫便問道：「姑娘能將頭上這簪賣我嗎？」

沈驚春有些驚訝。

髮簪這種東西，在古代相當於定情信物一般的存在，若是男人送女人髮簪，便代表這個男人想要娶女人為妻的決心。

她頭上這支是早上出來前，為了展示而特意插上的。

書生說的是買，可總歸不太好。

但……這簪子若賣出去就是錢啊！

她一時間有些猶豫。

這是沈驚春自己的生意，陳淮本不想開口，可看到她臉上猶豫不定的表情時，還是忍不住一臉嚴肅地開了口。「這支簪子她已經用過了，不好再賣。」

這誤會可大了！書生的臉一下子紅到了脖子根，抬手打了一下自己的嘴，趕忙解釋道：「我沒有其他的意思！只是菊展期間縣城放三天假，我抄書攢了些錢，想買支簪子帶回去送給我娘子。貴的我買不起，這幾天我在縣城看了看，只有妳的木簪最好看，所以……」

「我再給你做一支吧？只是我沒有帶油出來，成品的效果必然沒有那麼好看。」

書生喜道：「真的嗎？能給我做就很感謝了！」

遊園賞菊的人太多，三人找了一會兒，才找到一處沒人的亭子。

沈驚春將背簍裡的半成品拿出來由書生挑。

書生看了一圈，反倒選了沈驚春最開始拿在手上打磨的那支玉蘭簪子。

「就這支吧，多少錢？」

「給一百文吧。」

這支玉蘭簪比那支一百二十文的桃花簪看上去還要複雜些，卻只要一百文，書生滿臉感激地給了錢。

沈驚春收了錢，就開始打磨。與其他的粗胚不同，這支簪子已經打磨得差不多了，因此沒一會兒便徹底打磨完成。

書生再次感謝後，興高采烈地拿著簪子走了。

沈驚春原以為這次應該能順利回家了，卻不想還沒出亭子，就又被人攔了下來。不過，這次攔路的人顯然是衝著陳淮來的。

「哎呀陳兄！方才遠遠瞧著有點像你，沒想到真是你呀！」錢榮滿臉驚喜地迎上前。「早幾年聽聞陳兄拜入聞道書院陸院長門下，想必如今已是秀才之身……咦？這是什麼？陳兄莫非在擺攤？」

這語氣……來者不善啊！

沈驚春看了一眼正要將她的小背簍拎起來的陳淮，問道：「你認識？」

這一行兩人都做書生打扮，一人白胖白胖穿著綢衫，一人黑瘦黑瘦滿臉的笑意。說話的錢榮正是這滿臉笑意的人。

陳淮的動作未停，將沈驚春的背簍拎了起來，神色淡淡地看了一眼兩人，道：「不認識。」

錢榮臉上的笑容一僵。「陳兄，即便你現在不思進取，但也沒必要裝作不認識以前的同窗吧？」

話音剛落，錢榮身邊那名白胖的書生孫有才就一臉鄙夷的開了口。「原來這就是你以前說的陳淮啊？居然出來擺攤，真是有辱斯文！」

「有辱斯文？」沈驚春一步上前，笑盈盈地看他。「擺個攤就叫有辱斯文的話，那殺豬、開肉鋪，家裡還養著豬，整天跟臭豬屎打交道的人，又叫什麼呢？」

也不知該說是巧，還是不巧。

家裡吃的菜一般都是方氏去買的，偶爾陳淮去縣城交書，也會帶點回來，沈驚春整天忙東忙西，少有買菜的時候。但偏偏就是這個「少有」，去的就是孫有才家的豬肉鋪，還非常碰巧地見過他在裡面對老闆娘大呼小叫。

「還有你。」

不等臉色變得難看的孫有才說話，沈驚春又將矛頭對準錢榮。「你是驚才絕豔呢，還是名震天下？就尊駕這副丟在人群裡立刻就找不出的樣子，有必要裝作不認識嗎？尊駕未免太看得起自己了吧！」

「妳……妳……」讀書人向來受人尊敬，錢榮雖未考中秀才，卻已中了童生，哪裡被人這樣對待過？

孫有才更甚。兩人都氣得不行。

沈驚春嗤笑一聲，抬手一巴掌打在錢榮指著自己的那隻手上。「話都說不索利，還讀書人呢！好狗不擋道，走開！」

孫有才氣得渾身的肥肉都在抖，心中怒火直沖腦門，粗壯的胳膊一揚，一巴掌就朝著沈驚春的臉去了。只是，手才到半空，手腕就被陳淮捏住了。

孫有才用力往後抽，手卻紋絲不動，而捏著他手腕的力氣卻越來越大，痛得他冷汗直流。「狗雜種！再不放手，有你好看的！小心我讓你再也擺不成攤！」

「是嗎？」沈驚春臉上已經徹底沒了笑，一張俏臉冷若冰霜。「你的嘴既然這麼臭，那就下去洗洗好了！」她往前一步，一把揪住了孫有才的衣領，將他往上一提，這一提竟將他提得腳尖都離了地。

孫有才嚇得夠嗆。這到底是什麼怪物？明明看上去這麼纖細，卻有這樣的怪力。

撲通一聲響，孫有才胖胖的身子落進了水中，濺出一大灘水花來。

錢榮早就被這股大力驚呆了，直到孫有才落水才算反應過來，撞開沈驚春就撲到了美人靠上驚呼。「有才兄！你怎麼樣？」

孫有才根本不會水，在水中浮浮沈沈，不停的撲騰，張口想求救，卻不小心喝了好幾口水。

沈驚春冷冷一笑，一把抓著錢榮的腿，向上一掀，幾乎沒怎麼用力，就將人掀了出去，嘴上還驚呼道：「哎呀！天這麼冷，你居然想都不想就跳下去救人，可真是感天動地的同窗情啊！」

屁的同窗情！誰他娘的想救人？錢榮氣得想罵娘，奈何他也是個旱鴨子，一張嘴，冰冷的湖水就灌了進來。

涼亭這邊種的都是冬菊，如今還不到開花的時候，遊客很少。

等到有人聽到落水聲趕過來時，先下水的孫有才已經沒啥力氣撲騰了。
有想下水搭救的好心人探頭看了一眼，就被孫有才那肥大的身材給嚇退了。
長得這麼胖，別到時候人沒救上來，反倒被他拖下水送了命。
圍觀的人群越聚越多，卻始終沒有一個人願意下水。
沈驚春整理了一下表情後，這才弱弱地朝圍觀的群眾道：「水裡這個胖書生好像是城東孫家豬肉鋪的公子啊！救了他，豬肉鋪的老闆應該會奉上豐厚的謝禮吧？」
孫家豬肉鋪是祁縣最大的豬肉鋪子，在祁縣可是鼎鼎有名的。
重賞之下必有勇夫這句話，放在什麼時候都很管用。
沈驚春話音剛落，就有兩個腰粗膀子圓的壯士下水去救人了。
穿戴得像個暴發戶的孫有才很快就被撈了起來，連帶著錢榮也被順手救起。
平時在水裡泡久了，一般人都受不了，更何況現在已經重陽。
孫有才兩人的情況可想而知，被冰冷的湖水凍得臉色發青、瑟瑟發抖，連句完整的話都說不出來，指著沈驚春「妳妳妳」了半天。
她與陳淮幾乎是貼著站，孫有才的手抖個不停，圍觀群眾根本不知道他指的是誰。
沈驚春腦中靈光一閃，不動聲色地用胳膊碰了碰陳淮，希望他能明白自己的意思。
陳淮立刻握拳抵唇，劇烈地咳嗽了起來，沒咳幾下，略顯蒼白的臉上就浮現了一絲不正常的紅暈。他上前一步，滿懷歉意地看向孫有才和錢榮。「錢兄、孫兄，實在抱歉，非是在下不願意救你們，只是前不久才感染了風寒，至今未癒，大夫囑咐過定要好生休養。」

人都是視覺動物，大多數時間以貌取人都是真理，好看的人就是容易獲得別人的好感，更何況還是個病弱的美男。

在場沒人懷疑陳淮話裡的真實性。

「在水裡泡的時間長了，想來兩位仁兄很不好受。」陳淮又咳了兩聲，轉而朝下水救人的兩位壯士道：「一事不煩二主，能否煩勞兩位兄弟送孫兄回去呢？」

救人的人自然滿口答應下來，俯身架起孫有才就要往外走。

眼看大家都被陳淮給矇騙住，孫有才心中不甘，不知哪來的力氣掙脫了開，指著陳淮身後的沈驚春道：「還裝……就是妳……把我丟下去的！」

圍觀群眾順著他的手指，看向沈驚春。

這才注意到一直站在後方的少女，居然長得也很美！

此刻，貌美少女正一臉錯愕地看著孫有才，抿著嘴小聲反駁道——

「你長得這麼壯，我小胳膊小腿的，怎麼能丟得動你呢？」

圍觀群眾一聽，還真是這麼回事！單從體型上看，三個貌美少女加起來也未必能抵得上一個孫公子啊！

「而且，」沈驚春接著道：「就算我能丟得動你，可你我無冤無仇的，我又不是有病，推你下水做什麼呢？」

孫有才只覺得快要被氣吐血了！他氣血上湧，直衝腦門，雙眼一翻就暈了過去。

沈驚春捂著嘴，低聲驚呼道：「孫公子暈過去啦！」

即使暈了，孫有才還是凍得發抖，嘴唇都凍紫了。

兩個壯漢一看，這還得了，趕忙一左一右地架著他走了。

孫有才是孫家豬肉鋪的少爺，送他回去多少能得些謝禮，但錢榮一看就不是有錢人，自然就沒人管他了。

陳淮咳了兩聲，溫聲朝他道：「錢兄，要不要我送你回去？」

錢榮看他這副樣子，好比見了鬼一般，趕緊哆哆嗦嗦地從地上爬起來，說了聲「不用」，衝出人群就跑了。

圍觀群眾見無熱鬧可看，也都三三兩兩的散了。

「我們也走吧，耽擱了這麼久，說不定娘和大哥他們已經等在牛車那兒了。」

「好。」陳淮應了一聲，揹起兩個背簍就走出了涼亭。

第五章

一上午過去，菊園裡的遊客也沒有變少的跡象，沈驚春和陳淮兩人都沒興趣賞菊，便埋頭趕路。等到了城東門，果見方氏在城門口朝裡不停的張望。

沈驚春心裡一暖，小跑著上前喊了聲娘。

方氏見他們安全回來，不由得鬆了口氣，溫聲問道：「怎麼這麼久才回來？」

沈驚春邊走邊道：「賣簪子耽擱了一會兒。」

說話間，三人便穿過了城門。

豆芽帶著一大兩小守在牛車邊，人手一串糖葫蘆吃得正香。

沈驚秋遠遠瞧見妹妹過來，立即舉著另一串還沒動的糖葫蘆，一陣風似的跑了過去。

沈驚春看見這個傻哥哥，掙到錢的喜悅就消失得無影無蹤了。她心情複雜地接過糖葫蘆咬了一口，甜甜的滋味也不能讓她開心半分。

手裡現銀也有小三百兩了，等鬥菊結束，買莊子的錢肯定能湊夠了，再等賣了玉米，手裡還能存下幾百兩來。

或許，等年後應該帶她哥去京城看病？

方氏還沒發現沈驚春的情緒變化，但走在一邊的沈驚秋卻敏銳地察覺到了妹妹情緒不高，湊近了小聲問道：「妹妹不開心嗎？」

沈驚春看著他臉上明顯的關切，心中更酸。「縣城好玩嗎？」

「好玩！」沈驚秋用力地點點頭。

「那明天我們還到縣城來玩吧。」

「真的嗎？」

沈驚春朝他笑笑。「當然啊，我什麼時候騙過你啊！」

方氏上了牛車，一回頭見兄妹兩個有說有笑的在後面，不由得笑道：「你們兄妹倆說什麼呢？快點上車回家了。」

沈驚秋捏著吃了一半的糖葫蘆又跑了回去，大聲說：「妹妹說明天還帶我們來縣城玩呢！」

兩個小的一聽，高興得幾乎蹦起來，大眼睛一眨也不眨地盯著沈驚春。「真的嗎，小姑？明天我們還來縣城玩？」

沈驚春無奈地道：「果然是親生的啊，問的問題都一樣。你們小姑我說話算話，明天說來就來，不僅明天要來，後天也要來！等咱家的花拿了花王，到時該吃吃、該喝喝，想買啥就買啥！」

說這話的時候，沈驚春怎麼也想不到，僅僅一夜過去，別說花王了，便是連朵完整的花也沒給她留下，六盆菊花全軍覆沒！

菊花昨天已經交上去了，今天還要再做一天展覽，明天才會正式選出花王，方氏便留在家裡沒去縣城。

陳淮懶得跑，也沒去。於是只有沈驚春和豆芽帶著沈驚秋三人，坐牛車去了縣城。

一路走來都能聽到路人在議論著什麼，沈驚春沒細聽，可心裡隱隱有種不好的預感。

等到了菊園，靠著號牌進了園，她才知道那種不好的預感來自哪裡。

用作展覽的小院子兩邊入口已經被衙役給看管了起來，閒雜人等一律不許入內，幾人到了門口將號牌一亮，倒是順利進去了，可眼前的場景卻叫沈驚春看得怒火中燒。

一百盆鬥菊的菊花掛著牌擺放在各處，有的擺在地上，有的擺在木架上，其餘菊花全部好好的一點事都沒有，只有她那六盆花不僅摔在了地上，連花朵都被人扯得七零八落的。

沈驚春一張俏臉冷得像冰，若菊花只是單純的菊花，壞了也就壞了，可偏偏這幾盆菊花現在代表的都是錢！

看這樣子，明顯就是人為，而且是有針對性的專門衝著她這幾盆菊花來的。

菊園是處私人園林，菊展期間更是早早關門，一般人根本進不來，這只能說明，來毀花的人跟這園子主人是認識的。

沈驚春自問來平山村這麼久，也算是與人為善，村裡那幾個有過爭執的村婦，肯定是沒這樣的關係的，如此一來，嫌疑人就只剩下兩人，一是孫有才，二是錢榮。

錢榮一個寒門學子，又能從哪兒認識菊園主人這樣的人？

沈驚春的視線一掃，果然在人群裡看到了孫有才那胖胖的身影。

他穿著厚厚的衣裳，包裹得很嚴實，臉色雖不太好卻一臉的囂張，只差將「就是我幹的，妳能奈我何」幾個字刻在腦門上了。

見沈驚春看他，孫有才還非常欠揍地用一種明顯幸災樂禍的語氣嚷嚷道：「哎呀，看樣子還都是並蒂菊呢！這真是太可惜了，要是好好的，說不定能被選上花王呢！這花王可是有一百兩賞金呀，這得要陳淮抄多少書、擺多少攤子才能掙到呢？」

古代又沒有監控，如同昨天她一手把孫有才丟下水一樣，根本就沒人看見。而孫有才昨天落水成了那個樣子，顯然是不能親自來毀菊花的，多半是買通了菊園的僕人幹的。

很快地，苦主入園的消息就傳到了園子主家那邊，一名做管家打扮的人領著幾名小廝匆匆趕來。

沈驚春一見管家那高高在上、恨不得用鼻孔看人的樣子，就知道今天這個仇只怕是要結下了。

「昨日晚上風太大，我們也實在沒想到居然將這幾盆給颳倒了——」

李管家話還沒說完，豆芽已經呸了一聲。

「你這話怎麼說得出口？什麼樣的風能颳倒幾盆花？而且還專挑我家的花來颳？龍捲風嗎？」

眼看著豆芽的口水吐到了他的衣服下襬上，李管家的臉都黑了。「怎麼著？聽妳這個意思，是我們李家故意毀壞你們這幾盆花了？」

沈驚春冷笑一聲。「飯可以亂吃，話不能亂說，這樣的黑鍋，我們可不揹！我們這六盆菊花是精心培育了來參加鬥菊的，是因為信任李家，才將幾盆花放在菊園裡過了夜。昨日送來的時候，可是白紙黑字都寫好了的，保護這些花，是菊園的職責所在。如今我家六盆花全毀了，你上來一句風太大就想了事？未免想得太美了些！」

「對呀，這明眼人都能看出來是故意的吧？」

「聽說是並蒂菊呢！我長這麼大還沒見過並蒂菊，昨日有事沒來，想著今天來看看的，誰承想不過一晚過去，花就沒了！」

「越是珍貴的品種越是培植不易，得花多少工夫才能培植出並蒂菊呀！」

「這幾盆被毀的花，全是這小姑娘的，別是得罪了什麼人，人家買通了菊園的下人故意毀壞的吧？」

「肯定是這樣！要不是菊園自己的人，外人誰還能在閉園之後進來呢？」

「這麼一想，可真是不妙呢！昨晚那歹人能買通菊園的下人毀了這小姑娘的花，今晚說不定也會有其他人的花被毀了啊！畢竟財帛動人心，不說這花王賞金了，就是前十的賞金也不少呀！」

李管家聽著外面看熱鬧的人你一句、我一句，但卻沒一句是向著他們菊園的，徹底黑了臉。他看著沈驚春，冷哼一聲。「不就是幾盆破菊花嗎？有什麼了不起！妳這菊花由我們菊園出錢買了，妳直接說多少錢吧！」

誰知他話音剛落，人群中就傳來一聲冷笑。

陸昀撥開人群走進了小院子，先是心疼地看了一眼地上被毀得不成樣子的幾盆花，接著才露出一個嘲諷的表情看向李管家。「幾盆破菊花？你也真敢說！」

李管家是今年才調到菊園做管家的，並不認識陸昀，但見他氣度不凡，到底將臉上那種不可一世的表情收斂了幾分。

陸昀緩緩道：「若是墨荷與綠衣紅裳這樣的菊中珍品都只配叫做破菊花的話，那你這號稱收盡天下名菊的菊園，只怕還真是找不出兩盆好菊花來！」

墨荷和綠衣紅裳兩個名字一出來，人群就炸了。

能花錢到菊園來的，都是愛菊之人，多半都是衝著有可能出現在鬥菊的珍品菊花來的，這一下就毀了兩盆珍品，還都是並蒂菊，別說菊花的主人了，就是他們這些賞菊的，都覺得心痛不已！

李管家見圍觀的人紛紛怒視自己，心中多有不滿，對陸昀說話也帶了兩分火氣。「又不是你的花，這位老爺說是珍品難道便是珍品？」

人群中驀地傳來一陣哄笑，有人高聲喊道：「你連陸祁山都不認識，居然還有臉在菊園當管家？我看你這管家也別當了，回鄉下養豬吧，那個適合你！」

陸昀是個愛菊狂魔，但凡祁縣有點名聲的，沒人不知道他。

他是聞道書院的院長，而書院坐落在東翠山，這山因在祁縣境內，又被稱作祁山，陸昀便自號祁山先生。旁人提起他，或稱陸院長、陸先生，或稱陸祁山。

李管家縱然沒有見過陸昀本人，但總算是聽過陸昀名號的。李家家主能斥鉅資建一座菊園，也是因為極愛菊花，如今毀了兩盆名菊不打緊，可與陸昀交了惡，不說這園子了，只怕整個李家再沒他的容身之地！

李管家想了想，決定討饒，畢竟大丈夫能屈能伸嘛！只是一個「陸」字剛出口，陸昀便冷哼一聲地越過他，徑直走向了自己的那盆綠牡丹。

陸昀抱起花就朝沈驚春溫和一笑。「丫頭，妳幫我治好這盆花，我還沒好好謝妳呢！等過幾天不忙了，我作東請幾個老友賞菊、品蟹，到時候妳可要賞臉來啊！」

一百兩早就給了，此時說什麼還沒好好謝謝的話，沈驚春心知這就是在給自己做臉、撐腰啊！她自然不會拆臺，當即便笑道：「先生盛情相邀，晚輩豈敢不從？正好家中還有兩盆花，到時還請先生品鑒。」

「好好好，我真是有點等不及了！」

陸昀哈哈大笑了兩聲，才斂了笑，冷著臉輕蔑地看了一眼李管家。「鬥菊老夫就不參加了，這盆花我這便帶走。小丫頭種花技藝高超，我老頭子可只有這一盆綠牡丹，要是不小心被大風颳了，哭都沒地方哭去！」

完了！這都什麼事啊！李管家欲哭無淚，看著陸昀頭也不回地走了，想攔又不敢攔。再一想到家主知道這事後的反應，他再也待不住，帶著小廝匆匆走了。

沈驚春冷眼看著李管家走，也沒出聲，等人走得看不見了，才叫豆芽幾人一起收拾地上的殘花敗菊。這幾株菊花雖然已經被摧殘得不成樣子了，但帶回去用異能滋養滋養，還是能救活的，只是今年就不好在人前開花了。

沈驚春將號牌往那堆花盆殘骸上一丟，帶著氣鼓鼓的幾人走了。

等出了菊園，豆芽再也忍不住，氣呼呼道：「小姐，不能就這麼算了吧！這不是欺負人嗎？咱們乾脆去報官吧？」

「對，報官，叫他們賠咱家的菊花！」沈驚秋也氣道。

沈驚春回頭看了一眼菊園，呵呵一笑。「賠是肯定要他們賠的，但報官卻是沒用的。都說官商相護，這菊展本就是縣令牽頭，再由祁縣富紳出資籌辦，這個菊園的主人李老爺是這次出錢最多的人，真要報官，頂多就是賠我們幾兩銀子了事。」

豆芽憤憤不平。「可明明陸先生都說了，咱家有兩盆是名菊啊！」

「小丫頭還是太年輕。」沈驚春嘆口氣，邊走邊教她。「陸老爺子說的話雖然不假，但這幾盆花被毀成這樣，誰又能說得清這到底是什麼品種？剛才那管家那麼囂張跋扈，顯然是因為有李老爺在後面撐腰，若他們咬死了那就是幾盆普通的並蒂菊，妳又能如何？」

一行人出了菊園所在的街道，人潮才漸漸歸於平常。

沈驚春又去雜貨鋪買了幾只大些的花盆，將菊花丟了進去，然後扔進背簍裡。

從雜貨鋪出來後，幾人又順著街道逛了起來。

持蟹飲酒菊花天，這才是重陽節，看到路邊肥美的螃蟹，她又按大人兩隻、小孩一隻的數買了些螃蟹。直到逛到午時，才領著幾人到麵館，一人吃了碗羊肉麵。

等從麵館出來，沈驚春將背簍裝得滿滿的一行人送到城東搭乘牛車的地方，才拉著豆芽到一邊說了自己的打算。豆芽聽完，差點尖叫出聲。

沈驚春一把捂住了她的嘴。「聲音小點，別讓我哥他們聽到。」

豆芽忙點頭。

沈驚春問道：「剛才跟妳說的都記住了吧？回去後應該怎麼說？」

「就說因為菊園看管不力，毀壞了咱家的菊花，吃麵的時候，那個李老爺派人來請小姐，說是要商談賠償事宜。」

沈驚春吃麵的時候確實出去了一次，就是為了後面這套說辭做準備。她點點頭道：「沒錯。假如陳淮問，為什麼當時不賠償，反而事後賠償呢？」

倒不是沈驚春看不起自家老娘的智商，只是事實如此。方氏的性格，聽到李老爺派人相邀，擔心都來不及了，怎麼可能還會想到其他的東西。

「就說小姐猜測可能是陸先生因為這事生氣，抱著菊花走了，李老爺覺得小姐與陸先生熟識，所以才來談賠償。」

「嗯。如果他們擔心我，要來縣城找我呢？」

豆芽臉上寫滿了為難，但是想想這是小姐交代的任務，因此又咬牙道：「就說我不知道小姐住在哪裡，但小姐說了，不論如何，第二天一定會回來。如果到時不回來，再來縣城找人不遲。」

「很好，妳現在就帶我哥跟蔓蔓、小榆回去。要不了兩天，就會有人將菊花的賠償雙手奉上。」

交代好豆芽後，沈驚春又安撫了一下沈驚秋和兩個小的，理由用的也是李老爺相邀，要商談賠償事宜。

這麼小的小孩，顯然不會想得太多，只滿臉不捨地叫沈驚春辦完了事盡快回去。

沈驚春滿口答應，直到載著四人的牛車消失在路的盡頭，她才慢悠悠地轉身回了縣城。

李家顯然非富即貴。沈驚春想要跟他們正面相抗，為那六盆花討個公道，無異於雞蛋碰石頭。既然如此，那她只能劍走偏鋒，用點別的手段了。

天很快就黑了下來，路上行人漸漸少了起來。

沈驚春在菊園附近最近的客棧裡訂了一間最貴的房，房價要二兩銀子一晚。

訂這間房的原因自然不是因為這房子的擺設華麗，而是因為這房間在三樓，推開窗戶望出去，能清楚地看到菊園一角。

此刻子時剛過，整座縣城都安靜了下來，沐浴在一片清冷的月光之下。

房間的燈早已經熄滅，門栓也在反覆檢查過後，用桌子抵住。

沈驚春走到窗邊，掌心一翻，淡綠色的螢光便將她整隻手掌籠罩其中，緊接著，一條手腕粗細的藤蔓憑空出現在掌中，往上竄出，纏在了房梁上。

她探出身體，往外輕輕一躍，藤蔓見風就長，往外蕩去，直接帶著她越過菊園高高的牆頭，輕輕鬆鬆落在了院牆內。

「聽說了嗎？」

「什麼啊？縣城最近除了菊展，還有什麼大事發生嗎？」

「可不就是菊展嘛！昨日李家毀了六盆參加鬥菊的並蒂菊，花神怒了！」

「啥？花神怒了？說清楚點啊！」

「那菊園的菊花，除了參加鬥菊的九十三盆外，其餘的在一夜之間全敗了！意思你們知道吧？就是枝椏、葉子都好好的，但是花一晚間全開沒了！」男人說著，比了個誇張的動作。「並蒂花是吉祥之兆，李家卻一下子毀掉了六盆，這不就是茅廁裡打燈籠，找死嘛！」

沈驚春聽到這裡，就徹底放下心來。她喝完最後一口粥，結了帳，出了早點鋪子。

昨夜她到了菊園，花了大半夜才將所有的菊花全部催發，短短一夜，就讓園子裡參展外的菊花全都開敗了。

沈驚春懷著一種平靜的心情去豬肉鋪秤了兩斤肉，又去點心鋪子買了兩包點心，拎著就直接出了城。

早上的牛車幾乎都是從各個村子往縣城來的，少有從縣城往各處去的，沈驚春略等了會兒，也沒等著一輛牛車，乾脆就甩開雙腿，小跑著回家。

往常這個時間，方氏不是去玉米地裡拔草、澆水，就是去山上採藥、砍柴，但今日，她卻什麼也沒幹，與豆芽一道在院子裡坐著曬太陽。

當然，說是曬太陽，其實就是在等著閨女回家。

沈驚春還沒推門進院子，裡面的豆芽就已經看到了她。

豆芽驚呼一聲。「是小姐回來了！」話裡的喜悅之情溢於言表。

方氏被她忽然的一嗓子嚇得直接站了起來，定睛一瞧，果然是沈驚春回來了。

二人連忙迎了上去，連屋裡的陳淮都捏著筆，從堂屋裡走了出來。

「終於回來了！再不回來，我就要去縣城找妳了！」

「小姐，您沒事吧？談得怎麼樣啊？」

「賠償拿到了嗎？」

方氏和豆芽嘰嘰喳喳地說了一大堆，音量又大，刺得她腦袋隱隱作痛。

沈驚春伸手在太陽穴上按了兩下，才道：「沒拿到賠償。」

她將手中的豬肉和點心遞給方氏。「娘，快午時了，先做飯吧，一會兒再慢慢跟你們說，我先去看看那幾株菊花。」

對方氏而言，什麼都比不過兒女，閨女安全回來就好。她應了一聲，就拎著豬肉去了廚房。

沈驚春朝門口站著的陳淮打了個招呼，就徑直去看幾株菊花了。

方氏手腳麻利地揉了麵團、切了豬肉，就著院子裡現摘的小青菜下了一鍋麵。若要燒飯、炒菜，還不知要等到什麼時候。

等麵出鍋，她站在院牆邊喊了一聲，在外面瘋玩的沈驚秋父子三人就跑了回來。

沈家沒什麼吃飯不能說話的規矩，沈驚春自己是個現代人，受酒桌文化薰陶，也不在意這些。

等大家都上桌後，沈驚春喝了一口熱呼呼的麵湯，就道：「昨天我在約定好的地方等了會兒，根本就沒瞧見李老爺，時間又有點晚了，沒有牛車回村，所以我索性在縣城住了一晚。」

方氏聞言，很是氣憤。「這不是耍人玩嗎？既然不想賠償，又何必還要叫下人來傳話說要約談呢！」

要是往常方氏這麼說話，豆芽肯定要出聲附和的，可想到昨天在小姐的教導下，回來說了謊，她就沒法出聲附和了。

陳淮的視線掃過豆芽的臉，他心知這主僕二人肯定有什麼秘密，但既然沈驚春已經平安回來了，他便也當作不知，低頭吃麵。

「也幸好我在縣城住了一晚，才能第一時間知道李家的事呢！」沈驚春笑道：「外面都說李家昨天毀了我們六盆並蒂菊，被花神降罪了，菊園裡的菊花一夜之間全開敗了呢！」

「啥？」方氏大驚。「怎麼會這樣？妳去看了嗎？」

沈驚春搖搖頭。「自然沒有。這個消息據說是菊園的僕役們傳出來的，我瞧著多半是真的。今日一早已經封園了，若不是真的，封園幹啥？入園費也要十文呢，一人不多百人多，封一天得損失不少錢呢！誰沒事會跟錢過不去？」

這倒是！可花神降罪實在是駭人聽聞啊！方氏遲疑道：「會不會……是什麼病啊？」

「什麼病這麼厲害？」沈驚春小聲道：「我瞧著多半真的是花神降罪，若是病，怎麼去參加鬥菊的九十三盆菊花一點事都沒有，只有它菊園裡的菊花全部敗了？並蒂花可是吉兆，李家毀掉吉兆，被降罪不是活該嘛！」

方氏無話可說。飯桌上一下子安靜了下來，一時間只能聽到吸溜麵條的聲音。

可不等方氏兩口麵進嘴，外面就有人高聲喊了起來——

「驚春在家嗎？妳家來客人啦！」

這聲音聽著像是徐大娘，方氏探頭一瞧，果然是她，後面還跟著幾個面生的男人，單看穿著，顯然是個有錢的。

徐大娘領著人進了門後，朝方氏道：「我在村口瞧見這幾人在打聽妳家在哪兒，正巧我現在沒事，就把人帶過來了。人帶到了，我就先走了。」

「李懷。」站在前面的李老爺李長明喊了一聲。
身邊做下人打扮的李懷立刻將一包點心遞給徐大娘，道：「辛苦嬸子給我們帶路，小小心意，還請嬸子收下。」
徐大娘拿著謝禮走了。
方氏看向這群陌生人，問：「不知道這位老爺有什麼事？」
李長明看著方氏，態度說不上多高高在上，但也絕對不平易近人。「不知沈驚春沈姑娘在不在家？」
這貿然上門的，也不說自己是誰，方氏對這人的印象一下子就降到了底，也不同他多說，只朝裡面喊了聲，就自顧自地進門去了。
沈驚春早在徐大娘開口的時候就斷定，來的人肯定是李家的人。之所以不出去，只不過是想叫他們嚐嚐這種被人輕視看低的滋味罷了。聽到方氏喊，也沒著急，慢條斯理地將碗裡不多的麵條吃完了，才懶洋洋地出了門。
「我就是沈驚春，找我有什麼事嗎？」
李長明還是頭一回被人這麼對待，忍不住皺了皺眉頭。
他身後的李懷忍不住道：「客人上門，不說請進去奉茶，反倒將人晾在門口不管，這就是鄉下人的待客之道？」

這也能地圖炮（注）？鄉下人吃他家大米了不成？

沈驚春看了他一眼，忍不住挑挑眉，反問他。「不請自來就算了，還不自報家門，進了院子一副別人欠你幾萬兩的樣子給誰看？城裡人是不是不懂什麼叫做為客之道？」

李懷氣道：「妳這人……」

「李懷，不得無禮。」李長明朝沈驚春拱了拱手。「下人無禮，言語冒犯了沈姑娘，還望姑娘大度，不要介意。李懷，還不給沈姑娘賠禮？」

「算了算了。」沈驚春不等李懷心不甘、情不願的道歉，就直接擺了擺手。「我家裡還在吃飯，有什麼事就長話短說吧！」

再怎麼說，也是祁縣有頭有臉的人，出門誰不尊一聲李老爺？這樣接連被人下臉子，饒是李長明養氣功夫再好，也忍不住有點黑臉。可想想菊園裡的景象，又發作不得，只能道：「昨日李某有事外出，後來回家才知道沈姑娘的菊花在我菊園裡被人損壞了，聽聞裡面還有兩盆珍品，故而今日李某特地上門。」

沈驚春一臉驚訝地瞧著他道：「原來是李老爺啊。不過你說的被人損壞又是怎麼回事？昨日貴府管家可是一口咬定是大風將我家的幾盆菊花颳倒了呢！」

注：地圖炮，網路上的引申涵義為對某個群體進行言語攻擊的行為，常指地域攻擊者，或是以少數人的行為否定某個群體的行為。

被她拿話一噎，李長明只覺得心口堵了一口氣，悶得慌。他深深吸氣，將胸中悶氣吐出，憋屈道：「不瞞沈姑娘，這鬥菊說是今日才評選花王，但其實早在當天就已經將名次定下了。下僕無知，收了外人好處，以為將妳那幾盆花毀掉，別人的花就能頂上來，這才犯下大錯。我昨晚回來問清緣由後，已經連夜將人發賣。」

沈驚春「哦」了一聲。「那李老爺今天的來意是？」

「自然是給姑娘賠禮的。」李長明一揮手，身後幾名小廝就將禮物捧了上來。「區區薄禮，還望姑娘收下。另外，妳那兩盆花，原定是第二名與第三名，其他四盆也都進了前十，損壞的花，我李家按照市價買下，共計銀錢四百兩。」

他說完，一名小廝就將手裡的小木匣打開，露出裡面薄薄的四張百兩銀票。

沈驚春神色淡淡地從小木匣裡將銀票取出。「這個錢是我該得的，我受之無愧，但是賠禮的這些東西，李老爺還是拿回去吧。另外，既然這個錢裡面有買花的，那這幾盆花，李老爺也帶走吧。」

「花我就不要了，我府中的花匠沒有沈姑娘這樣的技藝，拿回去也種不活。至於這些賠禮的東西，既然沈姑娘不要，那李某也不強求。貿然上門，多有叨擾，這便告辭了。」

李長明來得快，走得也快，進門連口茶都沒喝上，一行人很快就消失在沈驚春的視線中。

她捏著幾張銀票，轉身朝堂屋裡揮了揮。「瞧，我說吧，賠償這不就來了？」

李老爺來訪的事情，也讓菊園被花神降罪的消息很快地傳遍了平山村。

「真有這麼玄？別是瞎傳的吧？」

「那可不！那菊花一個個跟霜打的茄子一樣，要不是親眼所見，我都不信這世上還真有這麼玄的事！」

「我也瞧見了，大片大片的菊花，說是一夜之間就敗了！說真的，要不是前面兩天還有人進去看了，我還真懷疑這是假的呢！」

人群中不知道誰喊道：「說起來，花神降罪是因為菊園的人故意弄壞了六盆並蒂菊，而這菊花聽說是咱村裡沈家那個從京城回來的丫頭種的呢！志清兄弟，要不你帶咱去你嬸子家瞧瞧？」

沈志清自己也很想看，當即就應了一聲好，一行二十多人浩浩蕩蕩地往沈驚春家跑。

方氏聽到動靜，慌忙從廚房跑了出來，一見領頭的是族長家的志清，倒是鬆了一口氣，問道：「志清啊，你們這麼多人幹麼呢？」

沈志清嘻嘻笑道：「嬸子，這不是大家聽說菊園被花神降罪了，那幾株菊花被驚春妹子帶回來了，所以大家都想來看看嘛！」

沈驚春停了手裡的活，往幾盆菊花的方向一指。「喏，你們要看的菊花在那邊。」

二十幾人中，有老有少、有男有女。沈驚春回到平山村一個多月來一直深居簡出，不少人都沒見過她，此刻一瞧，這沈家閨女居然長了這麼一張好皮相，又有手藝傍身，當即心思就活泛了起來。

連幾個未婚的少年也都湊到沈志清身邊問他。「你這隔房的堂妹長得可真是好看啊！說了人家沒有？」

聲音雖刻意壓低，但沈驚春還是聽見了，視線往那邊一掃，幾個年輕人就都紅了臉。

沈志清被他問得差點被自己的口水嗆住，瞥了他一眼道：「我妹這樣的，自然該配最好的。」他往屋裡瞄了一眼，哪怕院子裡亂烘烘的，陳淮卻依舊穩如老僧，下筆的動作沒有絲毫停頓。沈志清壓低了聲音道：「我瞧著，咱村裡，也只有陳淮能勉強配得上我妹。」

陳淮確實很優秀，這話讓在場的少年們很難反駁。

眾人看罷菊花，又亂烘烘的走了。

沈驚春原以為這只是個小插曲，過去就算了，卻不想沒過三天，就有媒人上了門。

今日陽光很好，方氏閒著沒事，便將家裡的床單、被褥全都拆出來，拿到河裡去洗。

聽說家裡來了媒婆，方氏回來得很快，一進門瞧見是張媒婆，心裡就有點不痛快了。

那撇下沈驚秋和一雙兒女和離回家再嫁的前兒媳，便是這張媒婆說給沈家的。

方氏心裡不痛快，面上卻仍是笑道：「哎呀，可真是稀客啊！」

張媒婆道：「沈家嫂子，我這人一向快人快語，有話就直接說了。這次上門來，是有人託了我來說妳家丫頭的。」

方氏的態度說不上多熱絡。「我閨女平日裡少有出門的時候，這家怎麼會看上我家閨女？」

張媒婆也不在乎她語氣冷淡，依舊笑道：「是隔壁村子趙瑞家的三小子！趙瑞這人，想必沈家嫂子多少也知道些，家裡良田有六十畝，魚塘兩個，還有一片二十畝的果園。他家三郎今年十八，前幾年剛考中童生，準備明年院試下場試試，人長得也俊俏。」她一口氣說了一堆話後，喝了口水才又繼續道：「說起來也是兩個孩子有緣分，他家姊姊就嫁到了你們村裡徐大娘家，前幾日隨父母來走親戚，跟著徐家幾個小子在妳家院子裡瞧見了妳家丫頭，回去就同趙瑞提了這事。」張媒婆說的應該就是沈志清帶人來看菊花的那天。

方氏很糾結，閨女如今十六，才從京城回到自己身邊，她一邊想著能多留閨女在家待兩年，等到十八再嫁人也不算晚，可又不想因為自己的這點私心而耽誤了閨女。

張媒婆也沒想著一次就成事，見方氏面露遲疑，便道：「趙三郎這人確實不錯，這十里八鄉家世比他好的，沒他有出息；比他有出息的，又沒他俊俏。我是想拿這謝媒錢，但這話卻絕對沒有半分虛假，沈家嫂子若是不放心，隨便打聽打聽便知道。」

方氏糾結萬分，回房抓了把銅錢送走張媒婆後，家也沒回，抬腳就往沈族長家去了。

如今水稻收完了，地裡的活鬆快了不少，沈族長老倆口也享起清福來，田裡的事交給三個兒子帶著孫子們去做。

方氏一進門，就瞧見老倆口正坐在院子裡曬著太陽、撿著豆子。

方氏也算個稀客，平時很少登門，因此一進門，沈族長就站了起來問道：「三郎媳婦怎麼來了？」

方氏喊了聲「大伯、大娘」，才道：「今日有媒婆登門說要給驚春說親，就是隔壁村子趙瑞家的三小子，我想著志清認識他，就先來問問情況。志清在家嗎？」

「這可是大事，我去田裡叫他回來！」沈族長背著手就匆匆出了門。

沒一會兒，沈家兄弟幾個就都從地裡回來了。

沈志清是一路小跑回來的，到家先灌了一大杯水，才抹了汗道：「趙家的家境應該不錯，具體的我也不太清楚，但這趙三郎大名趙景林，是三年前考中童生，如今在聞道書院讀書。」

方氏點點頭。「那這趙三郎為人如何？」

沈志清道：「個子只比我略矮一些，書生嘛，身板肯定是不如常年在田裡幹活的小子。倒是生了一張俊俏的臉，話不多，與姑娘家多說幾句臉就會紅，脾氣也挺溫和的。」

沈志清的個子與沈驚秋差不多，趙三郎比他稍矮一些，那個子確實不小了。

「玉娘也是平田村的，不如叫她來問問？」

沈志輝說著就出了堂屋，去房裡將大著肚子的妻子周氏扶了出來。

周氏已經懷孕九個月，肚子大得像個球，從房間過來時走得很慢，已經聽丈夫說了大概的事。到了堂屋，她小心坐下後便說：「趙瑞家裡有三個兒子、一個女兒，上面的大兒子跟二兒子都已經娶妻，女兒你們也知道，就是嫁到徐大娘家的。」她捧著肚子，歇了歇又道：「趙家的家境是沒得說，十里八鄉也是排得上號的。趙瑞兩口子為人實誠，趙家嬸子對兒媳也還不錯，打罵是絕對沒有的。趙三郎長得俊俏，這幾年上門給他說親的是一撥又一撥，但他自己不同意，說是想等考上秀才再成家。」

方氏聽了奇道：「這麼說來，這還真是一門好親了？」

都是自家人，周氏肯定不會胡說。趙三郎無論是人品、才學還是家世、相貌，在鄉下都是一等一的好。

從沈族長家出來後，方氏一路嘆著氣回了自家。

家裡雖然來了媒婆，但沈驚春根本就沒往自己身上想。

見方氏情緒不佳，還以為張媒婆是來給她哥說親沒說好，就勸道：「娘，這次沒說好也沒事啊！我哥還年輕呢，等咱把莊子買下來，保准能再給他娶個媳婦！」

方氏一臉複雜地看著沒心沒肺的閨女，最後長嘆一聲，進了屋。

下午陳淮從縣城回來，一進家門，就覺得氣氛有點不對，可具體是哪裡不對，他又說不上來，總覺得方氏母女間有點什麼。

方氏情緒一直不高，沈驚春正愁怎麼開解她，於是陳淮一回來，就立即將他拉到一邊悄悄道：「今天家裡來了個媒婆給我哥說親，兩人沒聊一會兒那媒婆就走了，我娘出去了一趟，回來就這個樣子了。怎麼辦？你是個讀書人，要不你去勸勸她？」

陳淮抿著嘴看了她一眼，問道：「妳確定今天那媒婆是來給妳哥說親的？」

沈驚春被他說得一愣，下意識回道：「怎麼？不給我哥說親，難道還是來給我說親不成？」

陳淮心中閃過無數個念頭，最終化為無聲的輕嘆，看著沈驚春不說話了。

沈驚春震驚地睜大了眼。「還真是給我說的？我的媽呀！我還是個未成年啊！」

到了晚上，一家人各懷心事，沈默地吃了晚飯，漱洗過後就各自上床睡覺。

想著白天的事情，沈驚春哪有睡意？翻來覆去幾次都睡不著，便聽見身邊的方氏開了口。

「今天那個張媒婆是來給妳說親的。」方氏糾結了一天，想來想去，這是閨女的終身大事，她也應該有知情權和決定權。

「啥？」沈驚春被方氏忽然冒出來的話給說懵了，這都忍了一天了，怎麼這個時候說出來了？

方氏語重心長地道：「說的是隔壁村的一個讀書人，叫趙三郎，比妳大兩歲，現如今是童生，說是明年準備下場考秀才。是個殷實人家，妳堂哥說趙三郎長得眉清目秀的。」

這樣的條件，放在鄉下已經很好了。

沈驚春的注意力成功被帶偏。「這不是挺好的嗎？」

方氏又道：「妳覺得陳淮怎麼樣？」

「關陳淮啥事？」

方氏恨鐵不成鋼，忍不住嘆了長長的一口氣，然後直接說道：「咱家這個情況，我原本想自私點給妳找個上門女婿的。陳淮孤零零一個人，還是隨母姓，可不就是最合適的？我瞧著他對妳是有點意思的，要不當時他養好了病說要走，怎麼我隨便勸了兩句就留下來了呢？

我問妳，要是跟陳淮成親，妳願不願意？」

方氏平日裡話雖然不多，但眼觀六路、耳聽八方，這個家裡的風吹草動都逃不過她的眼睛。好幾次自家閨女做活做到很晚，陳淮都在一邊默默地抄書陪伴；偶爾去縣裡交書拿了錢，買回來的水果、點心之類的，說是帶給孩子吃的，可最後總是沈驚春吃得最多。

陳淮性格內斂，嘴上雖然不說，但細節都在無聲處。

沈驚春望著眼前無邊的黑暗，腦中忍不住閃過了陳淮的臉。

知人者智，自知者明，沈驚春還算是個明白人。在現代，如果一個女人一把年紀了還不結婚，都會被人說三道四，更別提禮教森嚴的古代了。她沒那個想法跟整個封建世俗抗衡，如果非要選一個人結婚的話，那顯然，陳淮是個很好的選擇。最重要的是，她覺得自己對他並非全無感覺。

「娘，妳就這麼確定人家陳淮願意？說不定是妳會錯了人家的意呢？」

這意思就是願意了？方氏又有點糾結了，如果閨女說不願意，她說不定還會勸勸，可偏偏閨女的意思是願意，那趙三郎可怎麼辦？他可一點兒也不比陳淮差。

「要不……咱找個機會偷偷去看看趙三郎？說不定就看對眼了呢？」

沈驚春一陣無語。「娘啊，這不好吧？」

方氏越發覺得此事可行，雖說有點對不住陳淮，可這畢竟是閨女一輩子的大事，當娘的自私點為了兒女著想也無可厚非。「這有什麼不好的？那平田村離聞道書院不遠，趙三郎每日散學後是要回家的，我們就等在他回家的路上看一看，又不是直接登門相看，便是別人知道了也無話可說。」方氏說完，見閨女不吭聲，便接著又勸。「妳只當是沒事閒逛，見一面後要是真的看不上，我即刻就回絕了張媒婆，此事絕不再提。」

沈驚春想想便道：「行吧，擇日不如撞日，就明天去看看吧。」

第二天一早，方氏就開始忙活，將一天裡雜七雜八的活都幹了，到了下午又將晚上要燒的菜也備好了，然後便掐著點跟沈驚春出了門，往聞道書院去了。

方氏算得很好，以她們母女兩個的腳程，到那邊等不了多久，聞道書院就散學了，然後再偷偷看看趙三郎就回來。

可人算不如天算，方氏怎麼也算不到今日夫子吃壞了肚子，提前散學了，母女兩個剛到地方，迎面就碰上了趙三郎一行人。

若只是趙三郎倒還沒什麼，偏偏他身邊站著個母女倆怎麼也想不到的人。

幾名書生同陳淮、趙三郎打了招呼，便各自散了。

沈驚春看著陳淮神色平靜的臉，心中忽然湧出一種「出去鬼混結果被男朋友當場抓包」的感覺。不等他開口，她就裝作無事發生的樣子，先聲奪人。「淮哥你怎麼在這裡？」

陳淮似笑非笑地看著她，語氣卻異常平淡。「先生找我有事。」他說著又問方氏。「嬸子來這邊是辦事？」

方氏尷尬不已，忙不迭地點頭，腦中忽然靈光一閃，臨時編了個理由出來。「之前說的那個小莊子就在這附近，我跟驚春來看看。」

陳淮微一頷首，不再說話。

趙三郎總算從偶遇心儀女子的喜悅中回過了神來，朝陳淮問道：「季淵兄居然與沈姑娘是認識的嗎？」

陳淮不欲多說，只簡單「嗯」了一聲。

趙三郎還待再問，便聽沈驚春開口道——

「我們準備回去了，淮哥你走不走？」

趙三郎既不醜也不笨，心儀的女子看都不看他一眼，只同身邊的陳淮說話，這是什麼意思，顯而易見。他心酸不已，卻不是那種死纏爛打的人，只一拱手朝陳淮道：「那季淵兄，我們就這麼說定了。」而後忍著心酸，朝方氏母女打了個招呼，便腳步匆匆的走了。

趙三郎一走，那種尷尬的氣氛總算消散了一些。

三人一路無話地往家走，一進院子，方氏就直奔廚房。

沈驚春進了屋，一邊心不在焉地刨木頭，一邊注意著西屋的動靜，裡面窸窸窣窣的動靜不停傳來，她終於忍不住躡手躡腳地探頭看了一眼。

好傢伙，這就開始收拾東西準備走了？不至於啊！

沈驚春咳了一聲，訕訕地道：「淮哥，你年紀也不小了，有沒有想過找個媳婦成親過日子？」

陳淮手上的動作一頓，抬眸看向沈驚春。

「你看，我娘找藉口留你繼續住著，確實是有別的盤算，但你願意繼續留下來，想必對我也不是全無感覺吧？你要不就先把東西放回去，咱談談？」話說出口，沈驚春就想給自己兩巴掌了。

可陳淮卻低頭笑了起來。「妳覺得我是打算收拾東西走人？」

沈驚春一臉懵逼。「難道不是？」

「我這裡有本書，是先生要的，只是許久不讀，忘記放到哪裡去了，所以就找了一下。」

沈驚春無語。「……」

被淨身出戶趕出家門的方氏一家無疑是可憐的，年紀輕輕卻成了孤家寡人的陳淮也很讓人憐惜，可當雙方即將成為一家人，卻莫名的讓人有幾分豔羨。

平山村已經很多年沒有出現過上門女婿了，起初聽到這個消息時，村民們沒有一個人相信，畢竟陳淮是有真才實學的，也還沒到養不活自己的地步，怎麼會想不開去做上門女婿呢？

可當方氏喊了沈、陳兩族的族老去家裡吃飯，商議兩個孩子的親事問題時，平山村眾人才驚覺，這竟然是真的！

可事實上，這門親事遠不是村裡傳的那樣，陳淮是上門女婿。

「我家是個什麼情況，幾位叔伯都是知曉的。我娘家那邊跟斷親沒什麼兩樣，老宅那邊不待見我們，以後也指望不上；至於阿淮這邊，也是孤零零一個人。」方氏說著嘆氣道：「阿淮是個好孩子，這也是兩個孩子的緣分，上門女婿這個話咱也不說了，往後相互幫襯，在一塊兒生活，生了孩子是姓陳還是姓沈，也只憑兩個孩子自己作主。」

沈驚春坐在陳淮身邊，一直在走神。

她根本沒想到事情的發展居然這麼快，明明去相看趙三郎才是昨天的事情，可昨晚陳淮與方氏單獨談了話之後，事情就成了這樣了！

桌邊的長輩們已經談到了婚期。

陳里正當然是想越快越好，沈族長也是這個意思。陳淮自從到沈家養病開始，到現在也有一個多月了，出了陳二媳婦那事之後，村民們表面上雖不說，可背地裡總免不了說三道四。

方氏卻想到閨女說的，玉米十月就能收穫的事來。「本來家裡兩間房也夠住了，但若是兩個孩子成親，就不好再像現在這樣住著了。且我家那五畝地裡的莊稼過不久也能收了，乾脆就將婚期定在十二月吧，也正好趁這個時間將房子建起來。」

沈驚春能掙錢、會掙錢，以後家裡的日子會越來越好，當著幾個族老的面，方氏也沒想藏著掖著，畢竟在沈驚春的計劃裡，家裡這五畝玉米是有一畝要留種的，明年閨女的計劃是帶著村裡人一起種玉米。

沈家那五畝荒地，村裡人是去看過的。

如今天氣越發冷了起來，要是任由它自由生長，只怕等霜降之後，玉米就會全被霜打死了，所以沈驚春最近的異能輸出加大了力度，只一個多月，玉米已經長得很高，開始抽穗了。這是新鮮物種，旁人根本不知道怎麼種植，只看得嘖嘖稱奇。

沈、陳兩家的族老都是種田的好手，平日裡方氏一家孤兒寡母的，他們就算是好奇，也不會隨便上門詢問，如今倒是正好趁著這個機會好好問問這件事。

「是叫玉米吧？我瞧著是個稀罕物，倒是叫我想起之前的寒瓜來。聽妳娘說，這是妳在縣城買回來的種子？」陳里正能當穩這個里正，自然是有過人之處的，他隱隱覺得，或者沈家丫頭能帶著平山村再上一層樓。

沈驚春點了點頭道：「不錯，是縣城買回來的，只是後來再沒見過這人。」

陳里正絲毫不懷疑這話裡的真實性。

要不說，有的人就是運氣好呢？平山村離縣城近，村裡每天去縣城的人也不少，怎麼人家就碰不到這樣的好事？

「那這玉米是只能秋天種，還是四季都能種呢？」

沈驚秋聽出陳里正話裡的試探，加上她本來也有意讓村民跟著一起種，便乾脆道：「我本來是想等玉米收穫之後再說的，如今既說起這個，那就說一說吧。這玉米也要看地方，咱們南邊氣候溫暖，一年可以種兩次。我家這一次說起來其實有點晚了，等留種之後，里正爺爺您幫忙問問明年可有人想種這個？我只留一畝種，先緊著本村，剩下的種子再往外賣。」

祁縣這樣的地方，同一品種的玉米是沒法種兩季的，沈驚春之所以敢這麼說，不過是仗著自己有空間在手罷了。

但陳里正等人可不知道這些，聽她並不藏私，全都很高興，連聲誇她善良大義。

這頓午飯也算是訂親宴了，雖然來的人不多，但方氏依舊準備得很充分，一共九菜一湯，湊了個十全十美。

藉著酒意，一頓飯吃了一個時辰，眾人才散。

第六章

第二天，沈家就開始為了建房子忙活了起來。

找工匠、買材料這些事，全權交給了沈族長家的二兒子沈延南。他辦事效率挺高的，沒兩天便找好了泥瓦匠，準備開工。

「我手頭還有些錢，既然要做，就乾脆一步做到位吧，我是想著把這三面都建上房子。」沈驚春指著圖紙說道。

院子的長寬是大致量過的，房子的尺寸也標在了圖紙上。

接下這趟活的楊工匠一看就道：「這個尺寸，全部用青磚，上面蓋瓦的話，花費可不小，沒有一百兩不行啊！」

「銀錢上的問題不大，只是我覺得如今的房子採光有點差，不知道除了大家普遍在用的窗紙，還有沒有其他更透光的替代品？」

「這還真有。」楊工匠從兜裡拿出一個物件遞給沈驚春，道：「也是近兩年才出現的，喚作明瓦。府城那邊已經很常見了，縣城裡不少有錢人也都將家裡的窗戶換上了這個，只是價格比較昂貴，成人拳頭大小的一片便要一百文。按照圖紙上這個窗戶的尺寸來算，恐怕一扇窗怎麼也得要一百片。」

明瓦是半透明狀，單就採光而言，比玻璃差的不是一星半點兒，但絕非是窗紙可比的。

一百乘一百就是一萬，換算成銀子，也就是說，一扇窗戶就要十兩銀子。

到底要不要將家裡的窗戶全部換成明瓦窗呢？一時間，沈驚春糾結不已。

等晚上上了飯桌，沈驚春就將這事說了，想問一下大家的意見。

方氏聽得直喘氣，十兩銀子的窗戶，這要是真住了，晚上還睡得著嗎？

連在侯府見過世面的豆芽都忍不住咂舌。

陳淮想了想，放下飯碗去了西屋，沒一會兒就拿了個小匣子出來，直接放到了沈驚春面前。

她打開一瞧，裡面是三個簇新的銀錠子，十兩一個，也就是三十兩。

沈驚春瞬間就被這三十兩帶歪了想法。

陳淮怕不是受虐狂吧？有這三十兩銀子，吃香的、喝辣的不香嗎？再不濟，修修房子也行啊！他至於把日子過得那麼苦嗎？

……這人神經病吧！

楊工匠家住縣城，自己有輛騾車，每日來往平山村也算方便，因此平日裡家裡要吃的肉菜，方氏多半也託他一併從縣城帶來。

除了他自己外，一同來沈家做工的，就是兩個十五、六歲的徒弟，餘下的人都由沈族長家出了，加上沈驚秋，十個人選了最近的黃道吉日開了工。

地裡的玉米已經開始抽穗了，建房子的事情不用沈驚春操心，她就將注意力放在了玉米地裡。

現在天越來越冷，玉米對異能的需求也越來越大，可連著跑了幾天，沈驚春就發現了不對勁的地方。

照理說，她家這五畝地的位置很偏，應該很少會有人過來才對，可連著幾天，沈驚春都發現有人在附近晃蕩，而且一旦她靠近，那晃蕩的人就跑沒影了。

這明顯是作賊心虛啊！

五畝地的占地面積已經不少了，這五畝地又都連在一起，玉米長高了從這頭根本瞧不見那頭。沈驚春圍著地轉了一圈，就見靠山那邊被人薅走了不少還沒成熟的玉米棒子，連帶著玉米稈都被弄倒了幾根。

這是遭賊了？

沈驚春簡直不敢相信，居然有人會對這麼小的玉米下手！可轉念一想，別人都沒吃過這個，根本不知道玉米什麼時候能吃。

她想了想，腳下生風，立即麻溜地回了家。

沈志清見她像陣小旋風一樣跑了回來，還當是出了什麼事，忙問道：「怎麼了妹子？」

沈家其他幾位叔伯兄弟一聽沈志清問，也都關切地朝她看去。

沈驚春心頭微暖，也沒瞞著他們。「我家那玉米地遭賊啦！」

「啥？賊？哪個喪了良心的啊？」

「不知道。我這幾天就瞧著不對，原本還想著可能是有人從那一塊上山，可連著幾天下來，總覺得不對，繞著轉了一圈才發現玉米被拔掉了不少。」

方氏正在院子裡摘菜準備燒午飯，聽到玉米被拔掉了，也心疼得不行。

「這樣下去不行啊，還是得找人去那邊看著，別玉米還沒長好就被人拔光了！」

沈驚春點點頭，現下農忙過了，村裡很多年輕人都想著外出務工掙點過年費，如果找人去看地的話應該很好找，但關鍵是，這不是有人就好了。

如果不是自己人，難保找來的人不會監守自盜。

家裡她哥算一個，可以領著人去看玉米地，可她哥也不是機器人，不可能二十四小時連軸轉，必須還得找一個人跟他換班才行。

沈驚春掃了一圈，視線就落在沈志清身上。

這位堂兄別看平時大剌剌的，可為人特別靠譜。

「四哥你來一下，我有事找你。」

聽沈驚春喊自己，沈志清忙放下手裡的活跑了過去。「怎麼了妹子？有啥事跟哥說！」

「也沒啥事，我就是想著四哥你一向可靠，所以想問問你願不願意去看玉米地？」

沈志清鬆了口氣。「嗨，我還當什麼事呢！咱兄妹倆的關係，這不就是一句話的事嗎？妳就說想怎麼看？」

沈驚春抿嘴笑了笑。「你進屋來，我們坐著說。」

兄妹兩個進了屋，跟正在看書的陳淮打了個招呼就各自坐下。

「咱自家人，我也不跟你客氣，當然你也別跟我客氣。我是打算早晚都派人去看地的，四哥你如果願意的話，我可以出五十文一天，還包一頓飯。」

沈志清一聽就樂了，建房子也不過才一天三十文而已，去看地是無聊了些，可架不住錢多啊！他當即就道：「那哥哥我可就不跟妳客氣了！」

「親兄弟明算帳，不客氣是對的。」沈驚春笑道：「那五畝地畢竟位置有點偏，所以我想著還得另外再找兩個人，但這兩個人就是三十文一天了，當然也是包飯的。我不認識啥人，還得四哥幫我找兩個可靠的才行。」

沈志清性格活潑，在村裡有不少好兄弟，別說找兩個人了，就是找十個人來都不是問題。

他出去沒一會兒，就帶著兩個年紀跟他差不多的小夥子回來了。

沈驚春輕咳兩聲道：「我四哥跟你們說了吧？我找你們來是去看玉米地的，白天兩個人，晚上兩個人，輪著來。三十文一天，包一頓飯，先暫定十天輪換一次吧。沒問題的話，明天就開始正式上工了，你們商量看看誰看白天、誰看晚上。」

兩個少年都表示沒問題。

沈驚春乾脆就讓沈驚秋和一個叫陳睿的一組看白天，另一個叫沈燦的少年跟沈志清一組看晚上。

安排好這些，她又馬不停蹄地找了楊工匠一起去田裡蓋了個簡陋的小木屋。

現在白天溫度還行，但晚上卻有點冷了，沈驚春又不是惡老闆，自然也希望幫忙看地的人能有個好一點的工作環境。

不知道是偷玉米的人發現玉米沒熟吃不了，還是一天二十四小時都有人看地起了效果，一連十多天，偷玉米的小賊都沒有再出現過。

沈志清雖然愛錢，但把沈驚春這個妹妹看作自家人，也不想她多花錢，就建議要不就讓陳睿和沈燦先不要來了。

這都已經看了十來天，花了這麼多錢下去了，現在減少人手，要是被人鑽了空子，那真的是哭都沒地方哭了，因此沈驚春只說不用。

時間一晃進了十月，溫度越來越低，早晚溫差也開始變大。

十月初六，沈家的房子終於竣工。

因是加蓋的房子，不是直接蓋的新房，也就沒請族人來暖房。

原本說的明瓦窗，到最後也只有用作書房的那間房裝了兩扇，其他依舊用刷了桐油的窗紙糊窗。

新房建好沒幾天，地裡的玉米就熟了。

沈驚春早給陳里正和族裡透了口信，來年要帶著大家一起種玉米的，因此當天一早就去地裡掰了一籃子玉米回家，用大鍋一鍋給燜了。

這東西熟得很快，下鍋不過十分鐘，整個廚房就瀰漫著清香。

兩個小的正是換牙的年紀，聞著這香味，就扒在門口不走，口中口水分泌，不受控制地從缺了的牙口往外流，沈驚春看得好笑。

揭了鍋蓋，熱氣騰騰而上，香味更濃郁了些，沈驚春撿了兩支玉米出來，用筷子插好吹了吹才交給兩個小的。「剛出鍋的，很燙，不要著急，慢慢吃，鍋裡還有。」

沈明榆是個男娃，本就是活潑的性子，從沈家離開後釋放了天性，更愛笑了，一拿到玉米就迫不及待地咬了一口，明明燙得哇哇直叫，眼睛卻笑得成了個月牙。

一時間，全家除了去看地的沈驚秋，都人手一支玉米地啃了起來。

沈驚春連吃了兩支才停了下來，將鍋裡剩下的玉米全部撿到竹籃裡，用布蓋好，就提著去了沈族長家。

「這玉米明年我還是要種的，我的想法是要運一些到其他城市去賣，這樣打開了市場之後，明年肯定就會有商人上門來收，到時候村裡跟著種玉米的人也不用擔心銷路了。」

最重要的是，等來年開春，她打算再種點這個年代沒有、或者還沒盛行的農作物，比如地瓜和馬鈴薯之類的。當然，最最最要緊的辣椒是肯定少不了的！

到時候祁縣肯定有不少富商會盯上這邊，可誰也不會嫌棄錢多，只有競爭的人多了，價格才能上去。

沈族長細細地咀嚼著嘴裡的玉米，直到吞下去才說：「家中妳延南叔、延西叔沒什麼事，可以跑這一趟。我的意思是獨木難支，這門生意不帶別人可以，但里正一定要捎帶上。妳家才建了新房，現在又有玉米，難免讓人眼紅，叫上里正能省掉不少麻煩。」

想著以後沈氏一族要起來了，沈族長頓時覺得手裡的玉米都不香了，兩三下啃完這根，也不說將剩下的留著給不在家的兒子、孫子吃。「走，現在就去里正家！」

爺孫倆提著籃子，又悶頭往里正家跑，路上碰到其他人問，也只說找里正有事。

進了院子，不等他倆開口，陳里正就知道了他們的來意，連聲請兩人進屋，又叫老妻上了茶，這才笑咪咪地看向沈驚春。

「丫頭，這是玉米熟了吧？」別看他大冷天的不愛出門，可村裡什麼風吹草動都逃不出他的眼睛。

沈驚春將籃子交給里正妻子，笑道：「里正爺爺可真是神了，這都能猜到！這玉米是煮熟了的，只是這一路過來吹了風，可能有點冷了。」

陳里正也不在意，拿起玉米端詳一番後，不由得感慨道：「長得如此晶瑩剔透，怪不得叫玉米，還真讓人捨不得下嘴呢！」

沈驚春和沈族長也沒出聲，等陳里正吃完了玉米，才將來意說明。

陳里正一聽，反應跟沈族長一樣，知道機會要來了！剛才還覺得只吃了一根玉米，有點意猶未盡，現在就覺得玉米不香了。

他比沈驚春想得還多，這個玉米要是由一戶人家霸占著不交出來，遲早要惹出大禍來，可平山村是個大村子，全村將近百戶人，若是能將玉米控制在本村，時間不需要多長，兩、三年即可，全村的生活都將提升不少。

「丫頭啊，妳要是信得過我老頭子，這件事不妨交給妳正德叔來辦，絕不會讓妳失望的。」

他兒子陳正德在縣裡開了家雜貨鋪子，天南地北的東西什麼都賣，雖不如酒樓、飯館、布莊、首飾鋪子這些來錢快，可因店裡東西賣得雜，認識的人也就更多。

陳正德是個精明人，此事交給他，他從裡面大賺一筆是必然的，可也能省事不少。

沈族長見沈驚春看他，不露聲色地點了點頭。

沈驚春應下後，陳里正高興得不行。「我現在就讓老四去叫他回來！」叫人去喊，一來一回也要花不少時間，沈驚春乾脆先跟陳里正告辭回家。

沈族長想了想，也沒回自家，而是跟著去了沈驚春家裡。以陳正德的精明勁，一回來肯定會馬不停蹄地跑來找沈驚春的，根本不會再讓人來喊她。

沈族長猜得一點都沒錯，午飯剛過，陳里正父子就匆匆跑來了。

陳正德有著圓乎乎的身材、圓乎乎的臉，再加上逢人三分笑，一看就是個精明的生意人。

他人未到，聲音就先到了。「沈叔、大姪女，中午好啊！」

沈驚春也笑著朝他打招呼。「正德叔中午好。」

陳正德進了院子後，打量了一下新建的房子，視線在書房的明瓦窗上微微停頓了一下。

「這房子建得敞亮。」

幾人進了堂屋坐下。

有沈族長這個老狐狸在，陳正德也沒拐彎抹角。「大姪女，咱兩家從老一輩開始關係就一直不錯，叔是個實在人，有話就直接說了。這玉米的生意，妳打算怎麼做？」

沈驚春道：「這玉米帶皮的摘下來後能放幾天，我原本想的是找人運一批去別的州縣賣，正德叔是生意人，可有什麼建議嗎？」

陳正德想了想，問道：「不知道大姪女這玉米作價幾何？」

「準備賣十五文一支。」

陳正德點點頭。「十五文這個價格適中，確實合適。若是我以這個價格將大姪女家的玉米包了，妳覺得如何？」

「那真是再好不過了。」

陳正德連價都不還，顯然是有信心能夠高價賣出。哪怕是翻兩倍，那也是他自己的本事，沈驚春不會有任何不平衡，反倒是他真的包了，能省了她家許多事。

陳正德聽她這麼說，也咧開嘴笑了。

三兩句話間，就將這生意定了下來，所有人都高興得很，當即就用陳淮的筆墨擬了份書契，雙方簽了名、按了指印。

陳淮這些日子很忙，十天裡有五天不在家，等他回到家，才發現沈驚春以雷霆之勢將玉米的生意搞定了。「這樣做也好，大冬天的，也省得一趟趟往縣裡跑了。」

到底是訂了親的，主觀感受上就跟以前不同，沈驚春看著他眼下的烏青和說不出的疲憊，心裡也有點不是滋味。「你也不用這麼拚命，能一次考中固然很好，可要是因為唸書熬壞了身體，反倒是得不償失。」

陳淮聽出她話裡的關心，心頭微暖，連昏沈的腦袋都清明了不少，解釋道：「這幾日之所以這麼忙，是因為先生去了一趟府城，帶回了歷年鄉試的試題，這段時間正在給我們講題。」他頓了一下又道：「明早正德叔就要來拉玉米，不如我早上跟你們一起去地裡摘玉米吧？」

聽陳淮說要幫忙，沈驚春想也沒想就答應了。以前種玉米的時候沒叫上他，那是因為人家畢竟是生病借住在家裡的，但現在兩個人都訂親了，只要不出意外，以後就是夫妻，沈驚春指使他幹活可沒有任何心理負擔。

第二天一早，天剛矇矇亮，一家人就起了床。沈明榆和沈蔓太小，沈驚春也沒指望他倆幹活，全家就這兩個小的還睡著，方氏則要留在家裡燒早飯。

沈驚春等人全副武裝出了門，去跟沈族長一家會合。

怎樣判斷玉米是否能夠採摘，早在前一天簽好書契後，沈驚春就將所有人都教了一遍，因此到了地頭，眾人都各自進入玉米地開始採摘。

這邊都是荒地，平時少有人來，路邊有的草瘋長得比人還高，馬車、牛車都是通通進不來的，所以等眾人採完一輪，沈驚春幾個身強力壯的堂哥就將玉米往回挑。

陳正德雇來的幾輛馬車已經等在了最近的馬路邊，沈族長老倆口則負責和陳正德的人交接數清數量。

人多力量就是大，半個時辰不到，四畝田的成熟玉米就全被摘下來了。這些玉米都是受木系異能滋養才長成的，每一株的生長進度都差不了多少，第一輪採摘，共計玉米棒子一萬三千兩百二十支，按十五文一支來算，折合銀錢一百九十八兩三百文。

前一天簽訂契約的時候就已經商量好了，為了爭分奪秒地將玉米運到各處，陳正德先預付給沈驚春三百兩作為第一批玉米的貨款，清早等玉米採摘下來點好數量，他簽了名即刻就出發，餘下的等他回來再說。

方氏早就聽了閨女的囑咐，燒了一鍋紅糖薑湯，等地裡的人回來後，一人喝了滿滿一碗。

與沈驚春年紀相仿的幾個堂兄弟不敢圍著爺爺，就都湊到了沈驚春身邊。「妹子，這數量可不少吧？」

沈驚春伸手比了個二。

沈志清腦子轉得快，一看是兩根手指，就已經壓著聲音驚呼了起來。「二百兩?!」

所有人都被這個數字震驚得說不出話來。

沈驚春抿著嘴笑了笑。

等吃完早飯，沈族長要帶著一家人回家，沈驚春才拿了十兩銀子給他。「大爺爺，後面大約還有三、四次採摘，天越來越冷，這是我的一點心意。」

原本沈驚春請他家幫忙，沈族長是不要錢的，因為相比起眼前這點蠅頭小利，他更希望這個姪孫女能拉自家一把，可看著沈驚春遞過來的十兩銀子，他卻沒拒絕。

「好，以後有什麼事，只管來家喊一聲。」

過了幾天，陳正德滿臉喜意地駕著牛車回了平山村。

沈驚春一看他這樣子，就知道這一趟肯定掙了不少錢，等拿到帳單一看，果然如此。

祁縣本地只留了一千支玉米，因為數量太少，直接被縣裡的富紳們分掉了，售價二十五文一支。

餘下一萬兩千支玉米，附近一、兩日路程的州城由他兩個兒子分別帶了三千五百支過去，分別售價三十文和三十五文；最後的五千支玉米則由陳正德本人帶去了府城，價格翻了兩倍多，以每支四十文出手。

除去本錢和雇人的錢，僅僅這一趟就淨賺二百多兩，比沈驚春這個種玉米的人還賺得多。

「來來來，大姪女，咱在商言商，先將這次的錢給結了！」

沈驚春放下帳本，眼看著陳正德滿臉的喜意藏都藏不住，她都不忍心潑這盆冷水了，可早死早超生，想想還是道：「正德叔先別忙著高興，我之前跟你說的，這玉米一株生三、四個的事情，你還記得吧？這第一輪差不多摘掉了三分之一，後面也沒幾次好摘了。」

陳正德被這迎面而來的一盆冷水潑得心裡發涼，不過他很快就振作起來。「沒事，今年沒了，這明年不還有嗎？雖說物以稀為貴，但第二年多少也是能掙點的。」

沈驚春點頭道：「那正德叔接下來有什麼打算？玉米是繼續賣到這三處地方，還是賣到別處？」

天氣越來越冷，哪怕有異能加持，這些玉米看上去也越來越蔫頭耷腦，趕快收完是頂要緊的事了。

陳正德道：「大姪女有什麼建議嗎？」

「天氣越來越冷，我看玉米有些不抗凍，我昨天去看了看，葉子已經凍壞了不少，但好在玉米外面有苞衣，暫時還沒事。可以的話，我想著最近趕快給它全摘了，也省得到時候凍傷了都是錢。」

這可是大事，凍壞一個玉米，那可都是錢！陳正德正了正神色，道：「這樣的話，明天就多摘一點吧！這次出去，往遠一點的地方多跑幾個城鎮。」

哪怕降價一點賣出去，那也是錢，總比爛在地裡好。

第二天一大早，上一次摘玉米的原班人馬再次集結，這次要運走的玉米多，花了將近一個時辰，摘了兩萬出頭的玉米走了。

玉米地經過兩次掃蕩，葉子都禿了不少。

沈驚春看著成片的玉米，只盼著這事能夠早點結束，來年再不幹這種反季節的事了。

可偏偏天不從人願，有人看地之後，安靜了近一個月的玉米地，這晚終於抓到了那個偷玉米的賊。

他被沈志清和沈燦當場抓住，腿上也被沈燦帶去的一條狗咬下了一塊肉。

被兩人抓著往回走，小偷鬼哭狼嚎了一路。

沈驚春家的新房子在村尾，屬於第一波被這叫喊聲驚動的。

附近幾家鄰居也被這聲音吵醒，點燈出了門。

沈志清拖著腦袋上蒙著麻袋的小偷，就像拖著條狗一樣，任憑他怎麼掙扎也不放手，一路拖進村，哭喊聲都弱了不少。

沈驚春飛快套上衣服，也來不及點燈籠就出了門。她有種預感，這動靜絕對跟自家玉米地有關。

住在隔壁的陳淮反應比沈驚春還快，不僅穿好了衣服，還將燈籠也點上了，二人拉開門對視了一眼，誰也沒說話，打開院門出去了。

很快力竭的沈志清將小偷交到沈燦手裡，拖到了沈家門前。

「這賊可精呢，要不是燦哥今天心血來潮帶著狗，還真抓不住這賊呢！說不定之前在我們哥兒倆不知道的時候，這賊已經偷了玉米！」

邊上鄰居在寒風中凍得瑟瑟發抖，卻還不肯錯過這場熱鬧，揚聲道：「志清啊，快拿掉麻袋看看是誰這麼大膽啊！」

「就是，可別是咱村裡的呢！」

「四哥，你把麻袋拿開，看看是誰。」

沈驚春身上的衣服白天穿著還行，但晚上溫度太低，才出來這麼一會兒，她就已經凍得直哆嗦了，剛想將手放在嘴下哈口氣，就被一雙溫暖的手給包住了。

她一看，陳淮不知道什麼時候已經將燈籠放在了地上，雙手包著她的雙手，視線卻注意著沈志清那邊，彷彿這是個很正常、很自然的舉動一般。

沈驚春感受著暖意，也沒將手抽出來。

那邊沈志清聽到沈驚春的話，又踹了一腳地上的人，嘴上罵罵咧咧的就開始扯麻袋。豈料小賊可能怕身分暴露，拚命掙扎，沈志清好一會兒也沒能將麻袋扯下。

這邊動靜太大，忍著寒冷出來看熱鬧的人很多，連沈志清他爹沈延東都出來了。父子倆一起動手，一下子就將那麻袋扯了下來。

沈志清提過陳淮放在地上的燈籠一照，驚道：「志傑?!」

沈延東探頭一看，見真是沈志傑，臉色當即就黑了！他們隔了房的還想著幫方氏母女一把，結果沈家這些嫡親的親人想的是啥？偷玉米，真虧沈志傑能想得出來啊！

「東叔，要不屋裡說？沈志傑剛被我的狗咬了。」天這麼冷，又被咬了一口，一路都在流血，沈燦真怕沈志傑死掉。

沈延東點點頭，架著沈志傑就往沈驚春家走，還不忘吩咐兒子去沈家老宅請人。

沈家的堂屋裡，被吵起來的方氏已經知道外面發生了什麼事，將房裡的火盆挪了出來，又去廚房燒了熱水。

老宅的人來得很快，先進門的是披頭散髮的李氏，後面跟著沈延貴和沈志軍，再後面是沈長年，然後就沒有了。

這種時刻，沈老太太居然沒有親自到場？

來的路上沈延貴千叮嚀、萬囑咐，讓李氏到了之後千萬不要撒潑，她答應得好好的，結果一進門看見沈志傑倒在地上哀號，一副出氣多、進氣少的樣子，立即將那點囑咐忘得一乾二淨，嚎了一嗓子「我的兒啊」，就朝著地上的沈志傑撲了上去！

先不提被狗咬了一口，單是大冷天被人踹幾腳就已經夠難受了，因此李氏這麼一撲，沈志傑險些一口氣上不來，嘴裡尖叫道：「娘妳起來啊！我要死了！」

李氏聽了又手忙腳亂地爬起，結果手按在兒子的腿上，摸了一手的血。

屋內只有一個火盆和兩盞燈，光線很暗，李氏將手舉近了一瞧，又尖叫了起來。

「沈驚春妳這個死丫頭！妳怎麼這麼狠心啊？喪了良心的！不管怎麼說，打斷骨頭連著筋，妳怎麼能下得去狠手啊？妳這個殺千刀的……」

沈驚春的拳頭都硬了！她咬著牙往前走了一步，還沒說話呢，方氏已經衝了出去，劈頭蓋臉兩巴掌打在了李氏臉上！

「誰給妳的臉罵我閨女！」

李氏被兩巴掌打懵，好一會兒才反應過來，尖叫一聲後爬起來就朝方氏撲去。

沈驚春這時是真的忍不住了，一抬腿就當胸一腳把李氏踹得倒飛出去。

媳婦跟兒子都受了傷，沈延貴哪還忍得住？只是他剛一動，站在一邊的陳淮就冷冷地開了口——

「根據本朝刑統盜賊律，謀劃偷竊而未實施杖刑五十，偷竊而未得逞杖刑六十，贓款在十貫以下杖刑七十。如果我是你們，現在就老老實實地挨這幾巴掌，然後態度誠懇地談談賠償事宜。」

李氏當場被嚇得魂飛魄散。兒子常年偷懶、不好好幹活，身板遠沒有沈志清這些少年強健，七十杖打下來，哪還有命活？

沈志傑自己也嚇得夠嗆。

堂屋裡一下子安靜了下來。

「終於肯閉嘴了？」沈驚春瞧著這一家子，冷笑一聲。「說說怎麼賠吧！」

李氏猶如一隻鬥敗了的公雞，垂著腦袋不說話了。

沈延貴覥著臉道：「怎麼著也是一家人，姪女妳看——」

方氏聽到「姪女」兩個字，又忍不住開了腔。「呸！現在知道是姪女了？當初把我們一家趕出來的時候，怎麼不顧念一點手足親情？」

陳淮用燒火鉗撥弄了一下火盆，炭火發出噼哩啪啦的響聲。

沈延貴的臉色鐵青，因為方氏說的是實話。

李氏瞧丈夫沒了聲音，一想到要賠錢，心就在滴血。她恨恨地道：「憑什麼說我家志傑偷玉米？有什麼證據？那外面的都是妳沈驚春的地不成？還不許別人大晚上出去逛逛了？」

沈驚春等人看著李氏，簡直不敢相信世上還有如此厚顏無恥之人！這都直接抓了現行了，居然還敢狡辯？誰給她的膽子？

沈志清卻嗤笑一聲道：「我就說志傑平時雖然荒唐了一點，但卻不敢做這種偷雞摸狗的事情，原來是嬸子在後面教唆他的啊！」

李氏立刻就朝沈志清呸了一聲，尖著嗓子高聲罵道：「好你個黑心爛肝的沈志清！我好歹也是你的長輩，有你這麼往長輩身上潑髒水的嗎？」

沈族長看不上沈老太太的為人，兩家不過是當作尋常親戚往來，沈志清雖然與李氏很少打交道，卻也看不上她的為人，所以此刻看到李氏一臉怒氣，也完全不怕。「這是髒水嗎？我之前去傳話，只說志傑偷東西被抓了現行，可沒說是偷玉米！等到了這裡，也沒人說起偷玉米的事，嬸子怎麼就一口咬定驚春妹子要的賠償，是偷玉米的賠償？」

李氏被問得啞口無聲，想解釋又不知道該怎麼解釋。這真是搬起石頭砸自己的腳了！

沈驚春強忍著笑意，才沒笑出聲來。世上怎麼會有李氏這麼蠢的人啊！

沈延貴聽了沈志清的話，只覺得眼前一黑。原本他還只當是沈志傑混不吝，卻不想這背後居然是自家婆娘在教唆！他閉了閉眼，伸手撐住門框才穩住身形，看向前面滿臉心虛的李氏，不由得悲從中來。

沈驚春不耐煩看他們這個樣子，不由得催促道：「行了，別跟我扯這些有的沒的，還是趕快賠錢吧！再耽擱時間，沈志傑血都要流光了。」

李氏想起沈志傑腿上的傷口，頓時心疼不已，咬牙道：「行，玉米錢我們可以賠！但把我家志傑咬成這樣，醫藥費沒有十兩，這事都不算完！」

「好啊！」沈驚春被她氣笑了，瞇起眼看著摟緊沈志傑的李氏道：「等天一亮我就去找牛車，先去問問縣衙是怎麼判偷竊罪的，等案子判下來，妳再去告我縱狗傷人好了。別說十兩，就是到時候判我賠償一百兩，我都沒二話！」

角落裡，自從進來後就一直沒出聲的沈長年終於開了口。「賠。」

短短一個字，言簡意賅。

沈延貴遂道：「志傑被咬是他活該，這玉米怎麼賠？賠多少？」

沈驚春道：「二兩銀子。」

沈延貴應了聲好，伸腳踢了踢李氏，粗聲粗氣地叫她掏銀子。

李氏心裡再不情願，但沈延貴開了口，她也不得不應，只得從隨身攜帶的荷包裡掏出二兩碎銀子，一把拍在桌子上，恨恨地道：「現在可以了吧？」

沈驚春看都沒看一眼銀子，只不耐煩地擺了擺手。

沈延貴如蒙大赦，立刻叫了沈志軍，一起抬著沈志傑走了。

第二天一早，村裡人都在議論前一晚沈志傑被拖著回來的事。

沈驚春一邊吃著早飯，一邊聽著豆芽說村民的猜測，聽完也只是一笑了事。已經從沈家老宅搬出來了，老宅那群人現在在她眼裡就是一群跳梁小丑。

今天是要去看地的，就是之前陳里正提的那五十畝。

原本這五十畝地的訂金九月底就應該交上去，可陳里正問過之後回來說，人家說用不著訂金。

這用不著的意思有兩種，一種是賣家看在陳里正的面子上，直接就將這五十畝地定給沈驚春了；還有一種，就是想賣個高價。

沈驚春覺得前者的機率不高，畢竟誰也不能跟銀子過不去啊！

「去了之後里正肯定會幫著說話的，如果對方要價過高就算了，五十畝地，咱家幾個人也種不過來。」這次去看地的是沈驚春跟陳淮，方氏在家沒去，眼見著兩人準備好要出門了，方氏還是忍不住叮囑了一句。

沈驚春點點頭。

家裡還沒買牛，這次去看地，就是坐里正家的牛車。

這座小莊子的位置緊挨著聞道書院那二百畝良田邊上，離平山村不遠，坐牛車過去半個時辰都不到。

等到了地方，陳里正就指著還有人勞作收菜的田道：「喏，這一片就是要賣的田。」

陳里正邊說邊趕著牛往鄭家的宅子走。

等到牛車轉了個彎到了鄭家的大門口，沈驚春就忍不住皺了眉頭。

門口停了輛挺不錯的馬車。

牛車在鄭家大門外停好，三人還沒下車，裡面的交談聲就隔著院牆傳了出來，其中一個聲音，沈驚春總覺得有些耳熟。

陳里正也皺了皺眉，因為裡面談的正是買地的事情。他沉了沉臉，高聲喊道：「鄭老哥在家嗎？」

裡面交談的聲音一停，隨即腳步聲傳來，虛掩著的大門被人拉開，鄭老爺子出現在三人面前。

一瞧是陳里正，鄭老爺子臉上的笑容都虛了幾分。「是陳老弟啊，快請進！這兩位就是今天要買地的吧？」

大門一開，沈驚春一眼就瞧見了正對著大門的堂屋裡坐著的人。

一個多月沒見，孫有才的身形似乎又圓潤了幾分。

幾人進了院子。

孫有才瞧見沈驚春二人，臉上並沒有絲毫驚訝的神色，顯然是不知道從哪兒得到的消息，知道他們今天要來看地。

「喲，陳兄、沈姑娘，咱還真是有緣分呢，這都能碰見。」

孫有才滿臉油膩的笑容，大冬天的，手上還拿著把摺扇。

沈驚春朝他笑道：「是啊，我跟我家隔壁的狗也挺有緣分的，一早出門的時候還見牠在牆邊拉屎呢！」

「妳——」孫有才的臉色變了變，聽得直犯噁心。

陳淮卻是看都沒看他一眼。

陳里正一看雙方一副有過節的樣子，便只朝孫有才笑了笑，就算打過了招呼。「鄭老哥，咱前幾天可是說好的，今天來看地，沒承想你家今天來了客人。」

鄭老爺子笑得有幾分尷尬，還未開口，便聽孫有才開口道——

「咦？你們也是來看地的啊？」

鄭老爺子的臉色更顯尷尬了。他是個講誠信的人，已經答應了別人的事情，是萬萬不會反悔的，可他兒子答應了孫屠戶，也不太好反悔。

孫有才笑咪咪地說道：「這其實也沒什麼，好田嘛，大家都想要。既然老爺子答應把田賣給陳兄，而鄭叔答應把田賣給我爹，那不如大家公平競價好了，陳兄你覺得呢？」

「好，聽孫兄的。」陳淮微微一笑，看向鄭老爺子。「田都是好田，我家願意出十二兩銀子一畝買田。」
孫有才眼中閃過一絲不屑。「像這種五十畝連在一起的田可不多見，十二兩一畝要是買其他的散田倒還行，買這種小莊子太少了吧？我家願意出十三兩一畝。」
「十四兩。」
「十五兩。」陳淮話音剛落，孫有才就又毫不遲疑地出了價。
陳淮臉上閃過一絲薄怒。「孫兄這樣刻意抬價過了吧？」
孫有才一臉的洋洋得意。「這怎麼是抬價呢？之前不是說了嗎，大家公平競爭。這片田是好田，你想要，我家也想要，那自然價高者得嘛！你說對不對？」他看著陳淮臉上的怒氣，心裡別提多痛快了。
沈驚春低聲勸道：「淮哥，要不算了？這太貴了，咱再尋其他的田吧。」
陳淮被她一勸，臉色好看了些，可想想還是不甘心，又咬牙道：「十六兩！」
孫有才還待出價，他身邊跟著的夥計就出言相勸。
「少東家，算了吧？這超過東家說的價格了。」
沈驚春聽著勸也連連點頭，跟著道：「是啊孫公子，超過了價格，回去可不好說呢！這田還是由我家來買吧？」

孫有才狠狠瞪了一眼身邊的夥計，臉上的肥肉都笑出褶子來了。「十七兩一畝！這點主我還是能作的，就不勞沈姑娘多費心了！」

「看來這地我們是買不到了。」沈驚春深深嘆了口氣。

陳淮便朝鄭老爺子道：「今天多有叨擾，這就告辭了。」

兩人招呼了一聲面無表情的陳里正，三人一起往外走。

一轉身，沈驚春臉上就出現了笑意，還沒出大門呢，就實在忍不住地哈哈大笑了起來，笑聲裡透著一股暢快，放肆的笑聲清楚地傳到了孫有才的耳中——

「這姓孫的是豬腦子嗎？十七兩買田，怎麼想的？」

三人駕著牛車回了平山村，將買田的事情一說，方氏和豆芽都笑了起來。

沈驚秋跟兩個小的不知道他們在笑什麼，也跟著笑。

第二天一早，沈驚春吃過飯又出了門。

五十畝的小莊子沒買到，確實是個遺憾，但地卻不能不種，今日便是要去自家那五畝荒地附近看地的。

沈驚春從玉米地一路往下走，想著從河裡開一條溝渠上來的可能性，可沒走多少路，就把這個想法給斃了，因為離得實在是太遠了。

沿河附近倒是還有些地方能開出來一些散田，可散田的缺點就是不好管理。

繞著平山村轉了個大圈回到家，沈驚春也沒想好到底要在哪裡買田。

書房裡，陳淮見她低著頭想事，眼看就要撞到前面曬著的被褥上，忙高聲喊她。「驚春！」

沈驚春回過神來，看著面前不到半步的被褥，舒了口氣，乾脆扭頭進了書房，將買荒地的事情與他說了說。

陳淮仔細想了想。

他對平山村附近還是熟悉的，並非是一味的死讀書。因為村後這兩條上山的路走的人太多，很難獵到野味、採到菌菇，他一般都是稍微繞遠路，從玉米地那邊上山。

「若是我記得不錯，玉米地再往前走些，是有兩個大池塘的，若是將地買在池塘附近，或者乾脆直接將池塘買下來……」

陳淮話還沒說完，沈驚春就明白了他的意思，一拍腦袋喜道：「對哦，我光想著怎麼從河裡引水了！那兩個池塘那麼大，蓄水量應該很多。」她說著，又腳步匆匆的跑走了。

祁縣這邊良田又稱作上等田，十兩一畝，中等田八兩，下等田六兩。

而荒地只要四兩，新開出來的地，三年內免稅。

那兩個池塘加起來占地兩畝多，考慮到用水問題，連池塘在內，沈驚春一共打算買五十畝地。

當天下午，陳里正就去了縣城，按照沈驚春的意思，塞了五兩銀子給負責這事的書吏。

翌日一早，縣衙不僅來了人丈量土地，領頭的還是個主簿。

陳里正領著人來家裡的時候，沈驚春一家正吃著早飯，現在天冷了，又沒啥特別的事情要忙，早上就相對能起晚一點。

「這位是陳主簿。」

不等陳里正介紹，單看這群人的穿著和陣仗，沈驚春幾人就已經放下飯碗起了身，恭恭敬敬地行禮口稱「陳主簿」。

「都是鄉里鄉親的，不必這麼客氣。」陳正行的語氣很是隨和，看著沈驚春道：「妳就是要買地的沈驚春？」

「是，正是民女。」

陳正行瞥見沈驚春眼裡的探究，也只做不知，問道：「我等來得有些早，是否打攪你們用飯了？」

「沒有沒有，來得正好！陳主簿請上座——」

陳正行擺手道：「吃茶就不必了，先辦正事吧。」

於是，一行人又匆匆往地頭趕。

丈量土地這種活有跟來的衙役來辦，自然用不到陳正行這個主簿。

陳正行沿著土路隨意的走著，先是關心了幾句陳淮讀書的情況，得知他來年打算下場參加院試，很是關切地勉勵了幾句。

沈驚春在一邊聽得雲裡霧裡，有點搞不清楚這位主簿大人的真正來意。

買荒地又不是什麼大事，怎麼會勞動他親自出馬？

陳正行帶來的人多，五十畝地丈量起來很快。

等量好地，一行人又往回走。

到了玉米地附近，沈驚春就發現這位主簿大人的速度慢了下來，她心裡咯噔一聲，好在陳正行只是走路的速度變慢，並沒有停下來，等走過玉米地，腳步又變快了。

等回到村裡，連口茶都沒喝，他直接就帶著人走了。

別說沈家人，就連村裡其他人也是面面相覷，不知道陳正行回村幹什麼？

陳淮卻大概猜到了一點。「咱們如今的高縣令已經連任六年了，他是京城來的，年後多半要回京述職高升。祁縣是個大縣，陳主簿必然是想趁著這個機會再進一步，他是舉人出身，年紀又大了些，接任縣令不大可能，可祁縣縣丞一職已經空了兩年，他若有心卻還是可以拚一拚。」

沈驚春聽得腦子疼。「他想升官，跟我買荒地有什麼關聯？」

陳淮很有耐性，低聲跟她解釋道：「陳正行也是平山村人，妳這五畝地種了玉米，想必陳里正早就跟陳正行通過氣了。祁縣這邊靠山靠水，其實真正開出來的田地並不多，而本朝又是按照田地收稅，如果能鼓動民眾開荒，三年之後就是一筆不小的稅收。如今平山村因為妳種了玉米的事情，就是一個很好的突破口。妳等著看吧，這幾日肯定會鼓動村裡人開荒的。」

沒過兩天，村裡果然掀起了開荒潮。

沈驚春家裡忙著採摘最後一次玉米，也沒太注意這事，等四畝地的玉米徹底收完後，玉米地附近的荒地已經賣了一百多畝出去了。

沈驚春莫名地感受到了一股危機。

之前只有五畝地，她的木系異能夠用，現在家裡又買了五十畝，若全靠異能，那她不得忙死？為今之計，只能先想辦法肥田。

「咱們村裡原本家家戶戶都漚肥，但現在都買了荒地了，恐怕難以買到肥料。」沈志清一邊扒著防火隔離帶，一邊說。

沈驚春聽他這麼說，也忍不住嘆了口氣。之前只買了五畝地，沒想起來漚肥這件事，後來陳里正來說了鄭家的小莊子，但人家這些東西都有，就更想不起來漚肥了。

「我雖然種東西有幾分心得，但漚肥我是完全不會的。」

沈志清想了想便道：「要不明天叫幾個人去山上挖點腐葉土蓋在地面上？聊勝於無嘛！再新挖幾個坑漚肥。對了，妳家翻年準備種啥？」

「種玉米的那五畝地要種棉花，其餘的地全種辣椒。」

沈志清被這兩個稀罕物弄懵了。「棉花是什麼花？辣椒又是什麼？」

「木棉你知道吧？棉花說起來跟木棉有點相似，只不過是種在地裡的，收穫後棉絮可以製成棉被。至於辣椒……」說到辣椒，沈驚春就不自覺地嚥了口口水，沒有辣椒的日子，真的好難熬啊！每天吃的菜感覺跟嚼臘一樣，一點味道都沒有。「辣椒既能當成一種菜，也能當成調味料。」

沈志清聽都沒聽過這兩個名字，但他腦子轉得很快，立刻就問：「妳手上有種子？」

平山村種玉米，可以全村富一波，如果他家跟著沈驚春一起種這什麼棉花、辣椒的，豈不是要一躍成為平山村數一數二的富戶？這對於沈家來說可是大事！

他湊近了些，朝著沈驚春笑得一臉狗腿樣。

「收起你這猥瑣的笑容吧！」沈驚春實在受不了這個笑，推了他一把，道：「種辣椒的事情我已經跟大爺爺談妥了，你家這新開的十畝荒地就跟著我一起種辣椒，玉米地那邊的五畝地跟著一起種棉花。但這都是有條件的，我家的地你家要幫著種，而且我不給錢的，所以你給我認真幹活，別想偷懶！」

兩家的荒地加起來七十畝，如今又是冬天，到處都是枯枝爛葉，這片荒地就在山腳不遠處，生怕一個不小心把山給燒了，因此光是小心翼翼的燒荒，都燒了七、八天。

離開春還有段時間，這回也不用急著耕地，等燒完荒，沈族長又打發兒子、孫子去鄰近的村子買肥料。

平山村幾乎家家戶戶都買了荒地，本村漚出來的肥是一斤都沒有盈餘，接連跑了七、八個村子，也不過預訂到了二十畝的腐熟肥。

為了來年更好種辣椒，沈驚春只好花錢請人上山挖腐葉土蓋在荒地上，短短五天不到，就為了腐葉土散出去二十兩銀子，但這也是沒有辦法的事。

方氏這回也不心疼了，全因沈驚春說了，現在花出去的錢，等來年開春種上辣椒後，就能十倍的賺回來！

第七章

進入十一月，最後一畝玉米地的老玉米全部成熟，這回不用趕著裝車運走，沈驚春便沒喊人幫忙，自家幾人在地裡忙了三日，才將玉米收完，連同玉米稈子在內，一併運回家裡，整齊地放在後院的柴房裡。

方氏堆好最後一捆柴，才拍拍打打地出了柴房，轉到前院就聽到有人敲門。她一邊往大門走，一邊揚聲道：「誰啊？」

外面有人回答了一句什麼，可聲音太低，根本聽不清。

方氏一開門，就有兩人往裡倒了進來。

她嚇了一跳，往後退了一步，定睛一瞧，這才看清敲門的是兩個小姑娘，大的看身量應該跟沈驚春差不多，小的只有十歲左右。兩人都瘦得皮包骨，大冬天的衣衫襤褸，露在外面的臉和手全凍得通紅。

沈驚春放下手裡的活，也走近了些，見是兩個穿得破破爛爛的小姑娘，只當是要飯的，正要跟方氏說給點吃的就算了，可千萬不要爛好心地把人請進來，就見那大一些的少女撲起來抱住方氏的腿，哭道——

「小姨！」

方氏被撲了個正著，嚇了一跳，心都快跳到了嗓子眼，又聽少女喊「小姨」，不由得彎腰湊近了一些瞧。

少女將額前的碎髮撥到一邊，露出一張髒兮兮的臉來。

沈驚春在一邊細看了一眼，發現這臉雖然髒，卻不難看出長相清麗。

「小姨，我是歡意，我娘是方珠啊！」徐歡意抱著方氏的腿，實在忍不住，眼淚一下子就流了下來，粗糙的手在臉上抹了一把，結果鼻涕又給抹了下來。

沈驚春有點看不下去了。

方氏卻毫不在意地仔細看了看徐歡意那張臉，端詳片刻後，姨甥兩個就抱頭痛哭了起來。

沈驚春在一邊看得實在不知道說什麼，眼見鄰居們聽到這邊的動靜，探頭來看了，忙勸道：「娘，天這麼冷，回屋再說吧！」她說著，彎腰將一邊沈默不語的小姑娘拉了起來。

方氏鬆了手，點點頭，一手拉著徐歡意，一手拉著徐歡喜就往屋裡走。

沈驚春落在最後，關了門。

書房裡正在描大字的沈明榆和沈蔓也來到了堂屋裡。

方氏哭得眼睛紅紅的。「這一路過來可吃了大苦頭了，手腳凍得這樣冰涼。先燒點熱水洗洗，咱娘三個再好好說話。」

她拿了沈驚春一身新做了、還沒上身的新衣，和豆芽的一身衣服，就叫徐歡意兩姊妹去洗澡。

等那姊妹倆進了用雜物房改出來的洗澡間，沈驚春才低聲問道：「娘，方珠就是我那從未見過面的大姨？」

方氏早跟方家不來往了，等同於斷了親。

方氏擦了擦眼淚，緩緩道：「妳大姨原本是賣到縣裡一個大戶人家當丫鬟的，可她長得好，有一日同家裡的少爺多說了兩句，就被少奶奶賣到了風月場所，輾轉到了府城，後來被妳姨夫贖了身。可直到歡意出生後幾年她才知道，妳姨夫是有妻室的。我最後一次收到妳大姨的信，還是五年前，後來沒多久妳哥就摔了腦子，我也沒心再想別的了。如今看歡意兩姊妹這個樣子，只怕妳大姨多半已經不在了……」

徐歡意兩姊妹洗得很快，沒多久就包著頭，從洗澡間出來了。

方氏見了，連忙將兩人帶到了房裡，一邊拿著澡巾替徐歡意絞乾頭髮，一邊催促沈驚春將新生起來的火盆端進房裡。

沈驚春任勞任怨，搬了火盆進屋，就見徐歡意跟方氏又抱在一起哭了。她看得頭大，被哭聲吵得頭都昏了。

沈驚春甩了甩頭，視線落在徐歡喜身上，見她低著頭、雙手緊握，屁股挨著椅子卻沒坐實，一看就是以前沒少受苛待，常年被搓揉的樣子。

相比起從小到大只見過方氏一面、現在卻哭得這樣真心實意的徐歡意，沈驚春反倒覺得不聲不響的徐歡喜更加可憐。

想了想，沈驚春走過去，在她肩上輕拍一下。

徐歡喜的長相只能算是清秀，比她姊姊差得太多，但一雙大大的杏眼乾乾淨淨，讓人好感倍增。

沈驚春也沒說話，做了個「跟著來」的手勢就出了門。

徐歡喜抿著嘴，跟在沈驚春後面出去。

豆芽已經湊到了沈驚春身邊，低聲說道：「小姐，這也太能哭了，哭得我腦袋疼。」

徐歡喜聞言，身體一僵，站在門邊不動了。

真是個小可憐。沈驚春朝她招招手，道：「妳跟我來廚房吧。」

三人到了廚房，灶膛裡還有點餘溫，沈驚春叫徐歡喜在灶膛前坐下，又拿了條乾淨的澡巾給她擦頭髮，這才道：「中午還剩了一碗飯，我放點菜進去，做點泡飯，妳跟妳姊姊先對付一頓吧，晚上再吃頓正經的。」

做泡飯不需要什麼高深的廚藝，沈驚春手腳麻利得很，打了個雞蛋進去，沒一會兒，冒著香氣的飯就出鍋了。她讓徐歡喜自己盛飯，又回到東屋喊了一聲方氏，叫徐歡意來吃飯。
兩姊妹顯然餓了不短時間，捧著飯碗吃得風捲殘雲般。
方氏在一邊看得直掉眼淚。
沈驚春是真的受不了這種一直哭的，索性帶著豆芽和兩個小的出了門，往新買的荒地去了。
這地已經修整得很不錯了，大部分都蓋上了腐葉土，餘下的小部分，沈驚春也沒再出錢讓村裡人幫忙，而是由沈志清哥兒幾個帶著弄，想必要不了多久，這新買的六十畝地就全都能蓋上腐葉土。
一直在田裡待到下午，等沈驚秋收工了，幾人才一起往家走。
只是一進家門，就瞧見徐歡意正扒在書房旁邊那間放木料的屋子外，鬼鬼祟祟的張望。便宜表妹這種舉動，沈驚春真是一萬個看不上，但她沈了臉還沒說話，身邊的沈驚秋就高聲喊道——
「妳幹什麼?!」
沈驚秋這一嗓子嚇得徐歡意一個激靈，回過頭來見是沈驚秋兄妹倆回來了，臉上便揚起一個笑來，喊了「表哥、表姊」。

她哭得雙眼紅紅，這一笑可真有些我見猶憐的味道，只可惜沈驚春不吃她這套，而沈驚秋更是個鋼鐵直男。

「妳扒在門口看什麼？」見她不答話，沈驚秋又問了一次。

「我就是看這間屋子鎖著，有點好奇。我以後不看就是了，表哥你不要生氣。」徐歡意的表情有點委屈，抿著嘴，好像隨時都會哭出來的樣子。

這表妹是個綠茶啊！沈驚春被她這副柔弱得不能自理的表情搞得頭皮發麻，幾乎是咬著牙才擠出了一個笑來。「我哥不過就是問一句罷了，都是自家親戚，倒不至於生氣，表妹妳可千萬不要多想。」

徐歡意眨了眨水氣氤氳的眸子，剛想說話，廚房裡的方氏聽到聲音，探出了頭來。

「回來啦？趕快洗洗手，端菜吃飯了！」

比起徐歡意這種我見猶憐的哭法，方氏顯然實誠得多，也不知道下午到底哭了多久，雙眼都哭得腫了起來，雙眼皮都快腫成單眼皮了。

沈驚春舒了口氣，飛快關上門，拉著沈蔓、沈明榆就進了廚房，兌了熱水洗了手。

等一家人吃過飯後，方氏總算想起來將一大家子都介紹給徐家姊妹認識，末了又說了徐家姊妹來投奔的原因。

兩姊妹的父親徐雍騎馬時摔斷了腿，家裡被嫡母把持，正巧知府愛妾的父親看上了徐歡意，所以她嫡母就想將她獻上去拉攏知府。

徐雍當然不願意，因此就讓徐歡意帶著妹妹逃了出來。

方氏說這些的時候，忍不住又紅了眼眶。

徐歡意也是一臉脆弱卻又故作堅強的表情。

唯獨小表妹徐歡喜低著頭，一聲不吭。

沈驚春挑挑眉道：「娘，早點洗洗睡吧。表妹們一路過來風餐露宿的，可是吃了大苦頭，到了咱這兒，也算是到家了。」

徐歡意的臉色一僵。「算是到家」的意思，自然就是「這還不是真正的家」。她一抬頭，正對上沈驚春一雙有神的大眼睛。

方氏沒聽出閨女的話外之音，抹了眼淚道：「妳表姊說得對，往後就住在小姨家。」

人家都這麼說了，徐歡意還能說啥？只能做出一副感激涕零的樣子來。

沈驚春不愛跟她這樣的人打交道，搓了搓手就將沈蔓一把抱了起來。「娘，家裡鋪蓋不夠，今天表妹們先跟妳擠擠吧，晚上蔓蔓就跟我睡了。妳們慢慢聊，我先帶蔓蔓去漱洗。」說完也不等人回答，抱著沈蔓就走了。

沈驚春一走，陳淮自然不能多待，跟在後面也出了堂屋。

豆芽和沈驚秋那是萬事朝沈驚春看齊的，於是拉著沈明榆也走了。

一時間，堂屋裡就只剩下姨甥三人。

到了廚房，沈驚春放下沈蔓就準備生火燒水，後面幾人一個接一個地走了進來。

「妳這個大表妹恐怕不簡單。」陳淮到了廚房，很自然地接過沈驚春手裡的一把乾柴，點燃送到了灶膛裡。

有些話要避著方氏這個未來岳母說，卻不必避著沈驚秋。

沈驚春嗤笑一聲。「我早看出來了，她把我們都當傻子呢！知府愛妾的爹能看上她這麼個小姑娘，又能是什麼講究人？她跑了，對方還不得找徐家的麻煩啊？徐雍要真這麼愛這個女兒，甚至不惜賭上一家子的前程，又怎麼可能讓大姨無名無分地當了那麼些年的外室？」

沈驚春分析得很對，陳淮點頭道：「孀子天性善良，大姨是她親姊，又對她有恩，必定是要留兩位徐姑娘住下來的。如今家裡也不是養不起這兩張嘴，但不怕一萬，就怕萬一，徐家如果真的找過來，還真是個麻煩事。」

沈驚春聽得一個頭、兩個大。

可大姨從小對自家老娘的照顧是做不了假的，她沈驚春也不是那種忘恩負義的人，明知道徐家兩姊妹現在無處可去，還要將她們趕出家門。

「徐歡意這個小姑娘看著不行，但徐歡喜我看倒還不錯。」沈驚春倚著廚房的門望向堂屋，視線落在低著腦袋的徐歡喜身上。「我這段時間找機會問問徐歡喜試試，看看她們兩姊妹大老遠跑到祁縣來到底是為了啥？」

接下來幾天，沈驚春過得有點提心弔膽，總是擔心不知道啥時候府城徐家那邊就要來人將徐家姊妹抓回去。

但事實上，什麼事都沒發生，一切風平浪靜。

如此過了十來天，日子到了十一月下旬。

沈驚春與陳淮的婚期定在十二月初七，這一天是整個臘月裡唯二適合嫁娶的日子之一。

雖然是陳淮到自家來，但方氏還是很嚴肅地叫閨女不許外出、不許幹活，整天在家裡養得像個千金大小姐一樣。

這樣的日子，沈驚春真的是過一天都覺得受不了。

好不容易熬到初六，才被沈族長一家接回了家。

祁縣本地的風俗，上門女婿是要提前住到女方家裡的，以兒子的身分娶妻；而招婿的閨女，則要從生母的娘家發嫁。

但方氏早跟娘家斷了來往，這種情況下，其實可以從沈家老宅發嫁，但這事誰都沒提，沈族長直接叫自家老婆子將沈驚春接到了家裡。

這一晚，注定是個不眠夜。

饒是兩世為人，但畢竟是第一次結婚，沈驚春一整晚翻來覆去睡不著，直到被拉了起來，開臉的線落到了臉上，她才徹底清醒過來。

「驚春，妳要不要先吃點東西？等會兒上完妝、蓋上蓋頭，可就不能吃東西了。」

沈家三嫂子一開口，沈驚春的肚子就十分應景地響了起來，滿屋子的大媳婦、小姑娘瞬間哄堂大笑。

沈驚春看向幾個沈氏族裡的小姑娘，笑咪咪地道：「可別笑，妳們也有這一天！」

族裡派過來陪著說話的幾個小姑娘被這麼一打趣，臉上立刻飛起一抹薄紅。

幾人陪著說了會兒話，豆芽就端著吃的來了——幾個無滋無味的水煮蛋、一盤子點心。都是乾巴巴的東西，這是預防新娘子吃完了，中途想上廁所。

沈驚春生無可戀地吃了兩個水煮蛋就不吃了。水又不許多喝，吃這種東西簡直就是折磨。

沈家幾個嫂子見她不吃了，就開始忙活著幫她上妝。

一系列操作下來，時間也到了中午。若是正經嫁女兒的，這時起嫁酒也準備得差不多了，可沈驚春是招婿，這個流程便直接省略了。
枯坐了不知多久，院子裡終於有人喊道──
「新郎來啦！」
吹吹打打的聲音由遠及近，停在沈族長家的院子外。
按照正常的流程，到上花轎之前，還要經歷三次催妝及哭上轎等等。
但招婿就簡單很多，轎子停下，直接由沈家堂兄揹著新娘，送上花轎。
花轎繞著村子轉了一圈，最後停在沈驚春自家大門前。
方氏坐在上首，看著走進來的女兒及女婿，心中又歡喜、又心酸。
沈驚春現在就一個念頭──趕快拜完堂，去新房裡找點吃的！
早在昨天，她就交代好了豆芽，要在新房裡留吃的給她了。
等到了堂屋站定，隨著贊者的唱和聲不斷地下拜、起身，三拜之後，在送入洞房的高聲中，她終於被人簇擁著進了東廂房。
一進新房，還要起鬨的眾人就不敢鬧了。
這新房布置得實在精巧，各色家具都同別處不一樣，尤其是屋中擺著的一架木質屏風，上上下下都透著精緻。
鬧洞房的人怕撞到這架屏風，手腳都放輕了許多。

沈驚春被人攙扶著在床邊坐下，隨即就被一桿纏著紅布的喜秤挑開了蓋頭。她微微一抬頭便與陳淮四目相對，他眼角眉梢全是喜意，沈驚春抿著嘴卻只想罵一句什麼玩意兒！陳淮的眼睛很亮，沈驚春能隱約在他明亮的雙眼裡看到自己有些模糊的倒影，那是一張慘白的臉！這到底是抹了幾斤粉在臉上？

挑了蓋頭後，陳淮便在沈驚春身邊坐了下來。

一個臉生的嫂子端了碗餃子過來，用小勺餵了一顆到沈驚春嘴邊，等她咬了一口便笑著問道：「生不生？」

這種時候只能說「生」。

沈驚春話音一落，擠在新房裡的人就都笑了起來。

這樣鬧下去還不知什麼時候是個頭，陳淮便朝門邊站著的陳睿等人使了個眼色。

陳睿立刻就道：「好啦好啦，我們快出去吧！我哥可是號稱千杯不醉，今天這大喜日子，我倒要看看他能不能醉。」

幾個少年郎一哄而上，抓著陳淮往外走。

陳睿還不忘回頭朝沈驚春道：「嫂子，我們先出去啦，等吃完酒再將我哥送回來！」

沈驚春面帶笑容，矜持地點點頭，心裡巴不得這群人趕快出去，把陳淮灌醉。

新郎一走，餘下眾人很快也都退了出去，新房裡眨眼間就只剩下沈驚春與豆芽。

沒了外人在，沈驚春立即倒在床上，兩腳一蹬就將繡花鞋踢了出去。剛想抱著枕頭打個滾，又想起來臉上全是粉，於是硬生生停住了動作，一下子從床上爬了起來，朝豆芽道：「趕快打盆水來給我洗洗！這什麼妝容，要是晚上出去不得嚇哭小孩？」

「哎呀，新嫁娘都是這樣啦，小姐您已經算是很好看的了。」

豆芽出了門，很快又打了盆溫水進來。

沈驚春洗完臉、卸了妝，又吃了些豆芽早就拿進房裡的點心，才覺得自己徹底活了過來。

趴在桌上，腦子放空地歇了會兒，沈驚春才想起來方才那波亂烘烘、準備鬧洞房的人裡，似乎沒見著自家大哥和兩個娃。「妳今天可瞧見明榆和蔓蔓沒有？」

豆芽搖了搖頭。「今日我一直跟著小姐您。」想了想又道：「昨晚好像是聽到嬸子說，今天家裡亂，叫徐大姑娘幫忙看顧明榆和蔓蔓的。我去找找？」

「快去！」莫名地，沈驚春心裡有點慌。

豆芽應了一聲，帶上門就出去了。

好一會兒，豆芽才滿頭是汗地回了新房。「我在家裡找了一圈，沒找到人，又找人問了，都說沒瞧見。」

沈驚春倏地站了起來。「問過徐歡意沒有？她怎麼說？」

「問了。」豆芽喘了口氣，繼續道：「說是花轎進門之後，蔓蔓和明榆同村裡其他幾個孩子就在大門口玩，所以她就幫著招呼客人去了。」

「沈家這麼多親戚、族人，不夠招呼客人的？顯她能耐！」沈驚春的臉色完全沈了下來。「妳不要聲張，悄悄去找我四哥，如果他在忙，就去找沈燦，讓他找幾個人幫忙找找兩個孩子。」

瞧見小姐臉色不好，豆芽也緊張了起來，一路小跑著去了廚房。

沈志清正站在廚房外指揮著幾個少年上頭一道菜。

豆芽穿過院子跑到他面前，低聲將此事一說。

沈志清微微一驚，當下便放下手裡的活，找了已經坐在席上、沒有活計在身上的沈燦等人幫忙找人。

七、八個少年在沈家周圍找了兩圈，今日由長輩帶著來吃酒的孩子們都在，卻獨獨少了沈蔓和沈明榆。

這番動作太大，讓人想不注意到都不行。

沈族長是知道自家孫子的，必不可能會是在這種場合胡來的人，便將人叫了過來問道：

「怎麼回事？」

沈志清急得滿頭都是汗。「蔓蔓和明榆不見了！」

方氏與沈家幾個族老坐在一桌，聽到這話簡直不敢相信自己的耳朵，僵硬地扭頭看了看四周，果然沒瞧見孫子及孫女！一瞬間，她臉上的血色退得一乾二淨。

沈志清的聲音不小，周圍的賓客都聽到了他這句話，場面一下子安靜了下來。

外面院子裡，有個小孩的聲音響了起來──

「我之前瞧見蔓蔓在大門外跟一個女人講話，那個女人長得好像是蔓蔓的娘呢！」

說話的孩子今年已經十一歲，是見過沈蔓的生母的，眾人當即便信了幾分。

方氏聽得頭腦一陣發昏，差點暈厥，還好被身邊的一名婦人扶住。

陳淮低聲勸慰道：「娘，您先別急，咱們先到處找找看，說不定蔓蔓和明榆在哪兒玩著。」

話是這麼說，可眾人心裡都清楚，這兩個小孩多半已經被人帶走了。

到了這個時候，本村的賓客也坐不住了，紛紛出了門幫忙找孩子去了。

徐歡意已經哭得梨花帶雨，撲通一聲在方氏身邊跪了下來。「小姨，都怪我沒看好孩子！我真是該死，光想著幫忙了，我──」

「妳閉嘴吧！」

沈驚春的聲音從後方傳來。

徐歡意渾身一僵，哭聲戛然而止。

門口的人群分開一條路，沈驚春從廂房那邊走過來。

她已經卸了妝，素著一張臉，一頭烏黑的長髮用一支小葉檀木簪盤在腦後，此刻俏臉寒霜，臉上是壓抑不住的怒氣。

徐歡意仰著臉還想再說，可對上沈驚春冰冷刺骨的眼神，到底還是將後面的話給嚥了回去。

人多力量大，很快就有消息傳來——整個村子都沒找到兩個孩子，但是在不久前有人看到一輛馬車出了村。

陳淮如今雖然不在聞道書院讀書，但他是拜了陸昀做老師的，來往的師兄弟們挺多，今天來吃酒的也不少，門口馬車、驢車就停了好幾輛，所以看到馬車出村，鄉親們也只當是婚宴的賓客離開了，沒當回事。

陳淮一聽便道：「花轎進門沒有多少時間，馬車應該走得不遠，我騎馬去追。」

「我同你一起去！」敢來村裡擄人的，必不可能是單槍匹馬，若對方人多，陳淮這樣的書生對上，總是要吃虧的，沈驚春不放心他一人去追。

陳淮應了聲好。

幾人出了院子，陸昀便指著外面一匹套了馬鞍的黑馬道：「騎我的馬去。」

陳淮不再遲疑，將馬車卸下，蹬著馬鐙，乾脆俐落地上了馬，又將沈驚春拉上馬背，雙腿一夾馬腹，那馬就跑了起來。

哪怕陽光正烈，隆冬十二月的寒風吹在臉上也如刀割一般，只跑出去幾百公尺還沒出村，沈驚春的臉就被迎面吹來的寒風給凍僵了。

陳淮擁她在懷，似有所覺，將馬勒停後也沒說話，直接掐著她的腰身，將她往上一舉。沈驚春被這突如其來的動作嚇了一跳，隨即就反應了過來。腳不沾地，身體就轉了個方向，從背對著陳淮，變成了面對著陳淮。

他低聲道：「抱好了。」不等她說話，馬又開始跑了起來。

陸昀這匹馬顯然是好馬，四肢強健，腳力又好，跑起來又穩又快。

出了村之後，是一左一右兩條岔路口，往左是去聞道書院的方向，往右則是去縣城的方向。

陳淮只粗略一瞧，便調轉馬頭往聞道書院的方向追去。

這條路往前二十里是個叫太平鎮的地方，再過去三十里路便是春穀縣。若這馬車去了太平鎮，問題倒還不大；可若是馬車進了春穀縣，要在縣城裡找一輛馬車，就無異於大海撈針了。

好在二人運氣實在不錯，追到太平鎮外的岔路口，那輛車留下的痕跡便往鎮子裡去了。在家裡耽擱了那麼會兒，又一路追過來，太陽已經西斜。

陳淮在鎮子外下了馬，又朝沈驚春伸出手。

她是第一次騎馬，反坐的姿勢也不太舒服，一路過來不僅腳麻了，腰簡直像是被人用重錘打了一樣，眼見陳淮伸手，也不矯情，由他抱著自己下了馬，雙腳一沾地就是一軟。

陳淮伸手一撈，圈著她的腰往自己身邊帶了帶。「還能走嗎？」

沈驚春立刻道：「能。」

陳淮朝她點點頭，手也從她腰間收了回來，拇指和食指無意識的撚了撚。

若要論親密，自然是之前揹著、抱著更為親密，可是以前兩人沒什麼關係，如今卻是已婚夫妻，僅僅是摟個腰而已，那種酥麻的觸感就順著手掌傳遍四肢百骸，令他有些難以自持。

陳淮深深吸了口氣，冷冽的空氣進入肺腑，壓下了心底的悸動，牽著馬跟在沈驚春身邊往裡走。

現下已是黃昏，街道兩邊已經看不到擺攤的了，唯有幾家店還開著門。

沈驚春視線一掃，就走進了最近的一家賣蜜餞、點心的鋪子裡，笑咪咪地朝櫃檯裡站著的婦人問道：「嬸子可瞧見前不久有輛馬車進了鎮子？」

櫃檯裡面相和善的婦人一聽這話，臉上就多了兩分戒備。「這我還真沒注意。」

這反應明顯就是看見了，不然不會心生戒備，只是因為某種原因不想說罷了。

沈驚春也沒在意，朝她道了聲謝就要出門。

同在店裡買東西的一個小婦人卻突然開口道：「前不久進鎮子的可不就是胡萊？」她說著，一腳跨出門，朝前方一指。「喏，往前走，到了那個十字路口往右拐，百來步就能瞧見，門口掛著個大大的『肉』字的就是了。」

「多謝。」

出了門，沈驚春就與陳淮往那小婦人指的地方走，到了十字路口拐了個彎，果然就瞧見了那個大大的「肉」字。

等二人走近了，才發現這豬肉鋪子已經關了門。

鎮上都是青石板鋪路，不好辨認車痕。

陳淮往後退了幾步，仰頭看了看，道：「別急，鎮上這種鋪面後面都是帶院子的，咱們找找後門。」

兩人又往前找了一圈，果然在後面發現了一條路。

沈驚春這回也沒再四處看，直奔最裡面門口停著馬車的人家去了。

還沒到門口，院子裡面就有小孩的哭聲傳了出來。

沈驚春仔細一聽，可不就是沈蔓的聲音！這哭得撕心裂肺的，不知是不是因為不聽話挨了打？她心頭竄起一股怒火，抬手就將大門捶得砰砰作響。

院子裡顯然不只一個人，門響了幾下，就有人罵罵咧咧的來開門了。

這人二十出頭的樣子，臉上敷粉，打扮得油頭粉面的，身材瘦乾，眼下是粉都蓋不住的青黑，一副縱慾過度、腎虛的樣子。

她在打量開門的人，開門的人也在打量她。

開了臉之後，沈驚春臉上的皮膚要比之前光潔太多，她本身又是豔麗的長相，配上一身紅衣，更襯得膚若凝脂、面若桃李，此時的面無表情、冷若冰霜更添一分韻味。

只一眼，柳二就被驚豔到了，心中升起一股邪火，舔了舔唇，露出個油膩的笑容道：「喲，這誰家小娘子啊？穿一身紅嫁衣找過來，莫非是要給我胡大哥做婆娘不成？這可真是不巧，胡大哥是有婆娘的人了，不如妳跟我回家，哥哥好好疼愛疼愛妳，今晚咱就洞房——」

話音未落，一條長腿就斜斜地伸了出來，一腳踹上了他的胸口。

這一腳的力氣很大，柳二一聲痛呼，甚至不知道發生了什麼事，踉蹌著往後連退幾步，接著被一塊凸起的石板絆倒在地。

不說這被踢之人了，就連沈驚春都有點沒反應過來。她後知後覺地側頭看了一眼陳淮，但見他臉上一片冰冷，嘴角還噙著一抹冷笑，顯然是憤怒至極。

是個正常男人恐怕都無法忍受有人對著新婚妻子說這樣的污言穢語。

馬已經在門口的石燈上拴好，陳淮抬腳走進院中，一邊往上捲著寬大的袖子。

柳二顧不得喊痛了，捂著胸口結結巴巴地問道：「你……你要幹什麼？你可別胡來啊……打人可是犯法的！」

清俊的臉配著冷冰冰的笑容，居高臨下地看著人，無端給人一種壓迫感。

眼看男人越走越近，柳二再顧不得其他，一骨碌地爬起來就往屋裡衝，到了門口，與正從裡面出來的胡萊撞在一處。

胡萊是個屠夫，長得虎背熊腰，一身腱子肉，看著就讓人很有安全感。

柳二看見他就像是溺水的人抓住了那根救命的稻草，心酸得眼淚都流了下來，哭著喊道：「大哥，你可要為我作主啊！這小白臉到你家裡來喊打喊殺，這可是把你的臉狠狠地踩在腳下啊！」

一同出來的並不只胡萊一人，他身後還站著另外三個年紀不一的男人，但看幾人的神色也知，恐怕都如柳二一般，是胡萊手下的小弟。

聽了柳二的話，胡萊這個正主還沒開口，那幾個小弟俱是義憤填膺地出聲附和了——

「對啊，大哥，這小白臉可真是不講武德，一聲不吭就打人，在大哥家裡打柳二，這跟踩著大哥的臉有什麼分別？咱兄弟幾個教訓教訓他！」

沈驚春都要被這群人氣笑了。「就你們這群偷人小孩的人渣、敗類，還在這裡跟姑奶奶談武德二字，你們配嗎？」

「偷人小孩」四個字一出口，胡萊身邊幾個二流子的臉色就變了，神色慌亂地看向胡萊，連屋裡小孩的聲音都一下子消失了。

胡萊臉上的橫肉抖了抖，瞇著眼，一臉戾氣地看向沈驚春。「偷小孩？這種玩笑可是開不得的，小姑娘可要慎言啊！」

話裡的威脅意味十足，若是旁人見了，說不得還會被他唬住了，可沈驚春是一路從喪屍堆裡廝殺出來的，連吃人的喪屍都不怕了，怎麼會怕他？當即就朝他呸了一聲。「開玩笑？誰跟你開玩笑！你是斷子絕孫了自己生不出孩子啊？竟搶別人的孩子！快快將我姪兒、姪女還來，再磕頭道歉，此事還能善了，否則……」她一提裙襬，一個高抬腿，右腳重重落在門邊放著的一張矮桌上，只聽響聲傳來，那矮桌已經四分五裂地堆在地上了。

「嘶」的一聲，前面幾個二流子和後面擠在門口看熱鬧的人齊齊抽了口氣。

場面陷入了死一般的寂靜。

半晌，門後才有人道：「大妹子，妳還真是說對了，這姓胡的可不就是壞事做盡，才糟了報應，斷子絕孫了嘛！」

沈驚春回頭一瞧，說話的正是方才在蜜餞鋪子裡給她指路的那名小婦人。

那小婦人見沈驚春看她，露出個笑來，繼續道：「我就說這缺德玩意兒的馬車上怎麼會有小孩的哭聲呢？原來是搶來的啊！怎麼著，自己的孩子打死了，現在竟搶別人的孩子，還要不要臉？哦，我忘記了，你這廝是個二皮臉，揭下這層，底下還有一層呢！」

圍觀的人一聽就想笑，可礙於胡萊的淫威，只能憋著，不敢笑出聲。

胡萊的臉已經黑得像鍋底，緊握著拳頭，一副隨時要打人的樣子，陰毒的眼神釘在那小婦人身上。「妳別以為我不打女人！」

「來啊，你打個試試看！」小婦人呵呵一笑，手一揚，一個體積不大的東西就直直地從她手裡飛了出來，準確地落在了胡萊的額頭上，發出「啪」的一聲響。

蛋殼破裂，蛋清、蛋黃流了胡萊滿臉，他胡亂一抹，罵了聲「賤人」，捏著拳頭就衝著小婦人去了！

「哎，不是！」沈驚春一步上前攔住了胡萊，轉頭朝那小婦人道：「尋仇也要講個先來後到吧？這位嫂子要是跟他有仇，不如等我這邊完事，妳再來？」接著她轉頭看向身邊站著的陳淮，朝他道：「淮哥，你往旁邊站站，別誤傷了你。」

陳淮眨了眨眼，聽話地往後退了幾步，到了門邊，便見沈驚春一拳揮了出去，出拳如風，帶起一陣細微的破空聲。

沈驚春出拳的速度很快，可胡萊的反應竟也不慢，伸手一擋，攔下了這一拳。

但緊接著，沈驚春反手的一拳又到了，這回胡萊的反應就不如第一下快。

連續幾拳加上時不時的腿擊將他逼退數步，終於，第七拳朝上一勾，落在了胡萊的下巴上。

胡萊的頭被打得猛烈後仰，受到重創的雖然是下巴，可耳鳴聲卻響了起來，整個腦袋嗡嗡作響，砰的一聲，重重摔在地上昏死了過去。

幾個二流子一時間竟呆住了。

「兄弟們，上！」柳二喊了一聲，帶頭衝了上去。

沈驚春助跑幾步，拔地而起，腿一抬，一個膝擊落在柳二胸膛正中。

柳二哭了，砰的一聲摔在地上。

沈驚春站定後，慢條斯理地將裙襬整理一番，這才笑咪咪地朝那幾個不敢上前的二流子問道：「現在可以將我的姪兒、姪女還來了嗎？」

誰還敢說不嗎？

幾個二流子顫巍巍地進了屋，很快就將兩個小孩抱了出來。

沈蔓已經哭得嗓子都啞了，頭髮也成了亂糟糟的一堆，可這還不是最讓沈驚春生氣的，後面被抱出來的沈明榆一邊臉上竟有著一個清晰的巴掌印！

這孩子向來堅強，被打成這樣竟也強忍著沒哭。

可他不哭，沈驚春反而更加心疼。

這麼可愛的小孩子，捧在手心呵護都來不及，怎麼能夠下得去手？

沈驚春臉上這下是徹底沒了笑，她紅著雙眼怒視著這群強搶小孩的人渣，要不是手裡還抱著沈蔓，只怕早上去打死這群龜孫子了！

柳二等人被她看得瑟瑟發抖，心中生出一種吾命休矣之感，正想磕頭求饒，便聽到外面人群中有人扯著嗓子喊「錢里正來了」。

里正來了，命肯定保住了！柳二等人頭一次覺得「里正」這兩個字如此的親切。

很快地，一個板著臉的中年男人就走進了院中。

沈驚春看他這樣，倒比平山村的陳里正有官威得多。

柳二等人見到他，幾乎是連跌帶爬地跑到了他身後，哭喊著道：「里正叔，這個人打傷了我們！胡大哥被她打昏過去了，還不知道有沒有事呢，您可一定要給我們作主啊！」

錢里正的目光在沈驚春與陳淮身上來回掃視一圈，最後看著陳淮，皮笑肉不笑地道：「就是你在我們太平鎮鬧事？還打傷了我鎮上的人？」

柳二一臉複雜地看了眼錢里正，猶豫著要不要糾正他。

門外看熱鬧的人卻不怕事大，當即扯著嗓子喊道：「認錯啦！打人的可不是這位小郎君，而是那位嬌弱的小娘子！」

錢里正神色一怔。

沈驚春在他打量的目光中漸漸收緊了抱著沈蔓的手，這錢里正一看就是跟胡萊一夥的！

陳淮一看她的表情，忙抱著沈明榆兩步上前，攔在了她前面。抱著孩子不便行禮，他就只朝錢里正一頷首，道：「里正來得倒巧，煩請里正派幾人出來，與我夫妻二人一同將這幾名掠賣孩童的疑犯扭送至縣衙。」

這一上來，就是個殺頭的罪名，砸得錢里正一時間竟沒反應過來，而後扭頭看了一眼湊在身邊的柳二等人，不確定地問道：「掠賣孩童？」

胡萊這人仗著自己的姊姊嫁給春穀縣縣丞做了小妾，行事向來張狂，有些葷素不忌，但掠賣人口在本朝可是滔天大罪，尤其掠賣的還是孩童，錢里正是真沒想到他敢這麼幹！

陳淮點了點頭。「本朝掠賣人口乃是滔天大罪，不管是強搶還是誘拐，只要被拐方是孩童，人販子一旦落網，不論主犯或從犯皆要按刑重辦。首犯絞監候；從犯徒三年；若犯下采生折割的大罪，無論首犯或從犯，均判凌遲。」他說著，看向柳二等人，露出一個笑來。「你們只怕不知道采生折割是什麼意思，我給你們解釋一下吧，意思就是故意致使孩童殘疾。當然，因為我們及時追來，你們還未來得及犯下如此惡行，那麼這次強搶兩個孩子，估計最重也就是判絞監候了。如此一來，首犯是誰呢？」

這一笑，倒比凶神惡煞還要來得嚇人。

柳二等人已經被嚇得癱倒在地，抖如篩糠了。

幾人看向依舊倒地昏迷的胡萊，立刻嚷了起來——

「是胡萊，這都是胡萊的主意！」

「我們完全是受他朦騙啊，根本不知道是去強搶孩子！」

幾個人你一句、我一句，立刻就將事情的始末給倒了個乾淨。

原來這胡萊當初在春穀縣惹上了不該惹的人，連縣丞都保不住他，便勒令胡萊回到太平鎮。結果他回來沒多久，就疑心在家裡侍奉老母的妻子與人眉來眼去，於是將被打的怒火一股腦兒地發洩在妻子身上，彼時他妻子已經有孕七個月，胡萊一動手，直接一屍兩命，大的、小的都沒活下來。

他家中老邁的母親氣得重病在床，沒幾天也去了。熱孝過後，他就在別人的介紹下，娶了現在的妻子王氏，也就是沈驚秋的前妻、沈明榆兄妹倆的生母。

可兩人成婚三年多了，王氏的肚子始終沒有動靜。若是她沒生過孩子，旁人倒還要疑心是她不能生，可偏偏王氏再嫁前已經有了兩個孩子。

夫妻二人看了不少大夫，結果卻是胡萊胡作非為傷了子孫根，以後都不能有孩子了。

他們胡家是外來戶，除了他姊弟兩個，也沒別的親戚可以過繼孩子，胡萊傷心過後，就想到了後討的婆娘之前生的那兩個孩子，正好王氏也想要孩子養老，所以夫妻兩個才找了人去平山村搶孩子。

剛回到平山村的時候，沈驚春就知道了自己的嫂子因為嫌棄丈夫摔壞腦袋而拋棄孩子，和離再嫁了。

作為沈驚秋的妹妹，她不會原諒王氏，卻可以理解，因為每個人要走的路都是不同的，大家都是成年人，誰也不能因為立場不同就指責別人的選擇是錯誤的。

但現在，她不僅不能理解，反而很費解，究竟是什麼樣惡毒的女人，會這樣對待自己的親生孩子？

沈驚春的怒氣噴薄而出，幾乎控制不住，抱著沈蔓的手都在抖。她深深吸了一口氣，感覺手上有溫熱的觸感傳來，是陳淮握住了她的手。

「錢里正一直顧左右而言他，莫非是想包庇這幾個疑犯？」陳淮似笑非笑，眼神裡隱隱透著股冷意，握著沈驚春的手卻沒放開。

聽他這麼說，錢里正眼珠一轉，大義凜然道：「我也算是吃公家飯的人，怎麼會做出這種知法犯法的事呢？只是胡萊這事也是另有原因，他怎麼說也算是兩個孩子的繼父，想接兩個孩子過來玩玩，本也是一片好意，只不過心急，用錯方法罷了。」

「是嗎？」陳淮冷笑一聲。「我們作為孩子的姑母、姑父，倒不知兩個孩子什麼時候多了個爹？錢里正不幫忙扭送這幾名疑犯，在下無話可說，只能明日一封狀紙遞到縣衙，瞧瞧這祁縣可還有公理道義！」

這話一出，錢里正的臉色就變了，話裡的威脅之意連傻子都能聽得出來！

錢里正很想硬氣地唾他一臉，可他不敢。

讀書人都是矜貴人，若此人穿得破爛倒還好些，寒門學子沒甚後臺，欺負也就欺負了。可此人一看就不是個窮人，指不定在祁縣有什麼後臺呢！

再者……他的視線飄到了還躺在地上無人管的胡萊身上，連這樣健壯的人都能打倒，他真的很怕唾了男人一口，那女人會一拳將他打死。

錢里正心思急轉之下，便湊近了兩步，低聲道：「小兄弟可否借一步說話？」

陳淮知道，錢里正此刻多半是要勸自己，但他本來也沒想著能一下子將胡萊等人摁死，因此看了一眼沈驚春，便點點頭，抱著沈明榆與錢里正走到了裡面的角落。

「不瞞兄弟你說，這胡萊在春穀縣的後臺也算很硬的，雖說是二把手，可縣令才來此地，根基不穩，行事也要顧忌縣丞幾分。且春穀縣與咱祁縣比鄰，兩邊的長官交情是很不錯的，這件事往高了說是掠賣孩童，可往低了說也就是胡萊行事不當。兩個孩子與王氏的這層關係總逃不脫，你即便再有理有據，最後也就是胡萊賠錢了事。」錢里正自覺自己這番話也算是掏心掏肺了，只希望陳淮不是個只知道讀死書的。

陳淮不說話，看了他一眼。

錢里正「哎」了一聲，伸手在陳淮的肩頭拍了拍，又勸道：「小兄弟，我也是為人父母的，要是出了這種事，我只恨不得撕了對方，但誰叫胡萊靠山硬呢！此事要我說來，不如私了吧？」他又湊近了些，聲音壓得更低。「此事若私了，胡萊也能承你的情。再者，君子報仇，十年不晚，我瞧小兄弟這通身的氣派……三十年河東、三十年河西嘛，你說對不對？」

陳淮也沒說對不對，清亮的雙眼直視著錢里正的眼睛，沒說話。

這書生的身形看上去有些單薄，臉上也沒有什麼盛氣凌人的表情，可在這種清淡眼神的注視下，錢里正卻感受到一股莫名的壓迫感，不自覺地嚥了口口水，好半晌才聽他冷冷地開了口。

「此事可以私了，我們也可以不追究胡萊，但有兩人卻是無論如何也不能放過的。」

錢里正鬆了口氣。「小兄弟但說無妨。」

陳淮的視線自門邊站著的柳二等人身上一一掃過，最後落在懷裡抱著的沈明榆臉上，垂眸道：「我姪兒挨了一巴掌，打他的人我不會放過。另一個就是王氏，此人心思歹毒，不配為人母。」

錢里正露出個明白了的表情來，立即笑道：「好說！此事不難，我再與胡萊說明就是。只是今日天色已晚，胡萊又被打暈了過去，不如明日再一併商談？」

陳淮點頭應允。

錢里正又道：「夜路難行，不如小兄弟今日就在鎮裡住下？」

「不必了。」陳淮看了眼沈驚春，道：「家人還在家中等著兩個孩子的消息，不知錢里正可否幫忙找輛車送我們回去？」

「自然自然！舉手之勞！」錢里正滿口答應了。

談到這裡，也算是達成共識了。

陳淮抱著沈明榆走到了沈驚春身邊，朝她低聲道：「回家再說。」

沈驚春也不問他到底談了什麼，只點點頭，就抱著沈蔓往外走。

陳淮跟在後面出了門，憐惜地摸了摸懷中孩子的小腦袋，柔聲與他道：「阿榆先自己下來走好嗎？」

沈明榆乖乖地點頭，即使被打的半邊臉已經腫了起來，卻依舊不哭不鬧。

陳淮將他放了下來，解開繫在石燈上的韁繩，一手牽著馬，一手牽著沈明榆。

錢里正剛才來的時候就瞧見這匹馬了，現在見這馬是陳淮的，更加慶幸自己方才說服了他。本來還想隨便找輛車送他們回去，現在直接改了主意，叫了自家大兒子趕著騾車親自送了。

第八章

冬日天黑得早，夜路難行，一行人到家時，已經快亥時了。

家中燈火通明，外面來吃喜酒的車馬已經沒了，想必賓客們已經都回了家。

騾車在門口剛停，一直守在堂屋的沈志清、沈驚秋等人就衝了出來。

瞧見陳淮還領了一輛騾車回來，他們心中一喜，知道這多半是找到沈蔓和沈明榆了！

還未來得及開口，沈驚春已經打開了簾子，衝幾人做了個「噤口」的動作，低聲道：「等會兒再說，他倆睡著了。」

她弓著身，先將沈蔓抱了出來交給沈驚秋，又將沈明榆抱出，由沈志清接了過去。等到她自己要往下跳時，就見陳淮伸了手過來，一下子就將她抱了下來。

陳淮抱完自己媳婦，很自然的就鬆了手，朝送他們回來的錢大郎一拱手道：「本該請錢兄弟進門喝口熱茶，只是現在時間也不早了，只怕錢里正那邊還等著錢兄弟回去，小弟也不便多留，失禮之處還望海涵。小小心意，錢兄弟不要推辭。」他在腰間的荷包裡摸了個銀角子遞了過去。

錢大郎倒是真不推辭，拿到手便知這銀角子有一錢多，笑呵呵地駕車回家去了。

等人一走，夫妻二人才進了家門。

因孫子、孫女被搶走而氣得差點倒下的方氏聽到動靜，已經從床上爬了起來。沈蔓的模樣雖狼狽些，可到底還是完好無缺的回來了，方氏一看到孫子臉上的巴掌印，就忍不住簌簌地掉眼淚。

別說方氏這個當奶奶的了，就連沈志清等人看了都心痛不已。

沈大伯娘抹了把淚，勸道：「弟妹，妳也別哭了，兩個孩子找回來就好。現在時間也不早了，妳好好睡一覺，有什麼事明早起來咱們再說好嗎？」

方氏心裡的酸澀怎麼也止不住，可也知道這個隔房的大嫂子說的是實話。為了不讓家人擔心，只得點點頭，在兩個孩子身邊重新睡下。

安排好這邊，一行人出了門，怕說話聲影響到方氏休息，也沒在堂屋多待，直接去了書房。

沈驚春在靠窗的椅子上坐好，舒了一口氣，才仔細看了一眼。沈族長家的人除了陪著方氏的沈大伯娘和在門口等消息的沈志清，其他人都已經回了家。

餘下的徐歡喜倒是還在，但要為這件事負責的徐歡意卻不見人影。

沈驚春皺了皺眉，心裡有些不舒服，可對著沈默寡言的徐歡喜，到底還是生不出惡感。她壓著心裡的火氣，儘量讓聲音顯得溫和。「時間不早了，表妹也早點睡吧。」

徐歡喜知道此時此刻恐怕這屋裡沒有一個人待見自己的，但還是低聲道：「我想看看有沒有幫得上忙的。」

豆芽聽了冷哼一聲。「妳倒還算有良心，不像妳那個姊姊，哼，狼心狗肺的白眼狼！」話說出口，見小姐沒有呵斥自己的意思，語氣又重了幾分，冷聲道：「小姐，您是不知道，你們走後，那個徐歡意跪在地上哭求孀子原諒，旁人怎麼勸她起來都沒用，哭到最後竟直接哭厥過去了，有幾個來吃酒的書生還出言指責孀子心腸硬呢！」

雖然相處的時間不長，但沈驚春早就對這個大表妹不抱任何期待了，這姑娘根本就是個小綠茶，泡幾遍水都洗不清她身上的茶味。

反倒是陳淮聽了這話，神色變了，暗暗將此事記在心中，想著回頭找人打聽一下，是哪幾位同窗腦子被驢踢了，這麼拎不清。

沈驚春心煩意亂地擺擺手，示意豆芽不要再說，又朝沈大伯娘簡單地說了一下在太平鎮發生的事情，而後道：「淮哥與他們約了明日詳談，我家人少，還要麻煩大伯娘回家與大爺爺說一聲，明日叫幾個人與我們同去，也好壯壯聲勢，省得那胡萊以為沈家無人。」

「這是自然。」沈大伯娘一口應下。「時間也不早了，你們忙到現在還沒吃吧？鍋裡我溫著飯菜呢，吃了飯趕快睡覺，忙活了一天也都累了。」

沈大伯娘帶著沈志清一走，沈驚春就讓豆芽幾人趕緊去睡覺了，她與陳淮則去廚房吃了飯。

等吃完飯，陳淮本來還想將碗刷了，可沈驚春想到他一路吹著冷風回來的，就連忙讓他先去漱洗，自己留在廚房將鍋碗刷了。

等她收拾好廚房，匆匆漱洗完，關好廚房的門站在院子裡時才反應過來，今天是她的大喜之日。

整個院子只有東廂用作新房的那間屋子裡還有亮光。

沈驚春看著窗戶上透出來的亮光，不住地嘆氣。

洞房花燭夜嘛，洞房當然是重點了！

既然是合法夫妻，她也沒有什麼矯情勁，可關鍵是她現在這身體也太小了點吧？這個朝代計算年齡用的是周歲，她如今也不過十六周歲而已，身體都沒完全長好吧？古代醫療水準差，生孩子更是危險，尤其是像她這樣年紀小的。

她空間裡倒是有避孕藥，可如果偷偷吃避孕藥，對陳淮實在有些不公平……

站在院子裡吹了會兒冷風，直吹得手腳冰涼，沈驚春也沒想到到底應該怎麼辦，最後咬咬牙，還是推門進去了。

陳淮已經上了床，沈驚春不動聲色地抬頭一看，見他正倚在床頭，借著喜燭的光在看著什麼書，一見她進來，便隨手將手裡的東西丟在了床邊的矮櫃上。

沈驚春拴好門，磨磨蹭蹭地到了床邊，眼角餘光一掃，頓時僵住。
這不是昨晚方氏偷偷摸摸塞給她的那幾本避火圖嗎？
她明明記得已經壓在了箱底，怎麼會被人翻出來，還到了陳淮手裡？
陳淮也沒說話，直接往裡挪了挪，將剛才躺過的地方讓了出來。
沈驚春渾身僵硬地上了床，才發現身下這點地方已經被陳淮用身體捂暖了，她提起的心放了點下來，忍不住胡思亂想起來。
大家都是第一次結婚，怎麼自己這麼緊張，陳淮看著卻像個沒事人一樣？
陳淮又不是木頭，當然能感受到沈驚春的僵硬。
他是個正常男人，身邊來往接觸的也都是男的，男人之間總免不了交流一些葷話，他雖十九年來從未近過女色，可該懂的都懂，尤其沈驚春還是他見第一面就喜歡上的姑娘。
洞房花燭夜，他真的忍得很辛苦。
這邊沈驚春本來都已經準備好了，可等了半天也沒等到陳淮有什麼動作，一扭頭就見陳淮緊閉著雙眼，臉頰紅紅。
她心中咯噔一聲，別是吹了一路寒風，發燒了吧？趕緊伸手就要去摸他的額頭。
「別動。」陳淮的聲音有些沙啞，眼睛都沒睜開，卻準確地握住了沈驚春探過來的手。
沈驚春不敢動了。陳淮的掌心很燙，卻不是她以為的那種燙。

好半晌，陳淮才鬆開了她的手，聲音很輕地開了口。「京城大戶人家嫁閨女，一般都是十四、五歲相看訂親，十七、八歲才出嫁。再等等……」

等什麼？當然是等年紀再大些才好辦事啊！

沈驚春又不是傻子，話都說成這樣了還聽不明白。她的腦中轟的一聲響，臉一下子紅到了脖子。

等到臉上的熱意消散些，她才問道：「你以前在京城待過？」

話一出口，忽然想起方氏說過，陳淮的娘以前帶他去京城找渣爹，等到他九歲了才回來，她這麼一問不是戳人家心窩子嗎？沈驚春真想給自己兩巴掌！

果然，陳淮沈默了好一會兒才回答。「嗯，小時候在京城待過幾年。」

提起了這個不該提的話題後，沈驚春尷尬地笑了兩聲，然後立刻生硬地結束對話。「時間不早了，明天還要去太平鎮呢，快睡吧！」

第二天一早，沈驚春是被熱醒的。

迷迷糊糊間，她無意識地伸手在身邊這個「大火爐」上摸了摸、捏了捏，直到手漸漸下移，耳邊傳來一聲悶哼，沈驚春才瞬間醒了。

她微微仰頭，就瞧見近在咫尺的、陳淮的側臉，而她整個人如同一隻八爪魚一樣，緊緊扒在陳淮身上。

就算是沒吃過豬肉，但活了二十多年，也總歸是見過豬跑的。可再是見過豬跑，沈驚春一時間也搞不清陳淮這種情況，是她剛才下手重了，還是他晨起的正常反應。

現在，她是應該把手從不該摸的地方收回來，還是……

被窩裡的溫度陡然拔高，熏得人欲醉，沈驚春忍不住動了動快要麻掉的腳。

「別動。」

這兩個字昨晚就說過一次了，陳淮的聲音低沈得有些喑啞。

他是個男人，且還是個身體健全的正常男人，大清早的，新婚妻子給他來了這麼一下，他有點說不清這具身體是本能的歡愉多些，還是痛苦多些。

不知過了多久，他緊繃的身體才放鬆了下來，掀開被子穿上外衣就衝出了房門。

沈驚春抱著被子坐在床上，一臉複雜。

這麼憋著不會留下什麼毛病吧？

沈驚春越想越慌，下了床匆匆穿好衣服就出了門。

外面天色已經大亮，前一晚哭得眼睛都腫起來的方氏已經起床，打了井裡的溫水，正在摘菜。

「娘，瞧見陳淮沒？」

方氏的表情比自家閨女還複雜，她是過來人，一眼就能看出陳淮是個什麼情況，有心想問問閨女昨晚怎麼樣，可又怕陳淮聽到了尷尬，忍了又忍才將滿肚子的話嚥了回去，朝廚房旁邊的洗澡間指了指。

沈驚春的臉色微紅，輕咳了兩聲掩飾尷尬，知道方氏誤會了，卻不能解釋。

大冷天的早上起來沖澡，懂的都懂，也確實不好解釋。

陳淮的動作很快，沖了個溫水澡，穿戴整齊出來的時候，沈驚春面上已經恢復了正常，正在廚房生火做早飯。可瞧見陳淮，她還是忍不住會往他身上看，然後看著看著，視線就會跑偏，落到某個不可言說的地方去。

她自以為神不知、鬼不覺，豈料這番舉動卻全被陳淮看在眼中。

方氏在一邊偷偷觀察了半天，總算發現了哪裡不對勁——她閨女的身手太矯健了，一點兒也沒有新婚夜過後該有的不良反應。

方氏忍了又忍，終於還是忍不住，拉著閨女到了後院，左看看、右看看，確認附近沒人，才壓著嗓子問她。「你們昨晚怎麼回事？沒有行房？」即使是親閨女，當娘的也不太好過問人家的房事，方氏一句話問完，自己都有點不好意思。

好傢伙！難為方氏還腫著眼睛呢，都能觀察到這些。沈驚春原本還以為親娘拉著她要說什麼，結果沒想到是問這個。
她張了張嘴，有點說不出口，但對上方氏關切的眼神，到底還是咬咬牙，把陳淮說的話複述了一遍。
方氏聽完後，鬆了一口氣。「這倒是真的，就是咱縣城裡不少有錢人家也是這麼做的。女人生孩子就相當於鬼門關走一趟，小心些總是好的。只是想不到這阿淮倒是個心疼媳婦的。」
沈驚春硬著頭皮點了點頭，表示同意。
方氏想了想又道：「阿淮自然是一片好心，但他年紀輕輕，難保有忍不住的時候，若叫你倆分房睡，要是被外人知道了，又有得說。晚上乾脆再給你倆添一床被子吧？不睡在一個被窩裡面，問題應該不大。」
沈驚春真的很想跟自家老娘說，加一床被子肯定是沒啥用的！她本來就畏寒，現在的被子又沒那麼暖和，再加上她的睡相實在有點不好，等睡著了，身邊有那麼個大暖爐在，不往他被窩裡拱那才有鬼呢！
可這也是沒辦法的辦法了。「行，那就這樣吧，謝謝娘。」
「咱母女倆，有啥謝不謝的？」現下事情問清了，方氏也不再壓著嗓子說話了，一邊往前院走，一邊同她道：「我聽豆芽說，今日你們還要去太平鎮討論王氏找人搶走明榆和蔓蔓的事？」

「嗯。」略過陳淮不提，沈驚春的臉色也恢復了正常。「只是王氏再嫁的那個胡屠戶，他親妺是隔壁春穀縣縣丞的小妾，咱恐怕也不能拿他怎麼樣。今天去太平鎮，按著淮哥的意思，是要王氏簽下斷親書的，咱得從源頭上斬斷她以後藉著這層關係作妖的可能性。」

民不與官鬥，方氏心裡再氣也知道這個道理。真能與王氏斷絕了母子關係已經是最好的結果了，只是可憐孫子、孫女小小年紀就沒了娘，且兒子這狀況，也不知道這輩子還能不能再娶個媳婦。

母女倆回到前院，一家人吃了飯，沈族長就帶著十幾人來了。

怕到時候再出點意外，對面有個錢里正，他們這邊不好講話，沈族長還特意將陳里正也請了同行。

陳里正一聽這事，想也沒想就答應了。沈驚春這個小丫頭現在可是金疙瘩，可不得好好捧著嗎？

加上沈驚春兩口子，一行十六人分坐兩輛馬車、兩輛騾車，浩浩蕩蕩地往太平鎮去了。

進了太平鎮，一行人也沒去胡萊家，而是直奔錢里正家裡。

他們人多勢眾，陣仗太大，到錢里正家時，後面已經跟了一大串尾巴。

錢里正也被這個陣仗嚇了一跳，趕忙將人迎了進去。

結果沈驚春等人屁股還沒挨著凳子呢，就被錢里正丟出來的一個消息給砸懵了——

那胡萊已經將王氏給休了！

錢里正自覺自己這事辦得也是十分漂亮了，頗有些洋洋得意，瞧著沈家一行人道：「半夜的時候胡萊就醒了，我可是費了九牛二虎之力，才說服他休了王氏那個婆娘。」

陳淮聽到這裡，總算是知道了這錢里正昨天一臉明白了的表情是怎麼回事了。

屋內桌椅不多，都是長輩坐著，沈驚春等一干小輩們都站在後面，她與陳淮緊挨著，忍不住踮起腳在他耳邊輕聲問道：「把王氏休了是你的意思？」

陳淮的耳朵有些癢，耳根一熱，強忍著才沒動，低頭朝她道：「不是。我只說王氏心思歹毒，不配為人母。」誰知道這錢里正硬生生從這句話裡想出了另外一番意思。

沈族長和陳里正等人也沒想到會是這麼個結果，幾人面面相覷，無聲地交流著眼神。

錢里正腦子轉得很快，見他們神色不太對，已經有點明白過來了。他正要說話，遠遠的一聲「爹」就傳進了屋裡來。

眾人轉頭朝外看去，就見錢大郎一路狂奔了進來，氣喘吁吁地道：「爹啊，不好啦，那王氏跳河自盡啦！」

「什麼?!」錢里正倏然起身，一臉的震驚。

錢大郎還當他爹沒聽清，到了堂屋中也顧不上跟沈家人打招呼，雙手撐著膝蓋，彎著腰、喘著粗氣就又說道：「方才我聽人說，王氏跳河了！」

錢里正一屁股癱在了椅子上。王氏之所以跳河，是因為她被休了，而之所以被休，是因為他去勸胡萊的！若叫王氏的娘家知道了，還不得來找他麻煩？

沈族長看他一眼，起身走到錢大郎身邊替他拍背順氣，問道：「王氏救上來沒有？」

錢大郎搖搖頭。「不知道啊，我聽到消息就趕快回來報信了。」

錢里正一聽，心裡湧出希望。冬天河裡的水乾涸得厲害，王氏跳下去不一定會死！

「走，去看看！」他大步出了門。

錢大郎也跟在他後面走。

沈家眾人你瞧瞧我、我瞧瞧你，索性也跟在後面往外走去。

太平鎮後面這條河與平山村附近那條河是同一條，每年到汛期的時候，河面寬度能達到三十多丈，是江南一帶數一數二的大河。

如今到了冬日，河床下降，岸邊的河灘都露了出來，婦人們洗衣都要往河中央走一段，也正是如此，王氏跳河才會被人看到。

沈驚春等人趕到河邊的時候，王氏已經被人救了上來，但人因為溺水而昏迷著，躺在冬日的寒風中瑟瑟發抖，身上蓋著件不知道哪來的衣服，臉都凍紫了。
錢里正一看她還有氣，提著的心就先放了一半下來，問周圍幾名婦人。「誰救她上來的？」
「這我還真沒注意呢，妳們看到了嗎？」
「是大妮吧？」
「哪個大妮啊？」
「還能是哪個？就是錢小山家的那個大丫頭大妮啊！」
錢里正聽到這兒，提著的另一半心也放了下來。
旁邊的婦人還在妳一言、我一語地說著錢大妮。平時看著瘦瘦小小、三棍子打不出一個屁來的樣子，沒想到倒是個熱心腸的，這麼冷的天，成年人還要考慮下不下水呢，她幾乎都沒猶豫，就把人給救上來了。
幾人自顧自地說著，錢里正則愁眉苦臉地看著王氏，實在不知道該怎麼辦才好了。休書是他哄著胡萊寫的，現在再將王氏送回胡家去，這不是打自己的臉嗎？
「要不，妳們幾個先幫幫忙，將王氏抬到我家去？」錢里正想了想，只能先這樣。先將王氏抬回家，再讓人去王家村把王氏的兄嫂叫過來，把人弄回王家村去。
可幾個婦人一聽這話，就擺了擺手，端著盆、拎著桶跑了。

錢里正沒法，正要讓大兒子往家裡跑一趟，喊兩個兒媳婦來抬，站在一邊的沈驚春就出聲了——

「我來吧。」沈驚春說著，上前一步蹲下身，用那衣服將王氏一捲，輕輕鬆鬆就抱了起來往回走。

王氏雖可恨，但畢竟是沈明榆兄妹倆的生母，沈驚春只想要他們斷絕關係，卻並不想要王氏的命。她落水有一會兒了，再耽誤下去，別沒被溺死，反而被凍死了。

於是，一行人又浩浩蕩蕩地回了錢家。

進了屋，錢里正指揮著沈驚春將王氏抱進客房，又讓大兒媳去燒水，二兒媳去撿幾件不用的舊衣服出來準備給王氏換，小閨女在一邊看著王氏。

吩咐完這些，才又請沈家人重新回到了堂屋。

「虛的咱也不說了，這次來主要就是要讓兩個孩子與王氏斷親。」

陳里正拿出準備好的斷親文書，遞給錢里正。「王氏既然已經不是胡家婦，那還要麻煩錢老弟等王家人來了後，將這斷親文書拿給他們，同不同意的都請他們往沈家走一趟。」

錢里正滿心苦悶地接了過來，張眼一瞧，上面字倒不是很多，但意思表達得很明白，大概就是王氏拋下兩個幼兒改嫁，後又心思歹毒強搶孩子不說，還打傷孩子，不配為人母，故而斷親。他躊躇了一會兒後，試探地開口道：「我已經叫我家老二去王家村喊人了，要不陳老哥和沈老哥再等等？今天直接把這事解決了，也省得以後再麻煩了。」

陳里正微微一笑，沒說話。

沈族長卻冷了臉，不輕不重地哼了一聲，只當沒聽到這話，站起身就道：「那就這樣說定了。你家裡還忙，我們就先走了。」

這是把人當傻子呢！王氏被休，如今又成了這個樣子，王家就算為了自家的臉面，也必然要替王氏出頭的，現在留下來不是直接面對王家的怒火嗎？雖說自家既不心虛，也不怕他王家，可多一事不如少一事啊！而且這事本來就是錢里正搞出來的，那就自作自受唄！

沈族長招呼了自家一行人就要走。

陳淮卻往前一步，朝錢里正一拱手，道：「昨日說好的事，想必錢里正沒忘記吧？」

「當然，我這就把人叫來！」錢里正笑得一臉尷尬。原以為出了王氏這事，另外一件事他們就忘了呢，誰能想到這書生的記性這麼好。

錢里正當即就叫錢大郎去喊了人來。

沒一會兒，昨天在胡萊家的其中一名二流子，就跟在錢大郎身後進了屋，一進門二話不說就在沈驚春面前跪了下來，砰砰兩個響頭先磕了。

沈驚春沒想到他動作這麼快，第一個響頭根本躲不開，等反應過來立刻往旁邊讓了讓。

那二流子不管不顧，三個響頭磕完後，額頭上已經開始滲血，但他擦都沒擦就開始左右開弓，照著自己臉上啪啪兩巴掌，一巴掌下去說聲「對不起」，再一巴掌下去說聲「我錯了」。

兩巴掌打完，又是兩巴掌。

沒一會兒就打了十幾巴掌，臉上打得通紅，腫了起來，嘴角都開始往外滲血。

陳淮卻始終沒有喊停，神色冷淡地看著他。

錢里正有點看不下去了，勸道：「這也夠了吧？」

陳淮沒說夠不夠，只看了一眼沈驚春，見她輕輕點了一下頭，才淡淡地道：「今日打擾了。」

從錢家出來後，幾人沒在鎮上停留，直接駕車回了平山村。

進到村裡，沈驚春又朝來壯場子的族人道了謝，只道今日來回跑這一趟，大家都累了，明日再親自登門道謝。

與眾人分別後，陳淮自己趕著陸昀留下的馬車回了家。

方氏正帶著家裡幾人坐在院中剝著玉米粒，聽見外面馬車的聲音，連忙迎到了門口，問道：「怎麼樣？辦妥了嗎？」

「沒有。」沈驚春搖了搖頭，悶著頭往裡走。

到了錢家之後，錢里正倒是叫家裡的媳婦給奉了茶，可沈驚春聽到王氏被休的消息後，也沒想起來喝，這一來一回折騰了半天，是滴水未沾。

進了院子，就見徐歡喜已經一手端著一個大茶碗出來了。

沈驚春有些驚訝，這個小表妹不僅會看人眼色，還非常心細，比她那個一天到晚只會搞事情的綠茶姊姊可強太多了。當即也不客氣，朝她道了聲謝，拿過茶碗就一口氣喝光了。

等喝完了，將陳淮那只茶碗一同送去了廚房，出來後才隨手拖了個小馬紮過來，撿了支玉米棒子一邊脫粒，一邊將在錢家的見聞簡單地敘述了一遍。

方氏在一邊聽得直皺眉，好半晌才道：「這王氏說起來其實倒也沒有壞到無可救藥，就是沒主見，再加上耳根子軟，當初才會聽了娘家兄嫂的話，執意和離回去再嫁。」

沈驚春嗤笑一聲道：「沒主見和耳根子軟可不是心狠的理由啊！當初她提和離的時候，難道娘妳沒有勸過她？老宅那群人不把咱三房當回事，但大爺爺作為族長，不可能不勸吧？那時候怎麼不見她耳根子軟呢？」她越說越氣，都有點後悔在太平鎮的時候把王氏抱回錢里正家了。本還想再說幾句，可看到身邊坐著的姪兒、姪女，到底還是將要說的話給嚥了回去，一時間又後悔當著孩子和沈驚秋的面提起了這個話題。

可她不提了，偏有人還要提。

「可王氏畢竟是蔓蔓和明榆的生母，表姊又何必做得這麼絕呢？」徐歡意一開口，坐在她身邊的徐歡喜就飛快地用腳推了她一下，可她只瞪了妹妹一眼，就繼續道：「婦人和離過一次本來就已經於名聲有礙，現在又被休了，回到娘家哪裡還有活路？也怪不得她要去跳河了。表姊好歹也替兩個孩子想想，等他們長大了，若知道自己的姑姑逼死了生母，會怎麼想？」

沈驚春簡直要被氣笑了，這個大表妹到底是什麼品種的智障？沒有十年腦血栓，能說出這個話來？

連方氏都有些不悅地看著徐歡意，偏她自己還覺得這番話說得有理有據，滿臉的正氣凜然。

沈驚春正想教育教育她，坐在一邊原先滿臉樂呵呵的沈驚秋先不幹了，暴躁地一腳就將徐歡意面前用來裝玉米粒的畚箕給踢翻了。

伴隨著徐歡意「啊」的一聲尖叫，已經裝了大半的玉米粒撒得到處都是。

沈驚秋一腳踢翻了畚箕猶不解恨，又兩腳將徐歡意身邊放著的玉米芯踢得亂七八糟的，然後惡狠狠地盯著她吼道：「姓王的都不是好人，妳還敢幫他們說話，信不信我揍妳！」

他是摔壞了腦子，變得跟孩童一樣，但又不是沒有記憶！

到現在他都還記得當初王家人來到自家後趾高氣揚地要王氏和離的樣子，也忘不了他娘苦苦哀求的樣子。要不是大爺爺家幾個嬸子一直在旁邊看著，只怕他娘真的有可能跪下來求王氏了。

徐歡意直接被他這番動作嚇哭了，見沒一個人幫她說話解圍，真是又委屈、又難過，只能淚眼矇曨地朝著方氏喊了聲「小姨」。

方氏尷尬地咳了一聲，喊了聲「驚秋」。

沈驚秋這才氣鼓鼓地坐了回去。

因為沈驚秋發了火，一下午沈家院子裡都安安靜靜的。

徐歡意也不敢哭，生怕哭出聲來，再惹得沈驚秋發怒。這人孩童心智，誰知道發起火來會不會打人？

沈默地吃了一頓晚飯，大家漱洗過後就各自回房了。

經過了前一晚之後，今日沈驚春倒也沒糾結，直接回了房。可到了房裡，看到方氏竟真的又拿了一床被子過來，她又忍不住想入非非。

等陳淮從書房回來，站在衣架前脫衣服，沈驚春就控制不住自己的目光了。

「看了一天，看出什麼來了嗎？」陳淮的聲音壓得很低，目光灼灼地看著她，語氣有幾分危險。早上的時候還是作賊心虛、偷偷摸摸的看，到了現在居然毫不遮掩，看得光明正大，讓人想忽視都難。

沈驚春尷尬地笑笑。「我這不是擔心你的身體嗎？」

「是嗎？」陳淮目光一沈，被她氣笑。「那妳看我現在身體怎麼樣？」

他脫了外衣，只穿了雪白的中衣、中褲，雙手撐在床沿上，身體前傾，領口微微敞開，露出線條完美的鎖骨來。

沈驚春抿了抿唇，無意識地嚥了口口水，聲音有點結巴。「就……還、還挺好的。」

這身材豈止是「挺好」兩字能形容的？

早上雖然不太清醒，但手底下的觸感真實又清晰，再加上之前她扒光過他，到現在想起那個畫面都還記憶猶新，腹肌沒有八塊也有六塊，腰肢勁瘦、線條流暢，是典型的穿衣顯瘦、脫衣有肉的身材。

真不知道一個天天也不見鍛鍊的書生，是怎麼練成這種身材的？

她腦中不自覺就閃過了陳淮沒穿衣服的畫面，鼻子一熱，兩道溫熱的鼻血就流了下來。

陳淮一愣，抬腿上了床就要去看。

沈驚春一手捏著鼻子止血，一手將他往外推。「你給我擰一條冷的洗臉巾過來。」

陳淮轉身就出了門，擰了一條冷冰冰的洗臉巾回來後就往她鼻子上敷。

不能冰敷，冷敷一下也能湊合，鼻血很快就止住了。

有了這麼個小插曲，氣氛反倒緩和了下來。

沈驚春不停地安慰自己，並非自己定力不夠，而是最近天氣乾燥上火，才導致流鼻血的。更何況，她與陳淮現在也是有婚書的合法夫妻了，喜歡自己丈夫年輕美好的肉體，那也是很正常的事情嘛！

給自己做了一番心理建設後，她就心安理得的睡著了。

第二天早上再次從陳淮的被窩裡醒來時，沈驚春已經能平靜地跟他打招呼了。「早上好。」

陳淮無語。「……」他並不是太好。

溫香軟玉抱滿懷，推開捨不得，抱著是煎熬，這麼下去可不行啊！

無事發生的一天過去，到了晚上，沈驚春畫完一張家具圖紙，收工回房時，就發現地上多了個鋪蓋。

下面墊的是陳淮以前住在西屋時睡的被子，上面蓋的則是昨天方氏拿過來的那床稍微薄一點的被子。

趁著陳淮還沒進來，沈驚春躺上去試了試，感覺只有三個字：不舒服。

棉花都沒有，地鋪又能軟到哪裡去？以前天氣還好的時候，勉強能睡，但現在天這麼冷了還打地鋪，不生病才怪呢！

她將鋪蓋捲起收了起來，被子抱回床上，坐著等了會兒，等陳淮一進來還沒來得及驚訝自己的地鋪不見了，沈驚春就先將自己的打算跟他說了。「打地鋪是肯定不行的，受涼生病了花點錢倒是小事，主要是怕你身體遭不住。你在這兒睡吧，我去跟豆芽睡。」

陳淮看著她欲言又止，一是不想沈驚春走，二是怕方氏知道了心裡不舒服，這新婚燕爾的分開睡是什麼意思？

沈驚春自然不知道陳淮內心所想，但她知道陳淮是個心細的人，因此又解釋了一句，說方氏已經看出來了，多出來的一床被子也是方氏抱過來的。等解釋完也不去看陳淮的臉色，直接快步出了門，去了西廂房那邊豆芽的房間裡。

小夫妻倆成親第三天又變成了分房而居，誰都沒有睡好。

沈驚春昨晚翻來覆去大半夜都睡不著，直到後半夜天快亮了才有了睡意，迷迷糊糊地睡著了。

等被外面的動靜吵醒的時候，已經日上三竿，明亮的日光透過窗紙映在室內，顯得有幾分柔和，雖不刺目，卻還是讓沈驚春有些許晃眼。

看著房間裡陌生的擺設，她才想起來昨夜是睡在豆芽房裡的。

睡得不好很影響第二天的心情，再加上外面尖銳刺耳的吵鬧聲，才睡醒，沈驚春就窩了一肚子的火。

飛快地套上衣服一出門，外面吵鬧的人聽到開門聲，都靜了一瞬。

王家人多，沈家人少。

方氏和沈驚秋滿臉怒容地站在前方，身後跟著徐家兩姊妹，而豆芽則帶著兩個孩子在堂屋裡沒出來。

可巧沈驚春從西廂房出來時，陳淮也從外面進了院子。

他昨夜睡得也不好，今日起得格外的早，起床收拾妥當後，就將馬車還到了聞道書院去了，因先生陸昀問了幾句，回來得才有些晚，卻不想家裡居然來了這麼多人。

他一進門先掃了一眼，在人群中看到臉色蒼白的王氏，就明白過來，這群人應該都是王家人。再看沈驚春和方氏都好好的，他也不急了，繞過王家人，同走出來的沈驚春站到了一起，才緩緩地開了口。「你們是來送斷親書的？」

王家的人還沈浸在沈家這一律的青磚瓦房裡，有點沒回過神來。

早幾年，他們攛掇著妹子和離，最主要的原因就是因為沈家雖然還算富裕，但他們全家人都不將三房這幾個人當人看。

沒承想幾年過去，方氏不僅帶著幾個孩子搬出來了，還起了這樣好的院子！

來之前他們可打聽過了，方氏那個剛認祖歸宗的閨女是個能幹的，才回來就折騰出什麼玉米，這玉米可是個好東西，因數量稀少，在縣城屬於有錢也買不到的稀罕物。

早知道這樣，當初還和離個什麼勁兒？

此時聽到陳淮說話，王家幾個女人就笑嘻嘻地湊了上去。「喲，這就是親家妹夫吧？不愧是讀書人，長得可真是一表人才啊！」

說著還上前幾步，想要伸手拍陳淮的肩膀。

沈驚春冷笑一聲，拉著陳淮就往後退了幾步。「誰是你們的親家？我們家可沒有你們這樣的親家。」

王家人也不惱，依舊笑容滿面的。

「瞧親家妹子說的，我家小姑子再怎麼樣也是給你們家生過兩個孩子的吧？我們可是孩子嫡親的舅舅、舅母，怎麼就當不得一聲親家了？」王氏的大嫂越說越覺得自己的話有道理，不禁微揚著下巴，擺起了舅母的譜來。「說起來，舅舅、舅母上門了，怎麼也不叫兩個孩子出來見見？這不見我們可以，你們攔著孩子不見親娘，可說不過去了吧？」話音一落，就將身邊的王氏推了一個踉蹌。

王氏昨日跳河感染了風寒，一晚上過去正虛弱著呢，眼下被大嫂一推，一個踉蹌，腳下一軟就撲向了沈驚秋站著的地方。

她身上沒有力氣，根本穩不住身形，只盼著沈驚秋能念在她是兩個孩子親娘的分上，拉她一把。

可沈驚秋昨天才因為徐歡意替王氏說話而發了好大一通火，今天王家就仗著人多勢眾地欺負到家裡來了，他娘都被逼得快要掉眼淚了，他怎麼可能還會伸手救王氏？不僅沒救，他還順手將方氏拉著往一邊讓去。

王氏一下子撲倒在地上。

冬天氣溫低，導致寒滯血凝，磕磕碰碰的痛感跟其他季節相比那真的是一個天、一個地，這一下摔得王氏眼淚直流。

王家大嫂本來跟王氏想的一樣，畢竟一日夫妻百日恩嘛，自家妹子又給他生了兩個可愛的兒女，沈驚秋怎麼著也會伸手扶她一把吧？可沒想到這個傻子居然眼睜睜地看著王氏摔倒。

王家大哥有點看不下去了，他對王氏這個外嫁的妹妹確實不怎麼樣，但那都是在自家，當著外人的面，他還是要臉面的，當即朝自家婆娘罵道：「妳不知道大妹還病著嗎？不幫忙扶著不說，還伸手推她幹啥？外人不知道的，還當咱家一點都不顧及血脈親情，這麼容不下一個妹子呢！」

這話說的，不就是提醒沈家人，血濃於水，兩個孩子是王氏生的嘛！

這也就是沒得選，要是有得選，沈明榆兩兄妹還未必肯讓王氏這樣的人當自己的娘呢！

沈驚春嗤笑一聲，看著王家大嫂道：「是啊，可不得顧著點血脈親情？這要是磕了碰了的，影響了三次販售，豈非得不償失？」

這話未免太刻薄了些，王氏本來就一副病容，聽到此處更是血色褪盡、羞憤欲死，趴在地上也不起來了，只無聲地掉起了眼淚。

王氏兩次嫁人，王家的確要了不少聘銀，且還將這銀子昧下，一分都沒給王氏帶走，這是事實，無可辯駁，可現在被沈驚春這麼赤裸裸地說出來，皮厚如王家大嫂也笑不出來了，板著一張臉，顯得尖酸又刻薄，張嘴就道：「都是親戚——」

沈驚春立刻就打斷了她的話。「別，我家可沒有你們這樣的親戚！早幾年不是斬釘截鐵地說和離之後請你們來都不來了嗎？現在又來跟我扯什麼親戚，還要不要臉？」

真要臉，今天王家就不會來這麼多人了。

王家幾個嫂子妳看看我、我看看妳，最後一拍大腿，坐在王氏身邊大聲哭喊了起來。「我可憐的妹妹啊，不過就是想見孩子用錯了方法，就被這狠心的前夫逼得沒了活路啊！」

原本王家這一大群人找到沈家來，就已經引人注意了，陳淮回來時，大門外就站了幾個看熱鬧的，此時王家幾個嫂子這麼一嚎，就把附近的鄰居都嚎了過來。

沈族長家幾個兒媳聽到動靜趕來，在門口看到沈家人都滿臉怒容，也沒避諱就直接走了進去。

王家嫂子一看來了人，嚎得更來勁了。「你說你們家以前那個樣子，不和離還不被搓揉死？我小姑子和離再嫁有什麼錯？總不能陪著你們一家子去死吧！」

方氏死死地咬著牙，消瘦的臉上青筋都出來了。

沈大伯娘拍拍她的手，轉頭朝那王家嫂子「呸」了一聲。「可真不要臉啊！明明是受不了苦，丟下兩個孩子想奔著好日子去，怎麼到你們嘴裡就成了沈家搓揉王氏了？我弟妹一家子如今日子可好著呢！這王氏夥同外人強搶了我家兩個孩子走，倒還有理了？」她說著就朝外面看熱鬧的村民道：「我家明榆你們也是知道的，多乖巧、多懂事的一個孩子，王氏這個喪了良心的毒婦也能下得去手，將那麼小的孩子臉都打腫了！」

豆芽早在自家小姐出來的時候，就帶著沈明榆兄妹走了出來，此時就站在她附近。

圍觀群眾張眼一瞧——好傢伙！

小孩子皮膚嬌嫩，雖然已經抹了藥，但沒那麼快完全退腫，反倒讓臉上的巴掌印更加明顯了。

一時間，說什麼的都有。

王氏這下連哭都不敢哭了，只恨不得此時能有個地縫鑽進去。

王家嫂子一把從地上爬起，高聲道：「這可不是我小姑子打的，虎毒不食子呢！她是改嫁了不錯，但也沒到動手打親生孩子的分上吧！她後嫁的男人又高又壯，真要動手，她這小身板又哪裡能攔得住？」

她不說這個還好，一說這個就跟捅了馬蜂窩一樣，外面看熱鬧的婦人們都怒了。

王家嫂子反應過來說錯了話，乾脆一不做、二不休，咬牙道：「總之斷親書我們是不可能簽的！俗話說得好，不看僧面看佛面，你們沈家卻這麼狠心，攪得我小姑子被休，害她沒了活路。要我說，兩個孩子不能沒了娘，而沈驚秋這個樣子，又有哪家願意把女兒嫁過來？就算有人願意看在錢的面子上嫁過來，親娘和後娘總歸還是有區別的，不如……」

聽到這裡，在場眾人哪還能不明白？

這王家一家子喪心病狂的，打的竟然是叫王氏與沈驚秋重歸於好的主意！

不說沈家自家人聽了生氣，連外面看熱鬧的人聽了都覺得可笑。

從前的沈驚秋讓王氏棄之如敝屣，現在的沈驚秋可不是王氏這個二嫁還被休的婦人能配得上的了。

到底是有多厚的臉皮，才能說出這麼不要臉的話來？

沈驚春脾氣本來就不大好，再加上昨晚沒睡好，能忍到現在實屬不易，當即捏著拳頭就想給這王氏的大嫂一拳。

不料她才一動，一直站在邊上默不作聲的陳淮就拉了她一把。

陳淮上前看著王家這群人，微微一笑。「那胡屠戶應該不知道你們王家今天來沈家，還打算將王氏再嫁回沈家吧？」

王家人聽了這話，身體明顯一僵。

陳淮臉上的笑容更加和煦了幾分。「這斷親書你們可以不簽，畢竟血濃於水，就像這位大嫂子說的，孩子不能沒了親娘。只不過，既然兩個孩子的娘現在已經不是胡家婦了，那胡屠戶跟我們沈家也就沒甚關係，王大嫂子既說是胡屠戶打的我們明榆，那明日一早我便去縣衙遞狀紙，還請幾位幫忙做個人證才是。」

王氏的幾個哥哥一聽，這還得了？

胡萊就是個莽漢，一言不合就要動手打人的！

真要被胡萊知道了是因為他們的原因，才導致沈家人要重新狀告他，依照胡萊那混不吝的性格，不得把王家的房子都掀了？

「老天爺啊，這是不讓人活了啊！喪良心的沈家小丫頭多惡毒啊，害了我家小姑子不算，現在還要我一家子去死！這世上怎麼會有這麼蛇蠍心腸的人啊……」

哭叫的聲音一聲比一聲高，刺得沈驚春的太陽穴突突直跳，拳頭捏得緊緊的。

陳淮搖了搖頭，往前半步，借著身形的遮擋，一把握住沈驚春的拳頭，又很快放開。

他的掌心乾燥而溫熱，這股溫和的熱意讓沈驚春在一瞬間平靜了下來。

沈驚春看著還在地上嚎天喊地的幾個王家女人，眼睛一瞇，笑了起來。「妳們應該慶幸我跟胡萊不同。」

王家的女人被她忽然出口的話弄得有點懵，下意識地停止了叫喊。「什麼？」

沈驚春朝王家大嫂溫和一笑。「胡萊生起氣來可是連女人都打的，而我不同。大家都是女人，女人何苦為難女人，妳說對不對？所以，我只是請妳們出去而已。」

她話音一落，不等王家人有什麼反應，直接一彎腰，凶殘地一把揪住了王家大嫂的前襟，手法粗暴地將她拖著往外走。

王家大嫂長得並不豐腴，個子也不算高，沈驚春揪著她就像是揪著一隻小雞仔一樣。

等拖著走出去兩步，王家的其他人才反應了過來。

「妳幹什麼！」王大嫂不停地尖叫著、撲騰著，卻不能掙脫分毫。

王氏的大哥大叫一聲就撲上前，想要將自家婆娘從沈驚春的手中解救出來。

陳淮挑了挑眉，伸手在大舅哥肩上拍了一下，又朝王家大哥揚了揚下巴。

要是以往，沈驚秋的反應絕不可能這麼快，可今天不知怎麼回事，他立即就懂了這拍一下的意思，迅速朝著王家大哥就衝了過去。「你想幹什麼？」他攔在王家大哥身前，一伸手就將人推了個踉蹌，陰沈著一張臉，凶狠地看著王家大哥。「你還想動手打我妹妹不成？」

天地良心啊！王家大哥都要哭出來了。到底是誰打誰啊？

那邊沒了阻擋，沈驚春已經暴力地將人拖到了大門口。

見她一臉凶意，門口看熱鬧的人很自覺地往旁邊讓去。

也不見沈驚春抬腳出門，只見她微微一彎腰，右胳膊往上一提一揚，那王家大嫂就像塊破抹布一樣被丟出了大門，砰的一聲摔在地上。

院子裡的王家人和院子外看熱鬧的人，一下子都沒了聲音。

連躲在人群中看熱鬧的李氏都後怕不已。外人不知道沈驚春的凶殘，可他們自家人是知道的，這死丫頭才回沈家的當天，可是耍了好大一通威風呢！

可再知道她凶殘，也沒想到能凶殘到這個地步啊！這可是個活生生的人，沒有一百斤也有八十斤吧？居然說丟就丟了，氣都不帶喘一下的！

看來當初打他們母子，估計還手下留情了呢！

村民們也大多是跟李氏一樣的想法，就沈家丫頭這一把怪力，要真是動起手來，就沈家老宅那幾個歪瓜劣棗，真還不夠她打的！

沈驚春將人丟了出去後，隨手拍了拍衣襬上的灰，就又朝著王家二嫂走了過去。

見這女煞星朝自己走來，王家二嫂嚇得一骨碌地從地上爬了起來，躲到了自家男人的背後。

被迫站在了前面的王家二哥一臉無語，努力讓自己看上去不那麼緊張。「妳想幹啥？」

「不幹啥啊，我一個遵紀守法的好百姓可幹不出違法亂紀的事來。」沈驚春朝他咧嘴一笑。「我就是想讓你們從我家院子出去而已。你看，我家這老的老、小的小，你們這樣大喊大叫的，要是把他們嚇出病來怎麼辦？所以……」她笑容微微一收，一邊唇角往上一勾，語氣中帶著幾分威脅。「你看你們是自己老老實實走出去呢，還是想和外面那位大嫂子一樣，享受一把免錢的空中飛人呢？」

外面的王大嫂子摔得不輕，還躺在地上不停的哀號，那哀號聲聽著就痛，但根本就沒有平山村的人願意上去扶她一把。

王家人渾身僵硬，鬼才想體驗這空中飛人呢！

眼看著沈驚春走得越來越近，臉上的笑容也越來越恐怖，王家大哥連忙喊道：「簽！這斷親書我們可以簽，但是我們有一個條件。」

這話一出來，沈驚春的腳步就停了，神色古怪地看著這群人。

要說這王家人，還真是個人才。

先是一群人氣勢洶洶地打上門來，要為王氏被休討個說法；如果討不到說法，再退一步說話，乘機提出讓王氏和她哥重歸於好；如果還不答應，那沒關係，還能再退一步說話，再提一個要求。

到時候人家還說：妳看，我們就這點要求，妳總不能全拒絕吧？

沈驚春當然會全部拒絕。用腳趾頭也能想到，這群貪得無厭、自私自利的王家人能提出什麼好要求，之所以不立刻拒絕，不過就是想看看這群人到底能無恥到什麼地步罷了。

果然，王家人看她停下腳步不說話，面上都忍不住一喜，想到不能這麼喜形於色，又急忙繃住了表情。

「我家的條件就是，那個玉米種子，妳要給我家一份，只要答應——」後面的話，王家大哥沒說出來，因為迎面而來的一顆大青菜糊在了他臉上。

外面看熱鬧的人越聚越多，周圍一些相熟的鄰居已經站到了院子裡，一聽他這個無恥的要求，哪裡還能忍得住？幾個從菜地拔菜回來的婦人直接拿了菜就砸。反正都是自家地裡種的，這季節別的東西沒有，就青菜多，砸了也不心疼。

「放你娘的屁！你他娘的來我們平山村逞凶鬥狠還有理了？還玉米種子給你家一份呢！你誰啊？你臉大啊？你配嗎？」

「我真是早上吃的飯都要吐出來了！王家村的風水也不差啊，怎麼就養出了你們一家這麼不要臉的臭狗屎？」

「驚春丫頭，妳可千萬別相信這群鱉孫，這王家人可壞著呢！都說寧拆十座廟，不毀一樁婚，這還生了明榆兄妹兩個呢，這群鱉孫就能哄得王氏這個狠心的女人和離再嫁，他們王家人不可信，妳可千萬別信了他們的鬼話。」
沈驚春回村這幾個月，平山村的村民也算是看清了，這沈家三房如今是招婿的閨女當家，沈驚春說一，在這個家裡，包括陳淮這個上門女婿在內，是沒人說二的，因此大家也都是朝著沈驚春說話。
村民們你一句、我一句地說了半天，沒等沈驚春回答，反倒是把自己越說越氣。
沈驚春家那幾畝玉米雖然被里正家的大兒子陳正德包了，可有眼睛的人都能看出來，這肯定掙了不少錢。
原本有不少人眼紅，可自從陳里正放出話來，說來年沈家丫頭願意帶著村裡人一起種玉米、一起致富之後，絕大部分人就只剩下感激了。
可現在，這群不要臉的王家人居然敢張口說這玉米種子要給他們一份！憑什麼啊？難道就憑他們臉皮厚？
「大家把這群不要臉的王家人趕出去！太過分了，也不打聽打聽這是哪兒，敢來我們平山村撒野！」
站在最前面的一個是陳家人，早就從陳里正那裡知道了這玉米的價值，現在哪能容忍別村的人來分一杯羹？
之前不出手相幫，不過是覺得這點小場面，沈家自己就能搞定了，若王家真的敢動手，他們絕不會袖手旁觀的。真要是看著這一家老小在眼前被欺負了，別說這玉米種子拿不到，就陳里正那裡，他們都過不去。

隨著陳家人振臂一呼，立刻就有人附和一聲，捲起袖子就想動手。

王家人嚇得夠嗆，他們這回來的人確實不少，男男女女加起來也有十來人，可人再多，哪有平山村的村民多？

眼看著這場鬧劇即將要變成單方面的碾壓，沈驚春不疾不徐地轉身朝村民們擺了擺手。

「大家靜一靜，聽我說兩句。」

她一擺手，情緒激憤的村民們就安靜了下來。

沈驚春微微笑道：「我雖然才回村裡幾個月，但我也是知道大家以前對我娘他們多有照顧的。我年紀小，別的大道理不懂，但知恩圖報的道理我還是知道的，所以才會願意將玉米種子拿出來，明年帶著大家一起種。並且我在此承諾，這玉米種子兩年之內不會賣給平山村以外的人。我說的話我能保證，就是不知道大家能不能保證這兩年內不將玉米種子外傳？」

這話說得圍觀的村民又是羞愧、又是激動。

老實說，以前方氏在沈老太太手底下過活時，其他人雖然覺得他們孤兒寡母的很可憐，但卻沒多少人是真正伸出援手的，可現在沈驚春卻不計較他們的冷眼旁觀，還願意帶著他們一起種玉米。

「我陳大柱把話放在這兒，誰要是敢他娘地把種子偷偷摸摸給旁人，別怪我這拳頭第一個不答應！」

「哼，說得好像就你陳家人能耐一樣！我沈氏一族要有人敢陽奉陰違，直接除族處理！」

說這話的是沈志清的爹沈延東，他是沈族長的長子，若是不出意外，下一任族長就要落在他頭上了，他說除族，那可不是玩笑話。

陳大柱與他一向有些不對盤，有心想回個幾句，可到底沒有個當族長的爹。

沈驚春對他們的反應十分滿意，冷漠地轉頭看向王家人道：「玉米種子我是不會給你們的，這個斷親書我也不要了。我倒不信了，你們還敢拿我們沈家的孩子怎麼樣！」

「對，別怕他們！真當我們這些叔伯是吃素的啊？再敢來村裡搶孩子，來一個打一個，來兩個揍一雙！娘的，敢幹搶孩子這種缺德事，打死都是活該！生孩子沒屁眼的！」

王家人垂頭喪氣，再沒了剛來時的囂張氣焰。

王家大哥看著沈驚春，還想說些什麼。

可平山村的人哪肯給他機會？那王氏畢竟是沈明榆兄妹的親娘，說不定軟磨硬泡的，還真能讓沈驚春心軟呢！

一想到這兒，陳大柱忍不住一揚拳頭，惡狠狠地道：「還不快滾？真想挨打不成！」

正常人誰會想著挨打？王家人如同鬥敗的喪家之犬，垂著腦袋往外走，根本沒人管還在地上的王氏。

陳大柱等人到底不是什麼惡人，對著王家幾個男人可以揚拳頭，對著王氏這個女人卻是怎麼都下不去手的。

王氏默默地從地上爬了起來，一身的灰塵也沒心思去拍，低垂著腦袋，悶聲道：「我只要二十兩銀子……」

她的聲音真的很小，沈驚春離得最遠，根本沒聽清她說什麼。

但站得近的陳淮、方氏等人卻聽清了。

兩人都不是傻的，一下子就明白了她是什麼意思。

王氏見沈驚春不答，猛然抬頭，臉上的表情猙獰無比，高聲道：「二十兩！只要二十兩，這斷親書我就簽！我知道妳男人是個讀書人，以後沈明榆那個小崽子也是要讀書的吧？只要二十兩就可以徹底解決我這個大麻煩，很值當，妳說是不是？」

這番言論，讓所有人都驚呆了。

尤其是還為王氏說過話的方氏，這話無疑是在她臉上甩了兩巴掌！

第九章

方氏眼神呆滯地看著王氏。

沈驚春也在看著王氏，對方卻沒有絲毫的退縮，二人四目相對。

好半晌，王氏才聽到沈驚春道——

「好，我給妳二十兩。」她神色一下子淡了下來，朝陳淮道：「淮哥，你再重新寫一份斷親書吧，一定要事無鉅細，寫得明明白白。」

陳淮點了點頭，明白她說的是什麼意思，也沒多說，直接回了書房，重新寫了一份斷親書出來。

沈驚春接過這份新鮮出爐的斷親書，看都沒看，直接遞給了王氏。「妳自己找認識字的人看一遍，我家不著急，什麼時候等妳確定好了，再來就是。」現在能供得起讀書人的很少，更別說識字的姑娘了。

可出乎沈驚春的意料，王氏拿到了斷親書就看了起來。

真識字還是假識字，這是騙不了人的，王氏雖然看得很慢，但沈驚春能看得出來她是認識字的，期間有停頓的地方，應該是遇到了不認識的生僻字。

方氏在一邊看著，忍不住雙手捂著臉，無聲地掉起了眼淚來。

旁人不知王氏為何會認識字，她這個前婆婆卻是知道的，這都是她兒子教的。

這份斷親書言簡意賅，並沒有咬文嚼字，算得上是通篇大白話，將事情的來龍去脈以及為啥斷親寫得一清二楚。

王氏來回看了三遍，才面無表情地點了點頭。

沈驚春道：「既然妳已經確定了，那就直接簽了吧。」她領著王氏去了書房，陳淮又謄抄兩份。

一式三份的斷親書很快就簽好了名字，兩個孩子因年紀太小，就直接蘸了印泥，按了指印。

可巧沈族長和陳里正也收到消息，匆忙趕來了。

這二人一個是沈氏的族長，一個是平山村的里正，都是在本村德高望重的人，沈驚春便乾脆請他二人當了見證人，也在這三份斷親書上各自簽上了名字。

母子關係，就此斷絕。

趁著紙上的墨跡未乾，沈驚春回房取了二十兩銀子出來，直接給了王氏。

王氏臉上一片冷漠，誰也猜不出她此刻所想。

等墨跡一乾，王氏拿著其中一份斷親書便要走，沈驚春連忙喊住了她。

王氏慘白著一張臉，冷冷回頭。

沈驚春叫過姪兒、姪女，溫聲朝他們道：「先給你們兩個道個歉，今天這事，是我這個做姑姑的專斷了，自己替你們做了這個決定，可我剛才想了想，你們已經五歲了，不是什麼都不懂的小奶娃，這幾天發生的事情，心裡應該都有數。」她指了指王氏。「這是你們的娘。」

沈明榆緊抿著唇看了一眼王氏，沒出聲；沈蔓挨著哥哥，一雙大眼睛眨巴眨巴地看著王氏，也沒出聲。

沈驚春又道：「今天的事情鬧成這樣，不能說是哪一方的錯，真要怪就怪咱家以前太窮了。如果你們還想認這個娘，這三份斷親書即刻拿去燒了，此事只當沒發生過，給出去的二十兩銀子姑姑也不會要回來；如果覺得姑姑這樣做沒錯，那現在就去給她磕三個頭，只當是還了她生你們一場的恩情，此後，你們就沒這個娘了。」

沈明榆一聲不吭，往前兩步，一下子跪在了王氏身前，「咚咚咚」就在青磚鋪的地面上磕了三個頭。

王氏的神色終於有了鬆動，眼中泛著淚光，可她一仰頭，又將這點淚意給憋了回去。

沈蔓也走到沈明榆身邊，跪下磕了三個頭。

方氏見狀，哪還忍得住？一把抱住兩個孩子就哭了起來。

這場斷親大戲，至此徹底落下了帷幕。

二十兩銀子，對於鄉下人來說，無疑是一筆鉅款。

王家幾個兄嫂一看就不是什麼好人，王氏這二十兩銀子拿回去能不能保得住，這就不是沈驚春關心的事了。

王氏一走，沈驚春就揉了揉眉頭，想著趁今天聚到這邊的人多，乾脆一併將玉米種子的事情給解決了，也不枉費她之前在院子裡那通振奮人心的演講。

她將這事朝沈族長、陳里正一說。

陳里正立刻便道：「也行，那我現在就出去叫人！」他也沒喊其他人，只叫了在外面湊熱鬧的幾個陳氏一族的後生，讓他們挨家挨戶去喊人。

平山村是個大村，人數堪比一個鎮子，賣玉米種子算是全村的大事，來的人不少，地點便定在村尾附近的打穀場。因陳里正特意提醒了，來的人多數都帶著凳子、椅子，到了之後就與相熟的人坐在了一起。

眼看著人來得差不多了，陳里正才將手往下壓了壓。「大家安靜，聽我說。」

人一多，執行力就沒那麼強，好一會兒人群才徹底安靜了下來。

「想必大家也聽說了，這次叫大家來，是想跟大家說一下來年我們村要種玉米的事情。」

這可是大事情，村民們立刻聚精會神的聽了起來。

陳里正滿意地點點頭。「一畝地大概要四斤玉米種子，鶯春家裡除去那些不飽滿、難出芽的，能用作種子的大概是八百斤。」

此言一出，人群一片譁然，直接炸了。

沈家的玉米賣了四畝，只有一畝留種的事情，他們可都聽說了，但畝產八百斤是個什麼概念？

要知道，他們祁縣已經算是魚米之鄉，出了名的物產豐饒，但饒是平山村最厲害的種田老手，一畝水稻的產出也不過四百斤不到！

八百斤的玉米？想都不敢想啊！

「大家安靜，繼續聽我說。」陳里正很滿意村民的反應，等人群再次安靜下來，才笑咪咪地道：「種子雖然有八百斤，但是咱村裡有近百戶人口，為了公平起見，這個玉米種子每戶最多可以購買八斤，種子價格一斤是五十文。」

「啥？這麼貴？」人群中，一道尖銳的聲音響起。

陳里正的臉色一沈。「別以為人多我就聽不出是誰在說話！陳二，你家要是來年不想跟著一起種玉米就趁早滾蛋，別在這裡礙我的眼！」

前面的人、後面的人都向陳二夫妻看了過去。

陳二尷尬得不行，忙道：「叔，我家又不是這婆娘當家，你怎麼還把她當回事呢？我肯定種啊！」

陳里正冷哼道：「你要真想跟著種，就管好你婆娘，別一天到晚淨說些別人不愛聽的！就她長了一張嘴能說話是不？」

陳二忙點頭哈腰，表示回頭一定狠狠教育自家婆娘。

陳里正才又繼續道：「你們也別嫌貴，這外面好點的稻種都要四十文一斤呢！玉米種子只賣五十文，這還是驚春丫頭有意幫扶咱自己村裡人了。」

「那是，咱也承驚春的情啊！」

「五十文而已，誰嫌貴就別買唄！」

「就是！我家地多，我還覺得八斤種子不夠呢！」

眼見大家又開始你一句、我一句地說了起來，陳里正也不說話了，就等著他們說。很快地，大家發現不對，就自覺地閉了嘴。

「我已經把價格都說清楚了，但是想買種子，還是有其他要求的。第一，這個種子兩年內，也就是明年和後年，都不允許賣給其他的人，這個『其他人』指的是平山村以外的任何人；第二，等明年玉米出來，不許惡意競價，每塊地方的價格都要統一。這兩點會寫在書契上，如果想跟著種的都必須簽書契。可千萬別抱著蒙混過關的心態，只要簽了書契，就代表同意以上兩點，到時如果違反了其中任何一條，我陳氏一族的將做除族處理。其他兩姓的，沈氏一族，你們族長也發了話了，也做除族處理。至於徐氏……」

坐在最前面的徐家族長忙高聲道：「里正叔，我們也一樣！」

陳里正聽了點點頭。「好，違反一條除族，違反兩條除族外加滾出平山村。你們自己掂量一下，想好了的，現在可以來簽名登記了。」

底下人一聽，立刻排起了長隊。

先到沈驚春那邊簽名、按手印，再到陳淮那邊登記。

有陳里正坐鎮，一切都進行得有條不紊。

沒一會兒，沈延安就排到了沈驚春面前。

沈驚春一抬頭，就瞧見他的一口大白牙。

雖然大家都在一個村裡住著，可自從搬出了沈家老宅，沈驚春就沒見過這個便宜四叔了。

聽方氏說，這是老宅裡唯一一個對他們三房還算好的人，不僅沒有欺負過三房的人，偶爾手裡有錢了，也會給兩個小的順手買點零嘴。

沈驚春想著淨身出戶那天，沈延安確實偷摸著送了一袋白麵，雖然他們沒拿，卻也不好冷著臉對他，就微微一笑，喊了聲「四叔」。

沈延安「嗯」了一聲，提筆簽下自己的名字，又在名字邊上按了手印，笑得跟朵花一樣，興高采烈地往陳淮那邊去了。

這春風滿面的模樣，搞得沈驚春一臉莫名其妙。

可很快地，她就知道沈延安為啥會這樣了。

因村裡人太多，紙張太貴，是以所有人的名都是簽在同一張紙上的，識字的自己簽，不識字的由沈驚春代簽，再由本人在旁邊按下手印。

搞好全部的事情後，書契一式兩份，一份陳里正保管，一份沈驚春拿回去。

她與陳淮慢悠悠地迎著夕陽到了自家附近，就瞧見緊挨著院牆的陰影處，有兩個人正在說話，一個正是不久前才見到的沈延安，另一個穿著一身素色衣裙，身形纖瘦如弱柳扶風，可不就是她的好表妹徐歡意嗎？

陳淮已經停下了腳步，剛準備叫自家媳婦換條路走，那邊正將徐歡意哄得花枝亂顫、捂嘴輕笑的沈延安就發現了他們。

徐歡意意識到來了人，回身一瞧，臉色就僵住了，咬著唇，輕聲喊道：「表姊、表姊夫。」

那神情、那姿態，彷彿受了天大的委屈一般。

怎麼？現在不賣綠茶，改賣白蓮花了？

沈驚春深呼吸了一口氣，還是有點按捺不住自己想打人的心情。

陳淮低聲朝她道：「忍住忍住，打了她可不是叫娘為難？」

雖然那天徐歡意沒有看好兩個孩子，但有大姨的救命之恩在，方氏也只是稍微對她冷淡了一些，這兩天徐歡意又驢前馬後的各種哄著，方氏的態度已經緩和了不少。

這麼一想，沈驚春捏著的拳頭就鬆了，朝沈延安微微一笑道：「四叔，我剛才看到沈梅好像去打穀場找你了。」這話當然是胡說的。

可沈延安當了真。

沈梅不可能自己去找他，肯定是他娘或者大哥讓沈梅去的，多半是見自己這麼久不回去，才讓人出來喊的。

沈延安連招呼都來不及跟徐歡意打，就朝沈驚春擺了擺手，飛快地跑走了。

等他一走，沈驚春臉上的笑意就消失得一乾二淨，看也不看徐歡意一眼，直接走了。

陳淮兩步追上沈驚春，跑得比她還快，彷彿後面有咬人的兔子在追他一樣。

回了家，方氏的晚飯也差不多做好了。

兩個小的，沈明榆平日裡更活潑一些，此時卻毫無聲息地在書房裡，不知道想著什麼心事，反倒是看著膽小的沈蔓已經恢復了正常，正同豆芽在一塊兒玩耍。

沈驚春本來還想去跟沈明榆談談心，可一想，對她來說，動手還行，但做個知心好姑姑是真的有點難，反而是陳淮更適合去做這件事。

她將這話一說，陳淮想了想就同意了。

「行，等吃完晚飯，我領著他到外面轉轉消消食，順便談談。」

「好。你可得談點積極向上的，這孩子平時看著挺開朗的，其實心裡想法挺多，而且很不喜歡宣之於口，一直這麼下去，很容易走上歧路的。」

陳淮一挑眉，總覺得她話裡有話，這話好像說的是沈明榆，可似乎又好像說的是他。

交代完這個，想起徐歡意，又煩得不行。這小姑娘剛來的時候，沈驚春就看出來她不是個安分的了。

等吃過晚飯，陳淮領著沈明榆出了門，沈驚春就拉著方氏去了正房東屋，又叫豆芽在堂屋待著，盯著徐歡意的動靜，免得她們說著說著就被她給聽去了。

母女倆到了東屋，分別坐下，沈驚春才鄭重其事地道：「娘，我接下來要跟妳說的話，妳聽了可千萬要穩住啊！」

方氏點了點頭，根本想不到閨女這樣神神秘秘的是要說什麼。

沈驚春將椅子拖近了一些，才低聲道：「我瞧著大表妹好像是瞧上我四叔了！」

「啥?!」方氏驚得一下子站了起來，意識到自己反應過於激烈，她又捂著嘴重新坐下。

「妳別是看錯了吧？」

「我就知道妳不信。」沈驚春嘆了口氣。「剛才我們從打穀場回來，瞧得真真的呢！真要沒什麼事，不能光明正大的說，非得找那背陰的地方偷偷摸摸的嗎？再說了，也不只我一個人看見，陳淮也看見了，妳要不信，等他回來了妳問問他。」

方氏並非不信，只是不敢相信。

徐歡意已經十五了，又不是五歲，什麼事能做、什麼事不能做，她心裡沒點數？看上沈延安？她怎麼做得出來啊！

「不行，我要去問問她！」方氏站起來就往外走。

沈驚春一把拉住她道：「娘啊，妳冷靜一點！妳現在這麼大剌剌的去問，傻子都不會承認啊！這樣吧，咱們先把歡喜叫過來問問情況，看看她怎麼說。」

沈驚春扯著嗓子往外喊了聲「歡喜」。

徐家兩姊妹裡面，因徐歡意慣會撒嬌，方氏平日裡對她更關注一些，但沈驚春對徐歡喜的偏愛也很明顯，因此她一喊，徐歡喜就來了。

沈驚春示意豆芽繼續看著徐歡意，才拉著徐歡喜進了屋。

她本來早就想問問她們兩姊妹以前的事了，可那段時間手上被別的事情絆住，一時沒找著機會，後來時間長了也差不多忘記了這事，要不是今天看到徐歡意跟沈延安，她估計還真想不起來。

「歡喜啊，妳們兩姊妹到底為什麼大老遠跑到這邊來？妳能跟我說說嗎？之前一直都是聽妳姊說，現在我想聽妳說說。」

原以為徐歡喜會繼續沈默，卻不想她只是略一猶豫就點了點頭，低聲道：「他們說我姊姊勾引了大姊夫。」

勾引姊夫?!這麼勁爆啊？沈驚春聽得頭皮發麻。

真是人不可貌相啊，跟勾引姊夫比起來，沈延安這個根本沒有血緣關係的表叔算個啥啊？啥也不是！

這下子方氏是徹底說不出話來了。

沈驚春壓下心裡那隱隱的興奮，低聲問道：「妳覺得這是真的嗎？」

徐歡喜想了想，沒說是不是真的，反而說道：「我覺得我姊姊的腦子可能有什麼大病。」

沈驚春聽得雙眼發光，摸了摸桌上的茶壺，見水還溫著，忙殷勤地倒了杯水遞給徐歡喜。「來，歡喜，先喝杯水，慢慢說。」

徐歡喜抿著嘴，捧著茶杯抿了一口，那種緊張的姿態倒是放鬆了一些。「我大姊夫是個讀書人，可大姊只是略識些字，不喜歡讀書，對於詩詞更是一竅不通。我姊姊算是我爹教養長大的吧，在詩詞上同大姊夫倒是能說上幾句，一來二去的也就熟了。我勸過她不要跟大姊夫走得過近，可她說身正不怕影子斜。但要真說她跟大姊夫之間有點什麼，那是沒有的，除了談論詩詞歌賦，沒有任何逾矩的行為。」

徐歡意這種性格，真的可以說是一個定時炸彈。沈驚春拍了拍徐歡喜的肩膀，語重心長地嘆了口氣。「可真是難為妳了，承受了這個年紀不該承受的。妳知道妳姊來這邊之後，交到了哪些談得來的好朋友嗎？」

徐歡喜道：「一個是沈家的四表叔。」

很好，這個沈驚春已經知道了。微一點頭，示意她繼續。

「一個是表姊夫的那個弟弟。」

陳淮的弟弟？沈驚春想了想，問道：「陳睿？」

徐歡喜點頭道：「好像是叫這個名字。還有個我不知道叫什麼名字，反正聽人喊他徐六郎。」

好傢伙！這是要把平山村三姓一網打盡啊！

徐歡喜卻還沒說完。「還有個姓趙的書生。」

沈驚春有了點不好的預感。

平山村除了陳、沈、徐三姓，可沒有外姓。而姓趙的書生，好巧不巧，她還真認識一個。

沈驚春滿臉複雜，一時間竟不知道該怎麼說了。

方氏聽著徐歡喜連續說出四個人，已經頗有些破罐子破摔的想法了，沈著臉道：「還有幾個妳就一次說完吧。」

徐歡喜搖了搖頭。「小姨，我知道的只有四個。」

那就是可能還有不知道的唄？

「妳姊自從來到平山村後，連縣城都沒去過，怎麼會認識什麼書生？」問這話的時候，沈驚春還抱著最後的幻想，這姓趙的書生，是誰都行，可千萬別是趙三郎啊！

但徐歡喜一開口就粉碎了沈驚春最後的希望。

「就是表姊妳成親那天，跟著陸先生來吃喜酒的其中一人。」

那就是趙三郎無疑了。

喜宴的賓客名單是她跟陳淮還有方氏共同商議的，姓趙的只有趙三郎一人。

從東屋裡出來後，沈驚春下意識地回了東廂房，摸著黑用火摺子點燃了燭臺才反應過來，如今她是跟豆芽住一屋的。剛要走，陳淮就進了門。

夫妻二人相互打量一眼。

沈驚春沒看出陳淮這個知心好姑父當得怎麼樣。

但陳淮卻是看出了徐歡意那邊的進展肯定不如人意，因為他媳婦臉上就差寫著「心情不好」四個大字了。

「問得怎麼樣？」

陳淮開了口，沈驚春也不急著走了，唉聲嘆氣地坐在椅子上，將事情簡單地敘述一遍後，就開始發牢騷。「我這個大表妹可真是有本事，來平山村滿打滿算也就一個月吧？這前前後後就認識了四個藍顏知己了！本村的年輕人也就算了，那趙三郎又算怎麼回事？也就來了家裡一次吧，這也能搭上話？真不知道是大表妹道行太高深，還是這群小年輕見色起意，把持不住！」

見色起意，把持不住！這是多有內涵的八個字。陳淮想想自己，這話不太好接，他乾脆生硬地轉了個話題。「可漱洗了沒有？」

沈驚春被他問得一愣，下意識回道：「還沒泡腳呢。」

陳淮便笑道：「且等等。」

古代沒有熱水瓶，冬天想喝口熱水不容易，在沈驚春的強烈建議下，家裡新添置了兩個炭爐，方便隨時用水。

陳淮出去沒一會兒，就拎著兩壺水回來了。

自己就是木工，做木桶這些的都很方便，是以家裡幾乎每個人都有單獨的臉盆和腳盆。看到陳淮去拿靠在門後的腳盆，沈驚春很想說大可不必，雖然他是個贅婿，可這家裡根本沒人將他當贅婿看。再說了，她又不是斷手斷腳，這點小事還不能自己幹嗎？

可等打好的熱水放在面前時，她幾乎沒有猶豫就脫了鞋襪，將雙腳放入盆中。

溫度適宜的熱水泡得她舒服地長出一口氣，瞇著眼睛想，就陳淮這樣的，人長得帥又體貼，做飯好吃，還會給媳婦打洗腳水的男人，在現代真的是打著燈籠都找不著。

沈驚春正腦子放空胡思亂想之際，陳淮也脫了鞋襪，將腳放進了盆裡。

這盆不算大，一雙腳放進去空間有餘，兩雙腳放進去就略顯擁擠。

與他一八幾的大高個比起來，這雙腳實在秀氣得有些過分，沈驚春不動聲色地以肉眼丈量了一下，陳淮的腳踝竟比她的腳踝還要纖細兩分。

此刻這雙秀氣白皙的腳正緊挨著她的腳，泡在水中。

沈驚春看看腳，又看看陳淮，非常煞風景地開了口。「這樣下去不行啊，徐歡意這樣的禍害放在身邊，總覺得提心弔膽；但要是趕走她，有大姨的恩情在前，我娘估計也下不了這個狠心啊！」

陳淮靠在椅背上，雙手交握於身前，閉著眼，整個人呈現一種很放鬆的姿態，聽到沈驚春的回答也沒睜眼，聲音透著一股懶意。「既然小表妹說她嫡母人還不錯，那不如直接將她們姊妹倆送回慶陽府？畢竟她們父親還在，總住在我們家也不是個事。」

送回慶陽府？這倒是個絕好的主意啊！「我們找人送還是自己送？找人送的話，是找那種商隊還是找鏢局？」

陳淮沒說話。

沈驚春抬腳在他腳背上不輕不重地踩了一下。「你說話。」

這一下哪是踩在他腳上？分明就是踩在他心裡。

陳淮嘆了口氣，坐直了身體。「先不提找商隊還是找鏢局，大表妹既然能從家裡跑出來，想必也能幹出半路出逃的事來，若真要送她們回去，只怕還得我們親自盯著。如此一來，去車馬行租一輛馬車，找個商隊跟著，倒是更省錢一些。」

沈驚春一想，還真是這樣。

徐歡意是個腦子有病的，真將她託給鏢局，到時候半路上人跑了，他們固然能去找鏢局的麻煩，可等徐家那邊知道這姊妹倆來過沈家，恐怕就要上門來找他們麻煩了。

真煩！

「明日一早，我就去縣城問問近幾日有沒有商隊往慶陽府那邊去。送她們回去的事情，妳與娘說一聲就是，萬不能在徐家姊妹面前露了口風。」

沈驚春應了一聲，擦乾了腳就要走。

陳淮立刻將人叫住了，臉上端的是一派風輕雲淡的表情。「兩位表妹走之前，妳還是不要去豆芽那邊睡了。大表妹朋友不少，若是說漏了嘴，只怕大家就要傳閒話。」

沈驚春盯著他看了半天，也沒從那張清俊的臉上看出什麼來。

床已經鋪好了，兩床被子並未分開，而是一上一下鋪在一起。

沈驚春上了床，就被冷冰冰的被窩給凍得打了個哆嗦，等陳淮熄燈躺好，立刻毫不客氣地貼了過去。

跟豆芽那毫無暖氣的被窩相比，簡直一個天、一個地，有福不享那不是傻子嗎？

時隔一晚，沈驚春終於又睡了一個好覺。

第二天，她神清氣爽地起床時，陳淮已經動身去了縣城。

沈驚春慢悠悠地刷牙、洗臉、吃早飯，等方氏去後面菜園子拔菜的時候，才跟過去將想要送徐家兩姊妹回去的想法一說。

方氏沒有一絲猶豫就表示同意。「之前我沒提起這事，是因為歡意一直說家中嫡母刻薄，她父親又摔斷了腿，擔心她回去真的會被送給別人當妾，但現在既然不是那麼回事，那麼也應該回去了。」

沈驚春鬆了口氣，她就怕提起這個事情方氏不同意，畢竟大姨在方氏心裡，那可是地位很高的。

母女倆又商量一下，才回到了前院。

午後陳淮從縣裡回來，剛一進家門，就被沈驚春拉進了書房。「怎麼樣？找到商隊了沒有？」

陳淮往椅子上一坐，下巴微抬，朝廚房的方向點了點。「一路趕回來，有點口渴。」

「好咧，您稍等！」沈驚春飛快地跑到廚房，先倒了一杯自己試了一下。中午燒的水，現在還溫著，正好入口。

她捧著茶杯又回了書房，眼巴巴地看著陳淮喝水。

「好了，不逗妳了。才進縣城就碰巧遇見了正德叔，我想著他家是開雜貨店的，便乾脆問了他，可巧他也要去慶陽府，已經找好了商隊，六日後出發，咱們到時候直接雇一輛馬車跟他一起就行。來回八、九天，也能趕得上過年。」

想到即將要將徐歡意這個定時炸彈送走，沈驚春就覺得全身舒暢。要不是怕被徐歡意看出端倪來，她簡直都想要大叫一聲！

陳淮看著她眼角眉梢止不住的喜色，輕咳了一聲，開口就是一盆冷水澆下來。「先別開心，還有六天呢。」

聽他這麼說，沈驚春心中就湧起一股不祥的預感。

似乎每次她覺得塵埃落定的時候，最後都會被打臉。

接下來兩天，沈驚春幾乎一步也沒踏出過大門，每天就是在院子裡做木工，順便盯著徐歡意。

到了第三天，陳里正的孫女出嫁，沈驚春不得不出門，也找了個藉口將徐家兩姊妹帶在身邊。

可萬萬想不到，只是一錯眼，上個廁所的工夫而已，就真的出事了！

陳里正家有錢，今日出嫁的這個孫女是陳正德的閨女，他前後生了三個兒子，才得了這麼一個閨女，那是寵得如珠似寶。今日的起嫁酒辦的規模很大，十里八鄉跟他家有來往的人幾乎都送了禮，前院後院都是人。

沈驚春在陳家的茅房等了好一會兒，也沒等到裡面的人出來，實在憋不住，又不能露天解決，只得衝回家。臨走前，沈驚春本想將徐歡意一起帶走，可陳正德的閨女知道徐歡意是從慶陽府來的，硬是拉著她說話，沈驚春沒法，只能留下豆芽和徐歡喜看著她。

豆芽回來報信的時候，她才從茅房出來，一看到小丫頭氣喘吁吁地跑進院子，她就知道完了，肯定出事了。

兩人又飛快跑向陳里正家裡。

院子裡幹架的雙方雖然已經被拉開，但另一方仍舊嘴上罵個不停，隔老遠都能聽到。

沈驚春扒開人群一看——

徐歡意早上出門前精心梳起來的髮髻已經被全部扯亂了，但好在衣服還好好地穿在身上；另一邊破口大罵的姑娘瞧著年紀也不大，十六、七歲的樣子，不僅頭髮被抓散，露出來的半截脖頸上還被抓出了一道血痕。

真是人不可貌相，看著風吹就倒的徐歡意竟然還有這等戰鬥力？

「真是對不住啊，正德叔，今天是明月的大喜日子，也不好耽誤了吉時，晚點我再來給你賠罪。你看這邊兩個小姑娘的事是我們到一邊解決，還是？」

陳正德的臉黑得像鍋底。四個孩子裡，他最喜歡的就是閨女，在他閨女的起嫁酒上鬧事，哪怕他平時養氣功夫再好，此刻也忍不住想發火。

可這招架的雙方，一方是沈驚春的表妹，一方是他的親外甥女，罵又罵不得，只好表示晚點再解決這事。

沈驚春又連聲說了幾句「對不住」，然後揪起徐歡意的胳膊就往家走，路上徐歡意連聲喊痛，她也沒有鬆開。

等到了家，落在後面的豆芽關了門，沈驚春才將人一推。「說吧，為了什麼，讓妳們不顧臉面在人家婚宴上鬧？」

徐歡意捂著臉掉眼淚，一句話都不說。

沈驚春心中本來火氣還沒這麼大，被她一哭，火氣就止不住地上漲。「打贏了還哭？人家被妳撓了一爪子的都沒哭，妳哭什麼？」

徐歡意還是不說話。

這是親表妹，打又不能打，沈驚春的腦子都要被她哭炸了，只能轉頭問豆芽。「就這麼會兒工夫，到底發生了什麼事？」

豆芽也一臉懵，根本不知道發生了什麼事。「不知道啊！我跟歡喜一直都在徐大姑娘身邊呢！您回來之後，陳明月拉著她說了幾句話，她就出來了，結果才出來，另外那個姑娘就衝上來了，然後兩人就扭打在一起了。」

沒人知道她們為什麼打起來，先動手的小姑娘身量要高一些，猝不及防地衝過來，徐歡意不僅沒吃虧，還撓了對方一下，兩人扭打在一起不過兩句話的工夫，就被人拉開了。

倒是有人問為什麼，可徐歡意就是哭，而那先動手打人的則一個勁兒地罵。

「表姊。」徐歡喜喊了一聲沈驚春，臉色灰敗地伸出手。「人家打她是因為這個，是那位姑娘身上掉出來的。」

她手上拿著的，看著像是荷包。

徐歡意一聽妹妹說話，就抬起了頭，看到那個荷包，立即起身就要去搶。

沈驚春一把攔住了她，將荷包拿到了手裡。

以她淺薄的刺繡知識來看，這只荷包無論是配色還是繡工都很不錯，唯一一點不太好的就是圖案，這上面繡的是鴛鴦戲水。

這下還有什麼不明白？

肯定是徐歡意將這荷包送給了別的男人，然後又被打人的小姑娘給發現了，所以人家才會不顧臉面地當眾打她。

「妳還不說？」沈驚春將那荷包狠狠一摔。「這男的都把妳賣了！要是他真的喜歡妳，那姑娘又怎麼會問都不問，上來就打妳？」

身為一個現代人，沈驚春當然是支持自由戀愛的，可關鍵是，這他娘的是古代啊！

現代開放思想與古代封建世俗的碰撞，想都不用想，前者定會碰個頭破血流，何況徐歡意還是個海王！

如今只被別人抓出來一個，就已經鬧成這樣大打出手了，要是其他幾個藍顏知已全被揪出來……那畫面沈驚春想都不敢想。

沈驚春都恨不得將這腦殘大表妹塞回大姨的肚子裡回爐重造了！

書房裡，陳淮聽了這麼會兒，也聽明白是怎麼回事了，略想了想就出了門，站在門邊朝沈驚春道：「怕是徐六郎。昨日陳睿過來找我，閒聊了幾句，提起那徐六郎即將訂親的事，女方是陳里正的外孫女，家裡資產頗豐，只得一兒一女，吳家想給女兒找個拿捏得住的，挑來挑去才挑中了徐六郎。」

吳家雖不是城裡人，可家產與趙三郎家相比也不差，吳姑娘也是嬌養長大的，眼界很高，但她到底是個農村姑娘，城裡大戶人家瞧不上她，小戶人家她又瞧不上，因此高不成、低不就的，吳家索性就將主意打到了寒門學子的身上。

這十里八鄉的讀書人都是有數的，挑來挑去，還數徐六郎最適合。

沈驚春忍不住扶額，看著徐歡意，張嘴就罵。

「虧妳還自詡從小飽讀詩書，我看妳的書都讀到狗肚子裡去了！妳招惹誰不好，偏要去招惹徐六郎？同姓不通婚，妳不知道嗎？還是明明知道，卻故意無視，覺得自己是九天仙女下凡，能夠輕易衝破世俗禮教的桎梏？大姨但凡多給妳生半個腦子，妳也不能蠢成這樣！妳送什麼不好，非得送鴛鴦戲水的荷包？叫人抓住了，連辯解的機會都沒有！」沈驚春連著深呼吸幾次，將火氣壓了下去，看著徐歡意，冷冷地道：「我家廟小，是容不下妳這尊大佛了。這幾天我就讓人帶信去徐家，讓他們來人接妳回去。」

原本她聽了陳淮的建議後，打算親自送徐家姊妹回去，是抱著想去看看徐夫人到底是不是個惡毒的人的想法。若是徐夫人真如徐歡喜所言，人還不錯，那自然最好；可若是如徐歡意所言，是個惡毒嫡母，那事情也還有轉圜。

可現在……呵呵，管她去死呢！

徐歡意簡直不敢相信，猛地抬頭看向沈驚春，見她臉色難看，顯然是真打了要將她送回去的打算，立即跪下抱住她的大腿就開始求饒。「表姊，妳可憐可憐我，不要送我回去，我回去就是死路一條啊！不看僧面看佛面，妳看在我娘的面子上行行好……」

沈驚春也沒將腿抽出來，直接揪著徐歡意就往她們姊妹倆住的房間走去。「要不是看在大姨的面子上，早就讓妳滾蛋了，還能容妳到今天？」到了門口，她用力將徐歡意從自己腿上扒拉了下來，將人往裡一推，然後朝徐歡喜道：「歡喜，妳進去收拾一下衣服，搬去跟妳豆芽姊姊住。」

徐歡喜點點頭，也不問原因，直接進去就開始收拾。

徐歡意看著瘦小的妹妹，掙扎著從地上爬了起來，哭道：「歡喜，妳替我求求情，我不想回去！」

徐歡喜板著臉，一言不發。她只撿了幾件日常換洗的衣物，打成一個小包袱，其餘的東西一件沒拿，拎著小包袱就往外走。

連妹妹都不搭理她了！徐歡意徹底崩潰了，癱軟在地，嚎啕大哭。「為什麼不幫我？我是妳姊姊啊！妳為什麼只聽沈驚春的話？我才是妳親姊姊……」

徐歡喜抱著小包袱，在門外站定，閉著眼睛，緊抿著嘴，喘著粗氣，好一會兒她才平靜下來。「表姊，妳把門鎖起來吧，要不然以我姊的本事，只怕一個不留心，她就跑了。」

豆芽已經很有眼色地拿了把大鎖來了。

沈驚春將大門一鎖，又馬不停蹄地找了木板從外面將窗戶封死，徹底杜絕了徐歡意逃跑的可能。

到了下午，方氏同村裡幾個婦人從縣裡趕集回來，看到封死的窗戶和鎖起來的門，也沈默了。

等到沈驚春將今天在陳家發生的事情說了，方氏更是對徐歡意徹底失望。「原本買了些點心要給明榆他們吃的，現在倒是正好拿去陳家道歉。等天黑了，我們往陳家走一趟。」

說是這麼說，但不等天黑，陳家那邊就有人來喊了。

祁縣這邊的風俗，家裡不論是辦紅事還是白事，白天宴席擺完，晚上都會叫上近親和同村處得好的鄰里再吃一頓。

沈驚春夫妻兩個到陳家時，白天滿院子的賓客已經走了大半，留下來的要麼是陳家的親家，要麼就是族裡的人。

他倆一進院子，便有幾個二十歲左右的青年過來笑嘻嘻地同沈驚春打招呼，然後就攬著陳淮走了。

沈驚春被陳正德的媳婦鄭氏拉著進了屋。

屋裡站的、坐的十幾人，二人一進屋，不等鄭氏向其他人介紹沈驚春，就有個頭戴鎏金簪，手腕上套著玉鐲的婦人笑著上來，一把摟住了沈驚春。

婦人滿臉笑意地道：「這就是沈家的大姪女吧？十里八鄉可真是再找不出比妳還標致的人了！早聽我嫂子說過妳無數遍了，要不是家裡小子都娶媳婦了，那是怎麼樣也要把妳搶過來當媳婦的！」

鄭氏笑道：「誰說不是呢？我們驚春可是出了名的能幹，家裡內外一把抓呢！」

鄭氏的三個兒媳有兩個在廚房，這屋裡只有小兒媳一個，聽了也不生氣，反倒跟在後面起鬨道：「娘說這話要是被淮兄弟聽到可了不得！」

這小夫妻兩個雖然成親沒幾天，但現在整個平山村誰不知道，陳淮是個疼媳婦的，村裡適齡的姑娘們背地裡不知道多羨慕沈驚春呢！

被一群婦女包圍，沈驚春直接懵了。今天來吃這頓飯，是打著給陳家道歉並且跟吳家和解的意思來的。

陳家的情況她瞭解，陳里正除了兒子還有兩個閨女，這位頭戴金簪的想必就是那吳姑娘的娘。

但現在這個劇情走向，是不是不太對？作為吳姑娘的娘，不說看到她就給她一巴掌，替閨女出出氣，起碼也應該沈著臉，連個好臉色都不給她吧？

哪還能像現在這樣滿臉笑容地摟著她說話呢？

不等她說話，陳氏就已經帶著她在凳子上坐了下來，拉著她的手，滿懷歉意地道：「我家喜兒從小被慣得不知天高地厚，今天居然膽大的不問緣由就在表姊的婚宴上對賓客大打出手，是我這個當娘的沒有教好她，嬸子給妳道個歉。妳家表姑娘沒事吧？」陳氏滿臉的關切。

沈驚春腦筋急轉之下，也沒想明白這陳氏到底打的什麼主意？當下便只得露出個歉意的笑來。「小姑娘之間打打鬧鬧也是常事，喜兒妹子率真可愛、天真爛漫，往後也不知道哪家郎君有這個福氣娶到她？說起來，我表妹沒事，倒是喜兒妹子脖子上破了皮，可找大夫看過？女孩子家家的，要是留疤就不美了。真是對不住嬸子，這醫藥費您別客氣，全由我家來出。」

陳氏擺擺手。「也就破了點皮罷了，又不是在臉上。鄉下孩子哪個不是摔摔打打長大的？那點小傷，自己抹點藥膏，養兩天也就好了，哪裡用得著看大夫？」

婦人們湊作一堆聊了會兒，鄭氏的大兒媳就進來喊人出去吃飯了。

陳家親戚多，不算白天的宴席，晚上這一頓就擺了六桌。男人們都在堂屋那邊，女人們則在廂房這邊。

沈驚春心裡藏著事，這頓飯吃得是無滋無味。

飯罷，家在村裡的婦人們都起身告辭，陳氏等外村的親戚則又湊在一起說了會兒話，才各自散了。

沈驚春從陳家大房住的廂房裡出來，瞄了眼堂屋，裡面擺著的三桌還沒散，桌上的菜已經沒熱氣了，酒卻還沒停。

陳淮輩分不大，沒坐主桌，就坐在靠門口的次桌上，斜對著大門。

夫妻二人隔空對望一眼，沈驚春見他臉上雖有些紅，但眼神還算清亮，就放下心來，先走一步回家了。

方氏是真的被徐歡意給傷透了心了，不等沈驚春從陳家回來問問情況，就帶著沈蔓去睡覺了。

整個院子裡毫無聲息，連白日裡嚎天喊地的作精表妹都沒了動靜。

沈驚春漱洗完就回了房。

陳淮不在，沒人暖床，她從空間拿了兩個熱水袋出來捂著腳睡覺。

等睡到半夜，她是被親醒的。

都說酒壯慫人膽，這話用在陳淮這種克己復禮的人身上同樣適用。

他顯然已經回來洗過了，身上的酒味很淡，並不難聞，沈驚春被他抱在懷中親得渾身發軟，迷迷糊糊地想著，這是要把洞房沒做的事給補上了？

二人很快肌膚相親，眼看就要到最後一步，偏偏陳淮就是有本事硬生生煞住了車。

這都能忍住？沈驚春都要懷疑他是不是不行了！

等陳淮出去再回來，沈驚春已經完全沒有睡意了。「吳家人是不是找你說了什麼？」

陳淮老老實實躺在被窩裡不敢再動，聽沈驚春這麼問，便輕笑一聲。「妳又猜到了？」

沈驚春冷哼一聲。「那個陳氏表現得太反常了。」

吳家是有點底蘊的，這從陳氏能戴得起鎏金簪子和玉鐲就不難看出。吳喜兒嬌生慣養的，被人撓了一爪子，怎麼可能輕易就算了？不論從哪方面看，陳氏對她的態度都不應該那麼好。

事出反常必有妖。

陳淮點點頭。「那倒是，吳家的人往年也就是過年可能碰到，說交情那是一點也沒有，今天看到我卻異常熱情，一上桌就鼓吹別人來敬酒，說是祝賀我新婚。」

沈驚春想到那個場景，忍不住笑了。「你都喝了？」

「不喝怎麼行？」陳淮的語氣有點悶悶不樂。

這就是吳家人的奸詐之處，若是用其他的理由來敬酒，他就能找到理由推託了，可祝賀新婚的酒不喝，那不是觸自己霉頭嗎？

「你不會裝醉嗎？或者尿遁脫身？」

「我就是想看看他們到底想幹什麼。」說到這裡，他翻了個身，側著身體看向沈驚春。「酒過三巡，吳家那群人就藉著酒意向我打聽來年地裡種什麼的事了，還隱晦地表示，他娶了陳家的女人，也算陳家半個兒，與陳家算是相輔相成，而我跟著娘姓，陳氏一族強了，對我也有好處。」

沈驚春也翻了個身，看著他滿臉的鬱悶，與沒喝酒的時候截然不同的表情，強忍著才沒笑出聲。「那你跟吳家人說了？」

「說什麼？我是個贅婿啊！有什麼事找我媳婦唄，家裡的事也輪不到我管，想拉陳氏一族一把也有心無力啊！」

這到底是喝了多少酒啊？沈驚春看著他喝酒之後紅暈未消的臉，心頭一動，忍不住親了他一下，並安慰道：「我跟你說，像你這種贅婿，往往到最後都是很強的。」

二人說了會兒話，沈驚春還沒睡，倒是陳淮不知不覺的睡著了。

第二天早上，等一家人吃完飯，別有用心的吳家夫婦就帶著吳喜兒，掐著點上門了。吳家在鄉下也算是家大業大，上門來也沒空著手，不僅拎了兩包點心、果子，還拎了兩條新鮮的豬肉，這在鄉下算是很體面的好禮了。

方氏連忙將人往堂屋裡請，喊了豆芽去沖糖水出來待客，又讓孫子趕快去將沈驚春兩口子追回來。

「大姪女不在家啊？我們倒是來得不巧。」嘴上說著不巧，可吳家人卻一點要走的意思也沒有，將手裡拎著的禮物放到堂屋的桌上，就順勢坐了下來。

方氏笑道：「這不是年底了嘛，怕再過段時間縣裡人多，所以他們小倆口就想著提前去置辦點年貨回來。吃了飯剛出去的，現在估計還沒走遠呢。」方氏說著，視線就落在了桌上那些禮物上面。「這是？」

陳氏朝方氏笑道：「這不是我家這個不省心的，昨日唐突了妳家表姑娘嗎？所以才想著上門來賠罪。」

陳氏既然沒提吳喜兒為什麼打人，方氏也就不好提徐歡意給徐六郎送荷包的事情，當即就客氣地道：「也是我外甥女不懂事，昨日回來後我已經教訓過她了。」

陳淮不在，吳坤這個男人也就沒開口說話，全由陳氏和方氏兩個女人在說。方氏本來就不是什麼口齒伶俐的人，幾句客套話一說，兩人就沒話說了。

好在沈明榆看著人小，但跑起來速度不慢，加上太陽都出來了，往縣裡的牛車少，很快就將沈驚春夫妻兩個給追了回來。

方氏一看閨女回來了，不由得鬆了口氣。

「吳叔叔和嬸子來了？喲，這就是我喜兒妹妹吧？長得可真俊俏！初次見面，我這兒也沒啥拿得出手的禮物，只有這支簪子是我從京城帶來的，妹妹別嫌棄，拿去戴吧。」

簪子當然不是從京城帶回來的，崔氏都恨不得這個養女去死了，除了幾身換洗的衣服外，根本不允許她帶著其他的東西出徐家。這簪子還是當初從那個膽大包天想要姦污小姐的護衛身上搜出來的。

京城來的玩意兒，樣式都是最新款的，雖已過去大半年，可祁縣這邊也難看到這樣的掐絲款式，因此簪子一拿出來，吳喜兒就挪不開眼了。

沈驚春這一手，倒是叫陳氏有點措手不及。這銀簪雖是鏤空的，可勝在做工巧妙，在祁縣的首飾鋪子裡，沒有一兩銀子可是買不起的。她心中感嘆這沈家三房是真的要起來了，面上卻不動聲色地笑道：「既然是妳驚春姊姊給的，那就拿著吧。」

吳喜兒喜不自勝，脆生生地道了謝，就拿著簪子往頭上比劃。

沈驚春便笑著為她戴上這支簪子。

昨日陳淮已經在酒桌上明確表明了自己不過是個贅婿，因此今日吳家人上門，他便也沒提要吳坤去書房說話，一行人全都坐在堂屋。

沈驚春給吳喜兒戴上簪子後，就在上首坐了下來。

雙方略閒聊了幾句，陳氏幾次將話題往田裡引，卻都被沈驚春給岔了過去，吳坤便知道這個大姪女不簡單，也不再兜圈子了。

吳坤直接道：「聽我大舅哥說，大姪女手上還有好幾種新奇的種子？」

「咦？」沈驚春不由得瞪大了眼睛，臉上的驚訝恰到好處。「我只是隨便提過一嘴，正德叔居然就記在心裡了？」

吳坤尷尬地笑笑。「也是我郎舅兩個喝酒的時候閒聊到的。聽說大姪女新買了幾十畝荒地，準備開出來種這些新奇的種子？」

沈驚春點頭道：「是呀，祁縣這邊風水好，前段時間本來里正爺爺給介紹了一個五十畝的莊子，我家東拼西湊才湊夠了錢去買，可惜別人出價更高，與這莊子失之交臂。買荒地也是沒辦法的事，咱莊戶人家又沒什麼吃飯的手藝，可不得靠著田嗎？我是想著荒地便宜，且頭三年又不用交稅，再者……」她看了眼陳淮，臉上露出些自得和驕傲來。「夫君打算來年下場參加院試了，若是僥倖過了，名下也能有二十畝免稅的田，這幾十畝荒田好好養幾年，想來我們一家子的嚼用也盡夠了。」

說來說去，反正就是不提新奇種子的事。

吳坤鬱悶得不行，一口氣憋在胸中，難受得很。再這樣下去，等他一家人起身告辭，估計也磨蹭不到點子上去。

吳坤遂朝自家婆娘使了個眼色。

陳氏便道：「驚春啊，嬸子也不跟妳客套了，這次來就是想問問這種子可有盈餘的？當然，我家也不白要，會給錢的。」

沈驚春心中冷笑一聲，這吳家人真是心裡沒點數嗎？種子再貴又能貴到哪裡去？她面上露出為難之色。「這……」

捨不著孩子套不著狼，吳坤心一狠，咬牙道：「若是大姪女願意將這種子給我家種，田裡產出妳我兩家四六分，如何？」

吳家田地雖多，但一年到頭種的跟尋常人家也沒甚區別，忙忙碌碌一年下來，也不過幾十兩罷了。但若是能將沈驚春手上這新奇的種子搞到手，哪怕等種出來賣了錢，自家手裡只能得六成，也絕非是老老實實種田可比的。

沈驚春嘆了口氣。「說出來吳叔叔可能不信，我手上種子的確不多，種完我家那些田，餘下的也就夠我大爺爺一家種個十畝了。我家以前是個什麼光景，吳叔叔想來也是聽說過的，多虧了平日裡有我大爺爺一家照應，我娘、我哥還有兩個姪兒、姪女才能等到我回來，我早答應了帶他家一起種，也不好反悔呀！」

吳坤臉上的笑容勉強起來，失望的表情一覽無遺。

沈驚春嘆道：「要是吳叔叔不嫌棄的話，等明年種完這一次，種子多了，來年再跟著一起種？」

陳淮從進門跟吳家幾人打了個招呼後，就坐在一邊不說話了，聽到此處才突然插了一句嘴。「驚春，妳不是還有……」後面的話，他沒說出來。

但吳坤卻聽得心頭一喜，眼睛都亮了，看著陳淮的眼神要多親切就多親切，彷彿在說：好小子，不愧是陳家子孫，自家人還是想著自家人啊！

他卻不知道，陳淮這短短的一句話，其實是他們夫妻提前商議好的罷了。

吳家雖然家產頗豐，可到底也是個地裡刨食的，但他的親家就不一樣了。

吳坤的兒子很有幾分天賦，從小就開始讀書，十七歲就已經考中了秀才，娶的正是祁縣教諭袁成吉的孫女。

教諭一職雖非佐官，但地位很高，為縣學的最高領導，尤其是祁縣這邊，因聞道書院的緣故，不少外地的學子也趕來這邊讀書進學。袁成吉任職多年，雖然一直都未升遷，但他教出來的學生可不是一個小數目，其中不乏一些考中進士、當了官的，連祁縣縣令碰到，都會禮讓三分。

再者，袁成吉的身體不算好，膝下只有一個獨子，而這個兒子成親多年，連小妾都納了兩個了，也不過生了三子一女。

跟吳家想給吳喜兒找個拿捏得住的女婿一樣，袁家也想給這個孫女找個拿捏得住的，正好吳坤的兒子吳鴻在讀書上有幾分天賦，家中也還算富裕，這才挑中了他。

等袁家的孫女嫁到了吳家沒兩年，袁家的小孫子就考中了二甲進士，放榜當天就被人給榜下捉婿了。

吳坤不知道這年輕的小倆口早就猜到了他的打算，並且也已經商量好了對策。

此刻聽陳淮這麼一說，話再出口，語氣就帶了幾分似真似假的嗔怪。「大姪女這就見外了，手上既然有種子，不想帶我家一起種，直說就是，何必還要騙我說沒有呢？」說著，起身就要走。

沈驚春跟著站了起來，雖一臉為難，卻沒有解釋。

那邊陳氏一直在暗中觀察沈驚春的神色，見她真的不攔，一咬牙，一把拉住自家當家的，勸道：「你這人怎麼這麼心急？驚春沒有直說，肯定是有道理的。」

吳坤被自家婆娘一拉，也就順勢又坐了回去，瞧著沈驚春，一副「我等著妳的解釋」的樣子。

「不是我不說，只是這真的不好說，煩請叔嬸稍等片刻。」沈驚春說著，又連聲告罪一番，便起身出了門。

第十章

沈驚春到了廚房，取了一早準備好的茶具，泡了一壺茶，端著又往堂屋去了。

到了裡面，又殷勤地替吳坤和陳氏、吳喜兒各倒了一杯之後，才給陳淮和自己也倒了茶。

這是從空間裡面拿出來的茶葉，當時在末世收集的時候，櫃檯上標的是「龍井」，真龍井還是假龍井，反正沈驚春是認不出來的，但現在沖泡出來的茶湯倒是嫩綠而明亮。

茶盞裡面只有茶湯而無茶葉，吳坤端詳半天也沒看出來這是個啥，倒是不斷有醇厚的清香隨著氤氳的水氣直飄上來。他看了一眼沈驚春，問道：「這是？」

沈驚春端著茶碗吹了一口氣，小小地抿了一口才道：「茶。吳叔叔不妨喝一口試試？」

這個歷史上不存在的架空朝代，茶文化還沒發展到後世那樣，現在多是煎茶、吃茶，連點茶也都是在世家大族才盛行。

吳坤被這一個「茶」字給鎮住，端著茶碗，學著沈驚春吹了吹，才小心翼翼地喝了一口。這一口就叫他精神大振！

他是個莊戶人家，也就是略識得幾個大字，沒啥文化，只覺得這一口茶入口，那滋味都不知道用什麼詞來形容了。

茶湯在嘴裡打了個轉，隨後就被吞了下去。「當真是滋味甘甜，滿嘴都是清香。」

一杯茶很快就喝完了，沈驚春又給他續了一杯才道：「這茶也是我無意間發現的，比起世面上賣的那些茶餅而言，這種茶我倒是更喜歡。」

吳坤點點頭。「確實是個好東西，若拿去賣，必定很受富貴人家的追捧。就是不知道大姪女現在有什麼打算？」

「哎，我雖從小長在宣平侯府，可如今也不過是個蝸居在鄉下的農女罷了，夫君如今也沒有功名在身，茶這種高貴的物件，又怎麼能是我們這樣的人家可以染指的呢？」沈驚春嘆了口氣，面上的神情既低落又惋惜。「這也是我剛才沒有直說的原因。」

吳坤聽得面色一動。

茶跟酒一樣，都是暴利，本朝對於茶的管控不如酒那麼嚴。

沈家現在無權無勢，但他吳家不一樣啊！

吳鴻自從十七歲過了院試之後，就潛心苦讀，一直在為鄉試做準備，明年的鄉試連袁成吉都說問題不大，十拿九穩了，更別說他小舅子袁三郎如今還是戶部尚書的女婿，雖娶的是庶女，但也總算是後面有人了。

如果能用這茶搭上戶部尚書，那他吳家豈不是輕易的就能改頭換面了？

吳坤不是個蠢人，沈驚春只拿了茶湯出來，那茶葉是個什麼樣都不給他們瞧，打的是什麼主意，明眼人都能看出來。

「大姪女這茶可給其他人瞧過？」

沈驚春搖搖頭。「未曾。」

陳淮卻道：「這茶製出來後，前幾日我倒是送過先生一小罐，也不知道他喝了沒有？」

連茶葉的事都是昨夜臨時說起的，自然也就不存在送人，「送給陸昀」這個話，可不是兩人商量好的。沈驚春看了一眼陳淮，見他神色如常，也就壓下了心裡的疑惑，想著等吳家人走了再問。

可吳坤聽到耳中，心裡立刻升起了一陣警覺！

陸昀陸祁山的名頭實在太大，吳坤曾不止一次聽到兒子提起過，這位陸院長的來頭可不小。

讀書人也都是要吃喝拉撒的，尤其是陸祁山這樣的，來往的都是有身分的人，若是叫他發現了這茶的妙處，哪還能輪到自家撿這個便宜？

吳坤想到這兒就有點坐不住了。「我這裡倒有個門路，大姪女要是真想做這門生意，叔叔我捨了這張老臉也要去幫妳問問的。」

沈驚春滿臉驚喜，倏然起身。「叔叔這話當真？」連那個「吳」字都省去了。

吳坤道：「自然當真。這可是大事，我即刻就回去找人問問，今日就不久坐了，回頭大姪女得空也去我家坐坐。」

幾人客套兩句，吳坤就領著妻女，腳步匆匆的走了。

等人一走，沈驚春就整個人癱坐在了椅子上。「可真累啊！再來這麼幾次，我頭髮都要掉光了，也不知這吳家是不是真能搞定茶引這些問題。」

陳淮將茶碗裡最後一口茶飲盡。「只要袁三郎的岳父不是個傻的，這事一準能成。」

京城居，大不易，家業越大的人家，平時的花銷就越大，真正的清官能有幾個？茶這種暴利的吸引力不可謂不大。陳淮自問，如果易地而處，他是很難拒絕這種送上門的利益的。而昨晚他們夫妻倆也談得很明白，這種暴利的東西不是他們所能掌握的，真等他科舉出來有了能力，也不知道還要過多少年，倒不如拿這個做個投名狀，分點紅利來得划算。

吳家人來家裡耽擱了這麼一會兒，沈驚春也不打算去縣城了，吃過午飯，便又拎著禮物、書信還有徐歡喜給的信物，去了陳家。

雖然不打算親自把徐家姊妹送回慶陽府了，但是徐歡意這個大麻煩還是要解決的。

大約是吳坤將沈驚春手裡有新茶的事告知了陳家，這回上門，陳正德的態度比以往還要更親切幾分，沈驚春只將拜託他送信的事情一提，他就滿口答應了，說這事包在他身上，保管給沈驚春辦妥。

原本以為以徐家姊妹在家裡的地位，年前可能都等不到回應，卻不想陳正德出發去慶陽府不過七、八天，徐家人就上門了。

領頭的是徐歡意的大哥徐斌，後面跟著七、八個壯漢，應該是家裡的夥計之類的，除了一人駕著輛馬車，其餘幾人俱是人手一匹馬，一行人看著風塵僕僕，顯然是一路緊趕慢趕過來的。

留了幾個夥計在外面看著車馬，徐斌只帶了近身的小廝進門。

徐歡喜一看到他，忍不住喊了一聲「大哥」就迎了上去。

徐斌摸了摸她的腦袋，先朝方氏施了一禮。「沈家嬸嬸、沈姑娘。」

徐斌的個子雖不是很高，但相貌端正，蓄了把短鬚，與徐歡喜站在一起反倒像是兩個輩分的人，身上有些文人氣質，看著倒是個很正派的人。

沈驚春見他兄妹兩個似乎很熟悉的樣子，對於徐歡喜的話又信了幾分。

兩邊人馬站在院子裡客氣了幾句，沈驚春就將人請進了屋裡。

徐斌坐下後只微微打量一圈，就收回了視線，問道：「不知我那妹妹現在何處？」

沈驚春歉意一笑。「不敢欺瞞徐公子，因害怕大表妹逃跑，我將她鎖在了房裡。徐公子既然來了，我這就去請大表妹出來。」她說著，拿了鑰匙就往西廂那邊走。

徐斌想了想，跟在後面一起去了。

因門窗長時間封鎖，房門一打開，就有股怪味飄了出來。

沈驚春憋著氣，面不改色地進去，一把將躺在床上的徐歡意揪了起來。

徐斌等了一會兒才進了門，仔細一瞧，差點沒認出來眼前這人是他的庶妹。

這妹妹也不知從哪兒聽到的消息，說女人要弱柳扶風才惹人憐愛，他母親雖然不待見她們母女三人，但也沒想著剋扣伙食，可徐歡意就是有本事把自己搞得身無二兩肉。

但以前瘦歸瘦，好歹還有個人樣，現在簡直都瘦得像個骷髏架子了。要不是小妹徐歡喜長胖、長高了，徐斌都要懷疑是不是徐歡意在這沈家受了什麼非人的虐待？

「你們先聊著，這一路趕過來風塵僕僕的，想必還沒有吃飯吧？我去準備飯菜。」

沈驚春將徐歡意揪了起來，就出了門，本想把房門帶上，可一想到房裡令人窒息的味道，到底還是沒能下得去那個手。

沈驚春一走，徐斌就冷了臉。

對著徐歡喜這個小妹，他還能有個笑臉，可對著人不人、鬼不鬼的徐歡意，他只覺得鬧心。

兄妹三人誰也不說話，沈默了好一會兒，徐斌才問徐歡喜。「妳們在這兒過得怎麼樣？」

「小姨對我們很好，只是姊姊她做了點不討喜的事……」徐歡喜對著大哥，也算是知無不言、言無不盡，很快就將來到沈家後發生的事情敘述了一遍。

徐斌聽著前面的話，臉色還好，直到聽見徐歡意送了男人鴛鴦荷包，臉色才難看起來。他盯著始終低頭不語的徐歡意看了半晌，最後什麼也沒說就轉開了目光。

「大哥，你們怎麼來得這麼快？家裡是不是出了什麼事？」徐歡喜年紀雖然小，但懂事又機敏。徐家全家上下，也就大哥徐斌對著她能有個笑臉，若不是家裡出了事，以嫡母的性子，必不可能讓大哥快馬加鞭趕來的。

徐斌「嗯」了一聲。「父親前幾日去商號查帳，馬車路過鬧市時驚了馬，他被甩了下來，大夫說，這幾天是關鍵。」

親爹命危，徐斌臉上卻不見任何悲傷，語氣平淡得就像是在說今天早上吃了什麼一樣。

徐歡喜聽了也只是露出一個驚訝的表情來，就沒了下文。

只有一直垂頭不語的徐歡意突然起身，抬起一張瘦得可怕的臉，尖聲道：「你說什麼?!」

徐斌卻看都沒看她一眼，起身就往外走，還一邊朝徐歡喜道：「妳將東西收拾一下，我們吃過午飯就往回趕。」

徐歡喜應了一聲，跟在徐斌身後往外走。

「爹傷了腿不在家休養，好端端的去商號查什麼帳？你別走，你把話說清楚！」徐歡意尖叫一聲，就朝著徐斌撲了過去。

奈何她多日來吃得少、睡不好，這一撲連徐斌的衣角都沒碰到，就因為渾身無力而摔倒在地。

兄妹兩人出了門，徐斌徑直就往堂屋去了；徐歡喜轉頭看了一眼伏地大哭的姊姊，猶豫了一下，到底還是沒去管她，跟在大哥後面往堂屋去了。

沈家眾人沒料到徐家會來得這麼快，好在家裡備了不少年貨，臘肉、鹹魚都有一些，沈驚春又去鄰居家買了隻雞，一頓待客的飯吃得也算像模像樣。

吃完飯，徐斌就起身告辭。

「這麼快？我瞧著你們臉上的疲憊之色遮都遮不住，不如留下來住一晚，明早再走？」

徐斌朝沈驚春夫妻倆拱了拱手。「實在是家裡父親病重，要不然也不會這麼失禮地空手上門。感謝的話我也不說了，聽聞陳兄弟明年要去慶陽府參加院試，到時候若有需要幫忙的地方，還請一定不要見外。」

這確實不好再留。

出了堂屋，沈驚春直奔西廂房，在徐斌詫異的眼神中，將瘦骨嶙峋的徐歡意抱上了馬車。

徐家姊妹一走，似乎整個家裡都安靜了下來，雖然徐歡喜在的時候也不怎麼講話，但沈驚春還是覺得有點不習慣。

好在已經臘月二十，聞道書院那邊開始放假了，好讓家在外地的學子們開始往回趕。陸昀一公休，陳淮這個拜了師的弟子也不用再三天兩頭地往書院跑。

過了二十之後，走在村裡就能感受到年味一天比一天濃。

到了二十四這天，天剛亮，沈驚春就被陳淮從床上撈了起來。「今天小年，娘昨天就交代了要早點起來，被褥什麼的都要拆了清洗，家裡也要上下打掃一遍。」

沈驚春抱著被子，艱難地睜開眼，看著陳淮近在咫尺的臉，起床氣發作，不耐煩地推了他一把，倒頭又睡了回去。

貓冬的日子過久了，真是不能習慣早起。

她在床上瞇了幾分鐘，聽著外面的動靜，聽見連姪兒、姪女都已經起床了，再睡下去實在不像樣，這才嘆了口氣，認命地從床上爬了起來。

屋裡，陳淮這個二十四孝好老公已經打好了洗臉水，沈驚春飛快地漱口、洗完臉，就將屋裡睡的被褥拆了，拿到了院子裡。

沈家院子裡是有口井的，但也只是用來澆地、洗菜之類的，洗衣服、被子什麼的還是拿到河邊去洗。

方氏跟豆芽已經將家裡的被褥全部拆了出來，一瞧閨女出來，立刻將她手裡的被褥接過，就擔著兩桶衣服、被褥要往河邊去，邊走邊還不忘記囑咐他們。「你們也都別閒著，裡裡外外全部都清掃一遍，那牆角旮旯裡的蛛網、灰塵什麼的全都要清理乾淨。今天早飯不吃了，等忙得差不多了直接吃午飯。」

方氏一走，家裡的人就全部動了起來，包括兩個小的。高處他們兩個搆不著，但拿著抹布擦桌子、椅子的活還是能幹的。

大掃除這種事，看著工程不大，但事實上真的幹起來，就會發現哪裡都是活。

一家人忙活了一天，才算將家裡徹底打掃一新。

到了晚上吃過晚飯，全家都集中到了廚房裡。

二十四這天是南方的小年。

俗話說，男不拜月、女不祭灶。雖然在鄉下沒有這麼多講究，但往年在沈家老宅，都是沈老頭帶著兒子、孫子祭灶，女人們也就沈老太太能有這個榮光，其餘的人是不被允許進廚房祭灶的。

但今年不同了，方氏也算是翻身農奴把歌唱，家裡關係到全家生存的大事都是聽閨女的，但是像祭灶這種事還是聽方氏的。

搬了張條案充當供桌，上頭擺了方氏準備好的飴糖、清水、料豆、秣草等物。

一切準備妥當，方氏便領著全家人拜了拜，開始請灶王登天，又祈求灶王在玉帝面前多多美言。做完這些，才小心翼翼地將牆上掛著的灶王像揭了下來，用化開的糖在灶王嘴上抹了一下，邊唸叨著「灶君封位口，四季無災愁」，邊將這張灶王像小心地焚燒了。

小年一過，那真的眨眼就是一天。

祁縣地處南方，屬於那種一年到頭也吃不到兩頓餃子的地方，便是麵食也吃得少些，但到了年底，卻是家家戶戶都要包些餃子放著的。有錢的人家，吃的是豬肉餃子；沒錢的人家，到了年底了也不小氣，吃的是豬油渣白菜餡的。

沈驚春想著現代的時候，家裡每到年底都要炸圓子，便將這事提了提，方氏還當這是京城的習俗，沈驚春也沒解釋。

正巧年底村裡的魚塘撈魚，便買了兩條花鰱回來，又瞧見有人賣藕的，也買了幾斤藕。

她雖然是個現代人，知道一些吃食的做法，但也僅限於紙上談兵，具體事宜還是得看方氏和陳淮的。

好在圓子做起來不算麻煩，最終做出了三種圓子——魚肉糯米圓子、糯米藕圓子、純粉圓子。

「我們家人少，這些東西也算吃個新鮮，妳給妳大爺爺家送點去。」方氏將三種圓子各撿了些，裝了滿滿的一大碗公，就叫沈驚春去送。

池塘裡養的魚，慣來有一股腥味，沈驚春雖然做飯手藝不怎麼樣，但紙上談兵那是一套接著一套，方氏按照閨女說的法子處理的魚肉，做好之後不僅那股腥味沒了，魚肉吃到嘴裡，那是滿嘴的鮮香嫩滑。

沈驚春一想，自家跟陳里正家有著生意上的來往，這圓子也不值什麼錢，乾脆又裝了一碗。兩碗圓子放進籃子裡，上面蓋上布，拎著就出了門。

如今家裡日子好了，又有她在一邊時刻看著，炸圓子的時候方氏也捨得倒油，這圓子出門時還冒著熱氣呢！

沈家如今發達了，是整個平山村都知道的事。

男人們還好些，陳淮不怎麼出門，沈驚秋是個傻的，跟他說了也是白說。

但女人們就不一樣了，到了年底地裡沒活，過年前幾天年貨也都置辦齊了，因此白日裡都三五成群地在門口做做針線、說說閒話，那圓子才出鍋，拎著走過就是一陣香味飄出。

有那嫉妒的就開口了——

「驚春丫頭這是拎著什麼好吃的呢？這香味可是要飄出五里地了！」

沈驚春怎麼可能聽不出這話裡的嫉妒？卻只笑道：「家裡做了點吃食，給我大爺爺家送一些去。」

王家人上門的那天，這問話的婦人是不在家的，因此沒瞧見沈驚春拎著人甩出門跟甩條抹布一樣的英姿，此刻見她滿臉笑意，就忍不住刺道：「那沈族長倒是幫了妳家不少，妳這隔了房的爺爺都送了，可給妳親爺奶送了沒有？」

沈家三房名義上是過繼，實際上是淨身出戶，雖有沈族長千叮嚀、萬囑咐，家裡沒有一個人出去亂說的，可村裡的大家又不是蠢人，哪個心裡不跟明鏡似的？

這婦人話一出口，周圍幾個圍在一起做針線的婦人就看向了沈驚春。

沈驚春也不惱，笑咪咪地停下了腳步，朝那問話的婦人道：「嬸子可知道為什麼那徐家老祖宗一大把年紀了，還健健康康、無病無災的？」

所謂的徐家老祖宗，便是徐大娘的奶奶，今年已經八十七歲高齡，連她兒子跟媳婦都死了，偏她還健健康康的，一把年紀雖幹不動田裡的活了，但平日裡幫著燒飯、摘菜那是完全沒問題的，是十里八鄉有名的老壽星。

那問話的婦人一臉茫然，張了張嘴，話沒出口，便聽見沈驚春自問自答——

「因為啊，那徐家老祖宗從不多管閒事！」

話音一落，圍成一圈的婦人們就忍不住笑了起來，原本聞到香味之後心裡的嫉妒也淡了下去。

沈驚春說完，也不去管那婦人的臉色有多難看，拎著籃子就走了。

送完東西回到家，到底還是將這話同方氏提了一下。

雖然按照她的想法，既然已經跟老宅那群吸血鬼撇清了關係，以後老死不相往來是最好的。

方氏只沈默了一下便道：「不用管，除非沈家三兄弟都死絕了，否則老太太是不可能朝咱家低頭的，這碗圓子妳送到她嘴邊，她也不會吃的。過年的時候咱給沈家祖宗多燒點紙，也算替妳爹全了孝道了。」

沈驚春本來就不想再跟老宅那邊扯上關係，聽方氏這麼說，也就放下心來。

沒幾天便到了除夕。

術業有專攻，沈驚春想到自己那不太能拿得出手的廚藝，也就不去廚房添亂了，由著陳淮去給方氏打下手，她自己則領著沈驚秋幾人在院子裡坐著疊元寶，等年夜飯開始之前，將元寶和紙錢一起燒了祭祖。

沈家這邊需要祭拜的人不多，沈家兄妹的爹沈延平算一個，沈家祖輩們算一個。
方氏娘家那邊，也準備了一份。
陳淮那邊是兩堆紙錢，沈驚春也沒多問。
至於她自己要燒的紙錢則是家裡最多的，她現代的爹娘算一堆，為了救她在喪屍手裡死無全屍的哥哥一人一堆，外婆家那邊的人早在末世之初就死絕了，因此也燒了一堆。
方氏看到這多出來的三堆紙錢，也只是微微詫異了一下。
八堆紙錢在院中擺成一排。
「不忙著燒紙錢，你們先去祠堂祭祖吧。」
方氏將一個竹編的圓簸箕遞了過來。
這也是祁縣這邊的規矩之一，開始吃年夜飯之前，要請祖宗先用，一般都是幾個碟子裝菜、裝飯，再有兩杯酒。
平山村三姓祠堂都在村子中間，沈家的祠堂在最右邊，是三座祠堂裡面最小的一座，但因前兩年才修繕過，看上去反而最齊整。
女人不能進祠堂祭祖，這是規矩，但在沈家，招婿的女人卻是可以進祠堂的，而招回來的女婿是外姓人，就和家裡的媳婦一樣，不能進祠堂。
沈驚春領著大哥和姪子到祠堂時，老宅的人剛祭祖出來，雙方一碰面，沈驚春就滿臉笑容地挨個兒喊了一圈。

不想跟老宅有瓜葛是真，但不想被人說三道四也是真，誰也不會嫌棄自己名聲好啊！喊兩聲「爺爺」、「大伯」的，又不掉肉。

老宅這邊若非有沈老太太壓在上面，其餘的人早都想跟方氏一家恢復往來了。尤其是沈延富，他中秀才也十來年了，沈家在平山村算是富戶，可放到祁縣，那可真是大河裡撒紙錢，連個響兒都聽不著。如果家裡能有錢給他打點、拜名師，恐怕早都中舉了，哪還用像現在這樣，在縣裡給人當著教書先生，掙那麼點束脩？

此刻聽沈驚春主動打招呼，沈延富心頭一喜。「驚春也來祭祖啊？」

除了二房的父子三人，連同沈老頭在內，都面帶笑容地同沈驚春兄妹打招呼。

沈老頭更是不動聲色地朝沈驚秋手上端著的竹簸箕瞄了一眼。

「是啊，我娘怕一會兒人多了，所以叫我們早點過來。大伯你們已經祭完祖了啊？那我們兄妹也不耽誤你們回家吃年夜飯了。」

沈驚春將老宅這些人的神色看得明明白白，自然不會給他們纏上來的機會，說完就招呼自家大哥和姪子往裡走了。

沈延富看著沈驚春的背影，還想再說。

沈延貴在一邊悶聲道：「咱兩家鬧成什麼樣，別人不知道，大哥你還不知道嗎？人家跟咱們打招呼不過就是面子情，你還真當人家心裡有你這個大伯？」

沈延富很想開口斥責弟弟，可不用細想也知道他說的是實話，當下便心情煩悶地走了。

祠堂就這麼大，沈驚春又不耳背，沈延貴再低聲，她也將這幾句話聽了個七七八八，一時間竟有些詫異老宅裡居然還出了沈延貴這麼個明白人。

他們來得早，牌位前的供桌上只孤零零地放著五個小碟，沈驚春收了心思，將自家的祭品放上去，就同沈驚秋父子二人一起跪在了蒲團上，將帶來的紙錢在火盆裡燒了。

回到家，方氏已經將所有的東西都準備好，只待沈驚春三人祭祖回來便可焚燒紙錢。

火焰騰騰而起，燃燒的紙錢被上升的氣流捲向半空，沈驚春只覺得眼眶熱熱的。穿越過來小半年了，這是她在異世過的第一個年，也是第一次如此清晰地感知到，她是真的在這個架空的朝代落地生根了。

現代的一切，如今想來恍若黃粱夢一場。

紙錢燒完，方氏就張羅著開始吃年夜飯了。

自從家裡有錢後，伙食的質量就直線提高了，平日裡雞、鴨、魚肉的沒少吃，所以年夜飯的菜色也只比平日裡好些而已。只一點，多了個火鍋。

這是唯一一個出自沈驚春之手的菜。

「以前的日子都過去了，我們家能有現在這個日子，都多虧了我閨女，可惜你們爹沒這個福氣……唉，瞧我，大過年的說這些。娘嘴笨，也不會說啥好聽的話，總之，希望來年咱家裡人都能好好的。」方氏說著，一仰頭將手裡的一杯酒一口乾了。

沈驚春等她坐下後，也端著自己手裡的酒站了起來。「那我就說說新的一年我的規劃吧！首先，家裡添了這麼多地，三年後正式交稅，如今淮哥科考就是家裡的頭等大事；其次是，現在手裡有錢了，等辣椒種好後，我打算帶我哥去京城看病。」

這話一出，包括沈驚秋本人在內，所有人都有點驚訝。

沈驚春眨了眨眼。「以前是沒錢沒辦法，但是現在家裡有錢了，這個病還是要繼續看的。」

方氏眼睛酸酸的，用力吸了下鼻子才將眼淚給逼了回去。

陳淮抿著嘴，想了想道：「去京城來回怎麼也要兩個月，路上花費倒是小事，只怕這路引不太好拿。」

沈驚春擺擺手道：「那是以前，如今我們家跟陳家的關係好，等玉米種出來之後，帶動全村，陳正行看到前景，若是我們求到他面前，想必也就是抬抬手的事。當然了，這只是現階段的計劃，具體的情況還要等辣椒種出來之後再說。」

方氏可不管是不是現階段的計劃，閨女有這個心就已經很好了。只要能治好兒子的病，那她就是死也瞑目了。

年夜飯吃到天擦黑才散。

方氏滿臉笑容地給全家人都發了壓歲錢，上至沈驚秋、下至沈明榆和沈蔓，每個人都有。沈驚春三個大人是每人十文，豆芽和兩個小的則是每人六文。

錢雖不多，但到底是個心意，大家都喜孜孜地收了，只有沈驚秋那十文錢到手還沒捂熱，就又發給兩個孩子了。

沈驚春笑咪咪地看著他們鬧了一會兒，才將自己準備的壓歲錢拿了出來。兩個小的加上豆芽和方氏，每人一個吉祥如意樣式的銀錁子。

發完壓歲錢，一家人齊心協力，很快就將碗筷收拾妥當洗乾淨了。

今日過年，方氏也不著急睡，娘兒倆帶著豆芽和兩個小的圍著火桶坐了一圈，吃著瓜子、花生閒嘮嗑。

聊了幾句，沈驚春就想到了祭祖的時候在祠堂看到的那本族譜。

沈家是有兩本族譜的，一本正本在沈族長家裡，副本則是抄錄好之後放在祠堂供人看的。之前回到平山村，沈驚春上族譜以及後來從老宅淨身出戶出來，所有的事情都是沈族長一手操辦，沈驚春根本也沒瞧見這族譜長什麼樣。

今天祭完祖看見了，就順手翻了兩下，他們家的名字已經重新謄抄到了沈家五爺爺名下，下面是他們爹沈延平的名字，再往下是一個叫「沈志嘉」的名字。

「我還以為我哥就叫沈驚秋呢！」

方氏笑著搖頭道：「妳爺奶可是最講規矩的人，怎麼可能做這麼落人口實的事情？妳哥又是家裡的長孫，怎麼也要隨了『志』字輩的。」

沈驚春好奇道：「既然我哥有大名，怎麼大家都不叫這個大名？」

「『嘉』這個字是妳大伯取的，妳爹說雖然是個好字，但是『志嘉、志嘉』，唸起來就像『指甲』一樣，不好聽，所以就給取了個小名。可巧妳哥出生的時候正是夏末秋初，那一年也不知道怎麼回事，田裡的稻穀早了半個月就成熟了，妳爹就說肯定是妳哥的出生驚動了秋天，所以秋天提前到來了，小名乾脆就叫『驚秋』了。說起來，你們兄妹兩個的名字居然會這麼像，也是我沒想到的。」

沈驚春也沒想到『沈驚秋』這個名字居然是這麼來的。「這麼說來，我爹和我養父倒是想到一塊兒去了。」

「驚春」這個名字也只是個小名，原主還在侯府的時候，老侯爺還在，像侯府那種家世的，一般都是家裡男孩、女孩分開序齒。

原主是女孩這一輩的嫡長女，再加上她上面已經有了幾個哥哥，這個嫡長女一出生，就很受老侯爺的重視，名字從「長」，給她取名「徐長淑」。

只不過，當時還是世子的徐晏覺得「長淑」這個名字過於溫和，一點都沒有他們宣平侯府武將世家的精神氣，再加上崔氏在祁縣這邊將閨女帶到六個月大，趕回京城的時候，侯府裡一盆本該在春季開放的花居然在正月裡就開了，徐晏這才給閨女取了「驚春」這個小名。

方氏早就想問閨女在侯府的事了，只是一直怕觸碰到她的傷心事，才一直忍著沒問，此時聽到沈驚春自己提起，便小心翼翼地多問了幾句。

如果是原主，聽到方氏問這個，只怕要傷心欲死，可沈驚春只是繼承了她的記憶，無法跟原主共情，便挑著一些原主在京城的趣事說，豆芽偶爾補充幾句，方氏祖孫三人也聽得高興。

到了戌時末、亥時初，習慣早睡的祖孫三人就有點熬不住了，坐在那兒直打哈欠。

沈驚春看著姪兒、姪女的小腦袋一點一點的，哪裡還捨得叫他們陪著熬夜？連忙讓方氏帶著兩人去睡覺了。

沒過一會兒，豆芽和沈驚秋也有點熬不住，各自去睡了。

沈驚春乾脆將火桶挪到了書房裡，跟陳淮一塊兒守歲。

陳淮這才將自己給沈驚春準備的壓歲錢拿了出來，是個普普通通的小碎銀子。

陳淮身上有多少錢，沈驚春知道個大概，這點銀子只怕還是他最近抄書所得。一時間，她心頭湧上一股難言的甜蜜，笑咪咪地接了。「我可沒有壓歲錢給你。」

陳淮看著她言笑晏晏的臉，心中一片滾燙。有人就行了，要什麼壓歲錢？

卻不想沈驚春話音一轉——

「壓歲錢雖然沒有，但新年禮物卻是有的。」

她往袖袋中一摸，就摸了個小帕子出來，那小帕子包得緊緊的，能看出來裡面是個細長的東西。沈驚春蔥白的手指將帕子揭開，露出裡面一支通透的青鳥白玉簪來。

陳淮看到這支簪子，本就清亮的雙眸在一瞬間更亮了。

青鳥的典故出自《山海經》，代表傳達書信消息的鳥，在歷代騷人墨客的詩詞中更是代表著男女情意的信使。

陳淮眼神閃動，看看簪子，又看看媳婦，忍不住親了她一下。

想到那次酒喝多了差點把持不住，到底不敢太過放肆，兩人一觸即分。

大過年的，書房點了幾盞燈，還算亮堂，兩人便挨在一起各自看書。時間一點點流逝，直到外面爆竹聲起，沈驚春才意識到，新的一年到了。

她抬頭看向陳淮，陳淮也正看向她，夫妻二人相視一笑，不約而同道——

「新年快樂。」

年初一，沈驚春難得不用人喊，自己就起了個大早。

凌晨的開門香已經靠在大門外燃盡，爆竹的碎屑也在院子裡還沒掃。新年的頭一天有講究，不能動掃帚，否則就會將一整年的福氣掃地出門。

她起了個大早，倒是方氏難得睡了個懶覺。

正月初一的第一頓，是很有講究的，這一天祁縣這邊無論是窮人家還是富人家，開年第一餐都是要喝雞湯的，區別就在於，有錢的可以在雞湯裡放很多佐料，沒錢的就是乾喝雞湯。

沈家有錢，裡面東西放得多，兩隻雞早在守完歲之後就被沈驚春放在了炭爐上開始燉了，燉到她早上起來，也早都燉爛了。將兩鍋雞連湯一起倒進灶上的鍋裡，再放上前幾日做好的各色圓子，架幾根粗柴一燒，香味就直衝鼻子而來。

方氏等人是被雞湯的香味給香醒的，這股香味原來在砂鍋裡燉著的時候還不覺得如何，可放到鍋裡跟其他的東西在一起燉，那香味簡直霸道得無孔不入。

昨兒的年夜飯吃得早，後面一直到今天早上起來都沒再吃東西，七個人竟也將一大鍋雞湯吃了一半。

吃完飯，方氏就去將大門開了。

大年初一是不走親戚拜年的，只在本村相互拜年。

沈驚春就打發了自家大哥帶著兩個小的去拜年。

沈家如今也算是平山村數一數二的富戶，但凡上門來祝賀新春的，只要是沒結婚的，方氏在閨女的授意下，都給兩文的壓歲錢，一早上過去竟也給出去一百多文。

再看看兩個孩子那裡，錢倒是沒多少錢，反倒是渾身上下的兜全被小零食給裝滿了。

年初二是外嫁的女兒回娘家的日子，方氏雖然有娘家，但自從她爹沒了之後，就跟方家那邊徹底斷了親了。

今天幾乎戶戶都有外嫁的閨女回門，熱鬧得很，只有沈家這邊安安靜靜的。

接下來幾天，依舊是各種走親戚拜年，可惜沈家除了本村的族親，實在找不出其他的親戚，又不好在別人家有人來拜年的時候串門子，因此一家人在家悶了好幾天。

本來按照沈驚春的意思，陸昀身為陳淮的老師，自家怎麼也要上門給他拜年的，可陳淮卻說陸先生雖然在祁縣有宅子，卻是安家在慶陽府的，每到年節前，陸昀的幾個兒子就會來接他回去。

這樣一來，唯一的拜年計劃也夭折了。

好不容易挨到了正月十四，安靜了幾天的平山村又熱鬧了起來。

因為正月十五是小年，也稱作上元節，這一天全國各地都以熱鬧喜慶的觀燈習俗為主，祁縣自然也不例外，且因祁縣富裕，這上元燈節並非是正日子才開始，而是正月十四到正月十六三天。

「每年上元節，縣城的人都多得不得了，人擠人的，所以咱們村裡一般都是十四或者十六這天才相約去城裡看燈。剛碰到妳大伯娘，說他們家今天要去觀燈，問我們要不要去呢！」

這個大伯娘指的當然是沈族長的大兒媳，沈延東的媳婦。

不說幾個小的，連沈驚春都連忙點頭。

一家人吃了個早晚飯，就收拾收拾，鎖了門，出發去跟沈族長家會合。

沈驚春這邊自然是所有人都去看燈。

但沈族長家，三個孫媳有一個懷了身孕，一個年前剛生了孩子不久，只有最小的三孫媳能跟著一起去；而沈族長老倆口年紀大了，不想遭這個罪，也不去；大伯娘要留家照顧媳婦和孫子。

餘下眾人有一個、算一個，站在門口也有十來人。

「妹子，上車！」沈家的牛車由沈志清趕著出了門，一見他們還沒喊方氏，倒先喊了沈驚春上車，一邊又朝沈明榆開玩笑道：「我們明榆可是男子漢了，這就一架牛車，也坐不下那麼多人，肯定是要讓你奶奶、你姑和你妹坐了是不是？小男子漢就跟著一起走吧！」

沈明榆小小一個人，站直了身體才到他爹的腰那麼點高，聽了沈志清的話，就板著一張臉朝他作了一揖。「四叔說得是。」

他話音未落，沈家人都笑了起來。

陳淮一把將他抱起，放到了牛車上，忍俊不禁道：「你才多大，好好坐著吧，小男子漢。」

沈驚春也跟著笑，見沈志清還看著自己，連連擺手道：「我就不坐了，天這麼冷，跟著走一路也能暖暖身子。」

沈志清見她這麼說，也不強求，等方氏摟著兩個孩子在沈家幾個婦人身邊坐好，就趕著牛車往前走了。

平山村近百戶人家，十四這天進城看燈的自然不只沈家一家，到了村口便與其他人會合到了一處，一眼望去，只怕百八十人都有，一行人便結伴往城裡去。

等到了城門口，天色已經暗了下來，還未進城門便能瞧見裡面張燈結綵，當真是熱鬧非凡。

很快地，幾人就隨著人潮進了城。沈蔓被沈驚春緊緊牽著，沈明榆由陳淮看顧，方氏則隨時看著沈驚秋和豆芽。

走過城門後面那段路，人潮被分散到各個街道，也就沒有那麼擁擠了。

村裡人已經相互約好，到點了就在城門口會合。

一進城，大家就四散開了，此時只有沈驚春和沈族長一家還走在一起。

一行人一路走走停停，猜猜燈謎、賞賞燈，遇到那邊擺攤賣小吃的，也會停下來買點給孩子們。

好不容易走到了縣城中央最熱鬧的一條專門做燈展的街，便聽見前方一陣尖銳的哭聲傳來——

「天殺的拍花的！不得好死啊！」

「拍花的」這幾個字一出，周圍帶著孩子出門的人家就不由得緊張起來。

沈家一行人對望一眼，都意識到事情的嚴重性，沈驚春乾脆將沈蔓一把抱起，跟著沈家兄弟幾個往裡走了幾步。

那尖叫出聲的婦人正癱坐在十字路口的中央嚎天喊地，她身邊還坐著兩人，年紀大些的婦人頭髮散亂，衣服也髒了，跌坐在地；年紀小些的則緊緊挨著她，小聲地勸慰著。

周圍人你一言、我一語地說著，再加上婦人的哭喊，倒是很快就將事情的始末給說了個明白。

這家人進城觀燈，太小的孩子也沒敢帶，只帶了個六歲的孩子，想著家裡幾個人，難道還看不住一個孩子嗎？

卻不想剛進城，一家人就被擠散了！

小孩原本被父母一左一右牽著，被人群一衝，手就鬆了，僅僅一眨眼，就被人潮帶出去很遠，那當娘的眼睜睜地看著人群中冒出個人來，一把抱起小孩就跑！

一家人一路喊、一路追，那拍花的卻對縣城很熟悉的樣子，專挑人多的地方走，又有後面丟了孩子的父母在哭喊，於是帶著孩子出門的便人人自危地抱緊了孩子，一時間竟分不清到底哪個是拍花的。一路追到這邊，終於失去了蹤跡。

那當娘的眼淚都要流乾了。

沈驚春不想多事，可偏偏豆芽驚訝的聲音卻在耳邊響起——

「小姐，我瞧著那人似乎是剛來祁縣的時候幫過我們的陳嫂子啊！」

頭頂上就掛著一排排的各色花燈，光線很是亮堂，沈驚春仔細一看，那跌坐在地的婦人可不就是有過一面之緣的陳嫂子！

那麼，被拍花的拐走的，應該就是陳嫂子的兒子壯壯吧？

陳淮就站在沈驚春身邊，豆芽的話他也聽到了，偏頭問道：「是認識的人？」

「對，當初我們回祁縣，還是這位嫂子帶我跟豆芽去找的牛車，省了不少麻煩。」

這邊看熱鬧的人雖多，卻大多都是圍觀，沈驚春還在躊躇要不要上去幫忙，陳家兄弟倆就從人群外擠了進來。

陳嫂子一雙眼睛都哭腫了，滿懷希望地看向自家男人。

陳大郎對上媳婦的眼神，沈默地搖了搖頭。

陳嫂子癱坐在地，不知哪來的力氣，一骨碌地爬了起來，一抹眼淚，咬牙道：「我再去找！」

跌跌撞撞地就往沈家站著的這邊來了。

沈驚春將抱著的沈蔓往自家大哥手裡一遞，一把攔住了陳大嫂。「大嫂子且留步，這樣找下去可不是個頭。」

陳嫂子哭腫了眼睛，眼裡含著淚，視線都是花的，突然被人攔住，瞇著眼睛仔細看了看，才看清攔住自己的是誰。

偌大的縣城裡，看到個認識的人，陳嫂子宛如溺水的人抓住了救命的稻草一般，緊緊抓著沈驚春的手就哭道：「驚春妹子，壯壯被拍花的拐走了！」

沈驚春抽出一隻手來，拍拍她的手，安慰道：「嫂子妳先別急，縣城這麼大，這麼找下去不是個辦法。咱先到兩個城門看著，以防這人販子將壯壯帶出城去。」

陳嫂子忙不迭地點頭，抹了眼淚就朝陳大郎、陳二郎道：「孩子他爹，咱們先按驚春妹子說的來吧！」

陳家兄弟兩人也沒了辦法，此刻一聽沈驚春的話，哪有不答應的？兄弟倆立刻就分頭朝兩個城門去了。

沈驚春嘴上這麼說，心裡其實也有些不確定。

祁縣之所以這麼熱鬧，就是因為現任縣令剛到祁縣的時候，就破獲了一樁拍花的大案子，一窩人販子共三十多人被連窩端了。

後面縣裡再有什麼大的活動，祁縣的衙役們也幾乎都傾巢而出，祁縣一時間風聲鶴唳、草木皆兵，人販子哪還敢下手？

卻不想安靜了這麼幾年，這天殺的人販子居然又出來了！要是他們的老窩在城裡還好些，壯壯還有找回的希望，可若是壯壯已經被帶出城了，那找回的希望就很渺茫了。

方氏才經歷過孩子被搶的事，現在看到陳嫂子這樣，很是感同身受。「這事單靠你們一家人怕是不行啊，還是報官吧？」

「報官是穩妥些，可這縣衙已經封印了，現在報官只怕沒人受理啊！」旁邊一個路人道。

「是封印了，可事急從權。」陳淮沈聲道：「有些縣衙在封印期間也照常啟用印信的。再者，衙門除了過年那幾天，都是有另外的值班皁隸的。時隔幾年，拍花的再次出現，這可是大事，誰知道城裡是不是只丟了一個孩子？想必值班的皁隸不敢隨便推卸糊弄。」

他一身淡松煙的直裰，外罩一件鴉青色氅衣，一看就是個讀書人。

陳嫂子聽他一說，心又定了幾分，也不哭了，猶豫了一下才朝陳淮道：「我一個婦道人家哪知道這些，可否麻煩這位公子同我一起走趟縣衙？無論找不找得到，我家都有謝禮。」

陳淮看了眼沈驚春，見她點點頭，才將手裡抱著的沈明榆交給了沈志清。「舉手之勞罷了，哪用得著一個謝字。」

去縣衙自然不可能這麼大群人一起去，想著時間也不早了，沈驚春索性將方氏等人託付給沈志清一家。「這位大嫂以前幫過我，我和淮哥跟著去看看，我娘他們幾個還要麻煩大伯幫忙帶回去。你們跟村裡人一起先回去，要是時間太晚了，我們在縣裡住一晚也使得。」

沈延東自然滿口答應，一行人當即分開。

縣衙離這邊不遠，幾人兜兜轉轉，不過一盞茶的時間就到了。

縣衙大門緊閉，陳淮只看了一眼，就領著陳嫂子幾人到了另一邊的小門處，這門開著，幾人一進去就瞧見門內的監獄裡，幾名衙役正圍著火盆打著盹。

不用陳淮說話，那陳嫂子就嚎天喊地地衝了進去。

猝不及防，沈驚春被嚇了一哆嗦。

陳嫂子見了，忙告罪一聲，才跑了進去。

沈驚春揉了揉耳朵，抱著陳淮的胳膊，將他帶出了門。「縣衙這麼大，這壯壯找不找得回來還是兩說，等會兒看看衙役們怎麼說。上元這幾天，城門到亥時才關，出了這種事，想必大家也沒心思多逛，等會兒要是還有人回去，咱們也跟著一起走，省得娘擔心。」

陳淮點點頭，摸了摸沈驚春的手，見她手有些涼了，就將她的雙手握住捂了會兒才道：「今日晚飯吃得早，又一路走過來，餓了沒？」

沈驚春正想說餓了，後面陳嫂子就哭著喊著出來了。

屋裡四名衙役，跟出來兩人，聽著陳嫂子的哭喊聲，到底還是黑著臉道：「大娘妳別哭了，就妳這麼個哭法，人販子早就躲起來了！」

陳嫂子臉色一僵，到底還是收住了哭聲。

陳淮朝那兩名衙役拱了拱手。「請問官爺，如今是個什麼章程？」

兩名衙役一看這是個讀書人，神色就嚴肅了幾分，回了一禮才道：「如今除了在城裡維持秩序的五十幾個兄弟，其餘的都休假了。這孩子被拐可是大事，我等只是小吏，許可權有限，這等大事還要先稟報給明府，再行定奪。」

幾人跟著衙役往外走，一路上也將事情問明白了。

這縣令今日在縣裡最大的酒樓設宴款待祁縣富紳，整個祁縣數得上名號的幾乎都到了，這事一提，這群富紳們哪怕為了面子，只怕也會出人出力，說不定還真能將這縣城翻過來，將壯壯找到。

幾人到了酒樓門口，那衙役就徑直領著陳家三人進去了。

沈驚春與陳淮也沒進門，只站在門口背風的地方等著，沒一會兒便聽到裡面發出「砰」的一聲巨響，一聲怒喝隱約傳了出來——

「豈有此理！」

夫妻二人對視一眼。

沈驚春道：「這下好了，壯壯應該是能找回來了。」

陳淮「嗯」了一聲。

酒樓裡，高縣令一聲怒喝之後，安靜了幾秒，才又斷斷續續的有人聲傳來。

沒一會兒，一陣腳步聲就朝著門口來了，打頭一個正是未及不惑卻已生華髮的高縣令，後面跟著縣衙的幾個主簿、典史之流。

一行人剛出酒樓，又有衙役狂奔而來，喘著粗氣道：「明府，又有孩子被拐了！」

這個「又」字一出來，高縣令就氣得眼前一陣發白，死死咬著牙，額頭青筋都出來了。

「還不去將人手找齊，趕快去找孩子！」

他來回走了幾步，到底還是沒控制住，狠狠一腳就將酒樓外擺著的一盆花給踹翻了，深呼吸了幾下才勉強壓下火氣，飛快地朝身邊的下屬下達指令。「立刻派人守住城門，嚴加盤查，絕不能放過一個人販子！城裡也是，即刻疏散人群，挨家挨戶盤查，務必要將這群人找出來！」

身後幾個官吏應了一聲，飛快走了。

高縣令身後站著的一名富紳壯著膽子道：「明府，我家還有些家丁，不如我即刻回家吩咐一聲，幫著一起找？」

高縣令聽了，臉色緩和了一些，朝那富紳一拱手道：「馮公高義，高某替祁縣百姓謝謝馮公。」

其餘富紳一聽，立刻都道可以幫忙。

高縣令謝了一圈，又將事情吩咐妥當，便氣沖沖地走了。

他一走，來赴宴的富紳們自然也不會多留，沒一會兒，浩浩蕩蕩的一群人就走光了。

「既然縣令已經讓人仔細盤查，想來找到壯壯不過是時間的問題，陳嫂子且寬心吧。」沈驚春寬慰了兩句，頓了頓又道：「時間也不早了，我夫妻二人就先走了。」

陳嫂子朝他們夫妻二人行了一禮。「今日多謝二位了，要不是這位公子提醒，只怕我到現在還像個沒頭的蒼蠅一樣到處亂找，改日再叫我當家的登門道謝。」

沈驚春擺擺手。「不用不用！種善因、得善果，也是陳嫂子先幫了我，才有我們夫妻二人今日幫嫂子。那我們就先走了。」

夫妻兩個走出去很遠，她才朝陳淮道：「確實有點餓了，咱們隨便吃點再回去吧？」

陳淮自然說好，挑了個人少的攤子坐了下來，想著晚上吃多了睡覺對胃也不好，就要了兩碗薺菜餛飩。

那小餛飩皮薄餡多，肉和薺菜的分量差不多，吃起來有一股薺菜特有的清香，連湯帶餛飩一碗下肚，沈驚春感覺整個人都洋溢著一股暖意。

二人略坐了一會兒，就看見不只一批衙役過去了。

「這高縣令看著倒是個好官，令行禁止，效率高得很。」

陳淮嘆道：「與先前幾任縣令相比起來，確實是個難得的好官，只是翻過年來，他任期就要到了，也不知道下任縣令是個什麼人？」

陸昀是從京城回來的，有自己的關係網，一些小道消息知道得總比別人快幾分，但祁縣下任縣令的消息，卻是到現在也沒個准信出來。

付了錢，兩人就順著人潮往城門方向走。

等到了城外停放牛車的地方一瞧，方氏等人果然已經先走了，可巧村裡還有其他人沒回，這會兒已經聚了十幾人，沈驚春便拉著陳淮站在一邊，打算跟著一起走。

沒一會兒，領頭一個陳氏子弟就「喲喝」了一聲，趕著牛車出發了。

走出去三里地，後面便又有車追了上來。

他們這一行人只有一輛牛車，坐不了那麼多人，走起來自然慢些，但後面那群人趕的都是騾車，腳程快很多，沒一會兒就已經到了近前。

陳家的小夥子很上道，將牛車趕到一邊，打算讓人家先過。

沈驚春與陳淮便也靠邊站著。

這四輛騾車，都是兩匹騾子拉車，只有兩輛有棚，另外兩輛瞧著更像是拉貨用的，每輛車上都坐著幾人。

沈驚春瞧著瞧著，就覺得不對了。這幾輛車上的男人都長得很壯，尤其是趕車的幾個漢子，在清冷的月光下還顯出幾分凶相；女人們除了幾名四、五十歲的婆子，剩下的全都是妙齡少女，餘下就是幾個孩子。

最重要的是，這些少女和孩子好像都睡著了，靠在幾名婆子身上，閉著眼睛。

「這幾輛車不對勁。」不只沈驚春覺得不對，陳淮也覺得不對，他湊近低聲說了一句，便見沈驚春朝已經走到他們面前的最後一輛車微不可覺地抬了抬下巴。

這個抬下巴的動作很輕，若非陳淮一直注意著沈驚春，根本察覺不到。

他定睛朝那最後一輛車看去，掃視一圈便發現了不對。

其中有名少女被身邊的婦人摟在懷中，瞧著像是睡得正香的樣子，可那摟著她的婦人手上捏著的東西卻露出一角來。

騾車上掛著兩只燈籠，昏暗的光線加上皎潔的月光，其實並不足以讓人看清細微之處，可偏偏那婦人手裡捏著的東西，陳淮見過。

正是菊展當天，沈驚春賣出去的那支桃花步搖，整個祁縣只此一支。

一百兩銀子買回去的步搖，高小姐就算送人，也必不可能送給這樣的鄉下婦人。

那麼，這支步搖會出現在這裡，就只有兩個可能了——要麼這步搖是這婆子撿的或者偷的；要麼買步搖的高小姐本人就在這車上。

不論是沈驚春還是陳淮，都更傾向於後一種可能。

兩匹騾子拉車，行車的速度自然很快，沒一會兒就將他們一行人給甩在了後面。

平山村的一行人無知無覺地繼續往前走。

沈驚春跟陳淮對視一眼，低聲問道：「現在怎麼辦？」

陳淮皺著眉，沒有立刻回答。

那趕車的幾個人販子，看那滿臉的凶相也知道，肯定是見過血的，遠不是太平鎮那幾個強搶孩子的二流子可比。更何況，說不定這車上還藏著兵刃。

平山村這一群雖有十幾人，但有老有少，能拉出來打架的不足一掌之數，這麼點人要是直接衝上去，無異於送人頭。

可若是放著不管，他自問不是那種冷血的人。

這麼想著，他到底還是停下了腳步，低聲道：「妳先跟著他們回村，我現在折回去將這事報給縣令。」陳淮轉身就要走，想了想還是覺得不放心，又拉著沈驚春叮囑道：「妳千萬不要犯傻，雙拳難敵四手，那群人販子是見過血的，妳不要一個人傻乎乎地衝上去，別到時候人沒救出來，反倒把自己搭進去了。」

沈驚春很不想答應。

方才從縣城出來的時候，就已經戌時三刻了，又走了這麼遠，現在想必城門早就關了，若是陳淮能叫開城門倒還好，若是叫不開城門，這一夜過去，誰知道會發生什麼事？

她自問不是個莽撞人，沒有把握的事情當然不會去做，但有異能在手，毫無聲息地跟在這群人身後還是能做到的。

這麼想著，沈驚春便一把抓住了陳淮的手，認真地說道：「我只遠遠地跟著，我有法子不叫他們發現我的。」

「不行！」陳淮想也不想就直接拒絕。「我知道妳心善，可若是要為了這些人把自己搭進去，那我管他們去死。」他緊緊握著沈驚春的手就往回走。「但凡有一點風險都不行，妳跟我一起回去報信。」

陳淮的力氣很大，可沈驚春的力氣更大，若真想掙脫，他根本拉不住，可兩手相交，他手心的溫度不斷傳來，沈驚春便任由他牽著自己，走了兩步才道：「好，那我不去了。只是咱們一起回去報信的話，還要跟村裡人說一聲，也免得娘他們擔心。」

兩人遂手牽著手，追上前面的人，隨便編了個理由，請村裡人帶信回去，接著就馬不停蹄地往縣城跑。

救人這種事爭分奪秒，兩人一路小跑著前進，耳邊冷風呼呼的吹，直吹得人渾身發涼，真讓人有種度秒如年的感覺。好不容易跑回城門口，就見那城門果然已經關了。

沈驚春有點不甘心。「難道就這樣算了？」

陳淮嘆了口氣。

若是以前倒還是有救的，前朝的時候，像祁縣這種大縣都配有三名巡檢使，手下有百來人的武裝力量，駐紮在縣區管轄的三個重要的點上，統管治安巡邏、緝捕盜賊這些事。可自從本朝開國以來，就開始削弱地方的武裝力量。

祁縣這樣的大縣，三名巡檢使削成了一名，駐紮地也從城外搬到了城內，想要搬救兵都沒法了。

「走吧，我們先跟著車轍看看這群人去了哪兒。」

於是，兩人又調頭往回跑。

——未完，待續，請看文創風1112《一妻當關》2

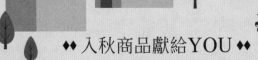

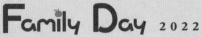

不繫舟 著

人生若只如初見，
何事秋風悲畫扇

冒然從空間裡拿出許多這世間沒有的種子太惹眼了，先種玉米就好，
待玉米豐收後，無辣不歡的她又種起了辣椒，
之後還有關乎百姓穿得暖的棉花、讓貴族們求之不可得的茶葉要種，
想想她一個農村姑娘卻擁有種啥皆可長得無比厲害的異能，
這不就是老天賞飯吃，要讓她妥妥地邁向致富之路嗎？

10/25、11/1上市

文創風 1111-1114 《一妻當關》 全套四冊

要不要這麼驚險刺激啊？沈驚春才穿來，就面臨再度領便當的逃命大戲！
原來原身是宣平侯府的假千金，當年被抱錯了，與正牌大小姐交換了身分，
如今真千金回府認親了，她這個本來就不得侯夫人疼愛的狸貓只得滾蛋，
不料那個送她返回沈家的侯府護衛，在途中竟想對她來個先姦後殺！
幸好她是從充滿喪屍的末世來的，當初一路廝殺，練就了一身本領，
她連吃人的喪屍都不怕了，而今又怎會怕他區區一個人類？
輕鬆解決掉黑心護衛後，她帶著忠心小丫鬟順利返家認親。
某日上山時，她在一座孤墳前撿了個發燒昏迷的漂亮男子回家，
經沈母一說，這才知道男子叫陳淮，是個身世坎坷的讀書人，
生父進京趕考後另攀高枝，由母親獨力撫養長大，前幾年病逝後獨留他一人。
留他在家養病的日子，他可能感受到了家庭的溫暖，竟自願嫁她當上門女婿！
但婚後她意外發現他身上明明有錢啊，那幹麼把自己過得這麼窮苦潦倒？
一個才學過人、美貌沒話說、身上又有錢的男子，為何甘願當贅婿？
莫非……他對她一見鍾情？嗯，這倒也不是不可能，
畢竟她這人雖貌美如花又武力值極高，偏偏腦子還挺好使的，誰能不愛呢？

莫顏 著

有一種愛情叫莫顏，
有笑也有甜

七妹剛從村裡逃出來，初出江湖，自是不知險惡，
遇到有人求助，她定是二話不說，伸出援手，
但世上的人，不是每一個都像她那般單純。
於是她懂了，凡事不可輕信，在這險峻江湖，她要靠自己！

11/8
上市

文創風 1115-1116 《姑娘深藏不露》 全套二冊

安芷萱一開始並不叫這個名字，而是叫七妹。
七妹出生在溪田村，爹娘死後被二伯收養，
誰知無良二伯和村長勾結，一心只想把她賣了賺錢。
她才不願讓他們得逞呢，天下之大，何處不能容身？
她乘機逃脫，路上偶然得到法寶幫忙，
原以為靠著法寶，她可以美滋滋過著自己的小日子，衣食無憂，
誰料得到，竟是將她拉進一連串驚心動魄的旅程……
易飛身為靖王身邊的得力護衛，什麼江湖高手沒見過？
誰知一個看似無害的姑娘，竟讓他有如臨大敵的感覺。
易飛覺得安芷萱很可疑。「她一路跟蹤我們，神出鬼沒。」
好夥伴喬桑狐疑道：「可是她沒有內力，也沒有武功。」
安芷萱趕緊附議。「我是無辜的。」
易飛認定這姑娘有問題。「她掉下萬丈深淵，竟然沒死。」
軍師柴子通，捋了捋下巴的鬍子。「丫頭，妳怎麼說？」
安芷萱回答得理直氣壯。「我吉人自有天相，大難不死！」
一旁的護衛們交頭接耳，還有人說她是東瀛來的忍者……
安芷萱抗議。「怎麼不說我是仙子？」
靖王含笑道：「小仙子是本王的救命恩人，不可無禮。」
安芷萱眉開眼笑。「殿下英明。」
易飛冷笑，一雙清冷眉目瞪著她。妳就裝吧，我就不信查不出妳的秘密！
安芷萱也笑，回瞪他。你就查吧，看我怎麼玩你！

Family Day 2022 秋日紛紛

送粉絲好禮

是的！驀然回首，幸運就在轉個身ヽ(✲ﾟ▽ﾟ)ノ

抽獎辦法　活動期間內，只要在官網購書並成功付款，系統會發e-mail給您，並附上抽獎專用之流水編號，買一本就送一組，買十本就能抽十次，不須拆單，買越多中獎機率越大。

得獎公佈　11/30(三)於狗屋官網公佈得獎名單

獎項
- 10名　紅利金 200元
- 3 名　文創風 1117-1119《金蛋福妻》全三冊

Family Day 購書注意事項：

(1)請於訂購後**三日內**完成付款，最後訂購於**2022/11/13**前完成付款才算有效訂單喔！

(2)購書滿千元(含)以上免郵資。未滿千元部分：
郵資65元(2本以下郵資50元)／超商取貨70元(限7本以內)／宅配100元。

(3)特賣書籍因出書時間較久，雖經擦拭、整理，仍有褪色或整飾痕跡，故難免不如新書亮麗。除缺頁、倒裝外無法換書，因實在無書可換，但一定會優先提供書況較良好的書給大家。若有個人原因需要換書，需自付來回郵資。

(4)各書籍庫存不一，若遇缺書情形可選擇換書或退款。

(5)歡迎海外讀者參與(郵資另計)，請上網訂購或是mail至love小姐信箱(love@doghouse.com.tw)詢問相關訊息。

狗屋有權修改優惠活動的實施權益及辦法。

流浪貓狗介紹所

為流浪貓狗加油 和貓寶貝 狗寶貝

廝守終生(一定要終生喔！)的幸福機會

對人來說，貓寶貝狗寶貝只是生活的一部分，但妳（你）對牠們來說，卻是生活的全部，領養前請一定要考慮清楚——

▲ 冠上名為「勇氣」的王冠 辛巴

性　　別：男生
品　　種：米克斯
年　　紀：2個月
個　　性：活潑親人、不怕犬貓、喜歡抱抱
健康狀況：近期規劃打預防針；有癲癇，已藥物控制穩定治療中
目前住所：台中市

本期資料來源：等一個幸福-喵喵中途之家
https://www.facebook.com/profile.php?id=100064110635130

第336期 推薦寵物情人

『辛巴』的故事：

今年七月初，在二手市集網上有好心人士撿到一隻約兩週大、被貓媽媽遺棄的奶貓，失溫且營養不良的辛巴已毫無生氣，處在一個隨時會被死神接走的狀態，但求生意志強大的辛巴在我們接手照顧後日益強壯了起來，成為一名勇敢的生命鬥士。

興許被人工奶大的關係，很輕易跟人類打成一片，喜歡在我們做飯時像無尾熊抱著尤加利樹一樣抱著你的腳；睡覺時不願睡自己的窩，喜歡窩在你的脖頸旁入睡；抑或是在你洗完澡，從浴室出來時總是能看到一團小毛球在踏腳墊上迎接，然後撒嬌討抱，蹭得你不得不再洗一次澡。

看似快樂的辛巴，其實也有自己的生命課題要面對：癲癇。我們猜測應是在資源有限的野外，因為小辛巴患有癲癇，迫於無奈下才被貓媽媽遺棄。中途接手後約一個月多，小辛巴第一次發作。發作時會不自主地抽搐、亂衝、嚎叫，發作後辛巴總是會虛弱地舔舔我們，似乎告訴我們別擔心，牠會好起來的。所幸在藥物的控制下，現在幾乎不再發作（過去一個月僅一次），目前正在慢慢減低藥量中，未來有機會不用再服藥。

縱使發生了種種不如意，辛巴還是很勇敢面對生命，嚥下每一包醫生開給牠的藥，在貓砂盆裡處理好自己的大小便，珍惜每次遇到其他貓貓的機會交朋友，認真踏實過好每一天。正如我們為牠取名「辛巴」，而牠正在賦予這個名字新的意義——在自己的生命中做一隻雄偉的獅子王。辛巴的好朋友呂小姐，歡迎大家至FB發送訊息或是Line ID：0988400607，讓我們一同幫助牠迎接嶄新的未來。

認養資格：

1. 認養人須年滿25歲，有穩定的經濟能力，若非獨居，請徵求同居人（包含家人、伴侶等）同意。
2. 不關籠、不遛貓、不放養，必須同意施做門窗防護。
3. 須同意簽認養寵物切結書。
4. 須同意送養人日後以照片方式定期追蹤探訪，對待辛巴不離不棄。

來信請說明：

a. 個人基本資料：姓名、性別、年齡、家庭狀況、職業與經濟來源等。
b. 想認養辛巴的理由。
c. 過去養寵物的經驗，及簡介一下您的飼養環境。
d. 若未來有結婚、懷孕、出國或搬家等計劃，將如何安置辛巴？

風 文創
1111

一妻當關 1

國家圖書館出版品預行編目資料

一妻當關 / 不繫舟著. --
初版. -- 臺北市 : 狗屋出版社有限公司, 2022.10-11
冊 ; 公分. --（文創風 ; 1111-1114）
ISBN 978-986-509-370-9（第1冊 : 平裝）. --

857.7 111014675

著作者	不繫舟
編輯	黃淑珍
校對	沈毓萍
發行所	狗屋出版社有限公司
地址	台北市104中山區龍江路71巷15號1樓
電話	02-2776-5889～0
發行字號	局版台業字845號
法律顧問	蕭雄淋律師
總經銷	知遠文化事業有限公司
電話	02-2664-8800
初版	2022年10月
國際書碼	ISBN-13 978-986-509-370-9

本著作物由北京晉江原創網絡科技有限公司授權出版

定價280元

狗屋劃撥帳號：19001626

網址：love.doghouse.com.tw E-mail：love@doghouse.com.tw